SU JEFA CURVILÍNEA

UNA NOVELA ROMÁNTICA DE UNA CHICA
CURVILÍNEA EN UN PUEBLO PEQUEÑO

EN BUSCA DEL GALÁN DE PAPEL
LIBRO DOCE

MARY E THOMPSON

EN BUSCA DEL GALÁN DE PAPEL

Ven y visita Cala MacKellar. Podrás ver todas las cosas que hacen de este pequeño pueblo un lugar verdaderamente especial. Está la librería y el bar local. Está la pastelería y la plaza del pueblo. Y hay amor por todas partes. ¡Coge una bebida, un trozo de tarta, y conoce a tu próximo novio de libro y a tu mejor amiga de libro! No te pierdas nada cuando te suscribas al boletín de Mary.

LIBRO 12

Su Jefa Curvilínea

Patrick

No sabía qué era más sexy… si la forma en que los trajes de mi jefa se ceñían a sus curvas o cómo dominaba una sala llena de hombres que pensaban que no tenían por qué atender a la mujer al mando.

Goldie era un torbellino imparable, y trabajar para ella

era divertido. Era lista, ingeniosa y preciosa. Joder, qué preciosa era. Pero ella no veía nada de eso en sí misma. Yo no tenía problema en decírselo, aunque estuviera convencida de que solo estaba tonteando. Sí, lo estaba, pero algún día se daría cuenta de que lo hacía porque la veía como mucho más que mi jefa. Era la mujer que quería en mi vida para siempre.

Goldie

Me había dejado la piel —y mis curvas— para llegar hasta donde estaba. Convertirme en la jefa y llevar las riendas a mi manera. No fue fácil, sobre todo siendo madre soltera. Pero llegué a donde quería estar.

No podía, y no pensaba, arriesgar mi reputación y mi carrera por un rollo con mi asistente. Por muy mono que fuera. Sí, mono, porque Patrick era catorce años más joven que yo. Yo tuve a mi hijo cuando tenía su edad. Estaba casada. Planeaba un futuro… un futuro que nunca llegó. No pensaba robarle lo mismo, por muchas veces que me dijera que todo lo que quería en su futuro era a mí.

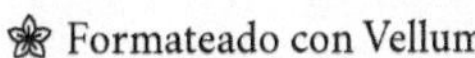

A mi marido... quien inspiró gran parte de este libro, y todos los libros. Te quiero.

GOLDIE

Respiraciones profundas. Solo necesitaba tomar respiraciones profundas. Inspirar y espirar. Todo estaría bien.

—¿Quién es este grupo? Nunca he oído hablar de ellos. ¿Está usted segura de que son buenos? —preguntó el alcalde Levine.

Respiraciones profundas. Dios mío, ayúdame a no estrangular a este imbécil engreído que ha decidido que soy su enemiga.

—Son muy populares ahora mismo. Han conseguido un buen número de seguidores en la zona. A los adolescentes les encantan, así que atraerán a un público más joven.

El alcalde Levine mantuvo mi mirada con la suya furiosa durante un momento demasiado largo. No le gustó esa respuesta. No le gustaba ninguna de mis respuestas.

Sabía que cuando lo nombraron nuevo alcalde de Cala MacKellar iba a ser doloroso tratar con él. El anterior alcalde dimitió por motivos de salud, y el alcalde Levine ocupó su puesto para terminar el mandato. Se presentaba como un tipo corriente, pero era cualquier cosa menos eso. La verdad es que era ultraconservador, hasta el punto de seguir creyendo que el lugar de una mujer estaba en la cocina. Me odiaba por nada más que por el hecho de que carecía de pene.

Yo tenía muchas razones para odiarlo a él.

—Bueno, espero que se presenten. Los grupos así pueden ser poco fiables. La gente necesita incentivos.

—Por eso este grupo es perfecto —dije—. Quieren aumentar su repercusión y adquirir experiencia tocando para público en directo. Cuando hablamos, estaban muy entusiasmados con la oportunidad.

El alcalde Levine frunció sus delgados labios hasta que desaparecieron el uno en el otro. Cuando no me miraba con desprecio, casi podía ver que era un hombre atractivo. Unos años mayor que yo, tenía una abundante cabellera oscura y una complexión delgada. Estaba casado y bendecido con dos hijas, lo que me hacía inmensamente feliz porque sabía que no había nada que él deseara más que un hijo varón. Aunque sentía lástima por sus hijas. Nunca recibirían su apoyo para hacer nada en la vida. Era un misógino como pocos.

—Supongo que ya veremos cómo va todo. Este verano es muy importante para Cala MacKellar, y para usted —dijo el alcalde Levine. Su mirada intencionada decía mucho más que sus palabras.

—¿Podría explicarse mejor? —pregunté. Sabía hacia dónde iba, pero necesitaba que él dijera las palabras.

—El presupuesto municipal no puede mantener a líderes ineficaces. Y puesto que usted es la directora de turismo, necesitamos ver algún valor por su parte y por el cargo.

—Bueno, los eventos que creé el año pasado aumentaron los ingresos municipales en un trece por ciento y llenaron los hoteles locales casi a su capacidad durante el verano. Lo que mi equipo y yo hemos planeado para este año...

—Su equipo no está en cuestión, señorita Spear. Usted sí.

—¿Está diciendo que busca despedirme, señor alcalde? —Formulé la pregunta que él estaba esquivando.

—Estoy diciendo que su departamento no debería pagarle el salario que tiene. He estado revisando su presupuesto y su currículum, y no me queda claro por qué le dieron el puesto que ocupa. Algo no cuadra.

Me hervía la sangre mientras luchaba por mantener la compostura. Si le gritaba a esa comadreja, sellaría mi destino, probablemente de inmediato. No podía darle un motivo para despedirme, aunque parecía creer que no necesitaba ninguno.

—Mi experiencia se ajustaba al puesto, señor. Su predecesor confiaba en mis capacidades, y mi rendimiento habla por sí mismo en cuanto a lo que he sido capaz de lograr.

—¿Usted o su equipo? Porque me parece que su equipo es el cerebro detrás de su operación.

Mi equipo era increíble, pero joder. ¿Cómo se atrevía a insinuar que yo no era más que una figura decorativa? —Mi equipo tiene talento, y ningún equipo funciona bien sin un líder fuerte que los mantenga encaminados y los guíe en la dirección correcta. Mi equipo ha cumplido con el presupuesto y ha superado las proyecciones desde que asumí este cargo. Incluso con los cambios de liderazgo bajo los que he trabajado.

Fue un golpe bajo, y probablemente no una gran idea, pero no pude resistirme a la pulla. Era de conocimiento público que había agotado el presupuesto municipal en la mitad del año, añadiendo cosas que nadie necesitaba y haciendo cosas que nadie quería. Como el nuevo semáforo frente al ayuntamiento que causaba más problemas de tráfico de los que resolvía. O los nuevos muebles a medida que había encargado artesanalmente en Italia y mandado traer. O los barcos que quería llevar a la Cala para llevar a los turistas a los castillos locales y hacer recorridos por la zona. Eso era lo peor. Los barcos eran demasiado grandes para la Cala y se quedarían atascados. Pero él estaba convencido de que era una gran idea, sin importar cuántas personas le dijeran que no funcionaría. No sabía cuánto dinero había gastado intentando encontrar a alguien que le dijera que era posible.

—Bueno, si es usted tan exitosa, entonces supongo que podrá manejar una reducción del quince por ciento en su presupuesto operativo para el resto de este año.

—¿Qué? Necesito ese dinero. Esta es la época más ocupada del año. Gastamos el ochenta por ciento de nuestro presupuesto en los meses de verano.

Se encogió de hombros y se levantó. —Si no es capaz de ajustarse al nuevo presupuesto, será reemplazada por alguien que pueda. Que tenga un buen día, señorita Spear.

Salió de la habitación como si no acabara de soltarme una bomba. ¿Qué demonios se suponía que debía hacer?

Un minuto después, finalmente me levanté. La secretaria del alcalde Levine, no asistente según él, estaba esperándome fuera de la puerta.

—Me pidió que te diera esto —dijo Jane. Era joven, guapa y demasiado buena para el alcalde Levine, pero había trabajado para el alcalde Sánchez antes que Levine y no tenía elección.

—¿Quiero saberlo?

Jane hizo una mueca. —Probablemente no.

Cogí la carpeta de sus manos y la abrí. Era mi nuevo presupuesto operativo. Uno que ya tenía preparado para mí. Lo que significaba que siempre tuvo la intención de joderme. Mucho antes de que pidiera una reunión para discutir el evento inaugural del Día de los Caídos que tendría lugar en solo dos semanas.

—Está loco —murmuré.

—Lo sé. Y lo siento mucho. Jane me miró con simpatía en su mirada. —El otro día le decía a alguien por teléfono que quiere deshacerse de ti. Que no mereces el puesto. No estaba segura de si debía decírtelo o no.

—No pasa nada. Me lo ha dejado claro a la cara. No cree que una mujer deba dirigir un departamento.

—Ni trabajar fuera de casa —susurró Jane—. —Ha dicho que el código de vestimenta es solo faldas o vestidos. Que tengo que parecer profesional.

—¿Por qué le aguantas? —solté de repente.

Jane hizo una mueca ante la pregunta.

—Lo siento. No fue justo por mi parte preguntar eso. Sé que encontrar un nuevo trabajo no siempre es fácil, y dejar este empleo por otro podría acabar con tu reputación por manchada porque ese es el cabrón vengativo que es.

Jane asintió. —Básicamente. Mike está trabajando a tiempo completo otra vez, pero no es fácil mantener las cosas en orden. Nadie lo sabe todavía, pero estoy embarazada de nuevo, así que realmente necesito conservar este trabajo para poder tener la baja por maternidad.

—¡Enhorabuena!—susurré—. —Me alegro mucho por ti. Y te prometo que no se lo diré a nadie. Pero te avisaré si me entero de alguien que esté contratando y no tenga miedo de decirle al nuevo alcalde que se meta sus opiniones por donde no le da el sol.

Jane sonrió. —Gracias, Goldie. Te lo agradezco mucho.

El alcalde Levine gritó algo que hizo que Jane saltara de su asiento y se despidiera con la mano. Suspiré mientras la veía marcharse, deseando poder contratarla. Era inteligente, organizada y excelente en su trabajo. Una lástima que nunca recibiría el reconocimiento que merecía trabajando para un hombre como Levine.

Salí del ayuntamiento y esperé en el interminable semáforo a que finalmente se pusiera verde. Sopesé saltármelo, pero con mi suerte, Levine estaría observándome desde su ventana y grabándome para tener una razón para despedirme. Una legítima.

Aparqué frente a la oficina de turismo y llevé dentro el ofensivo presupuesto. Necesitaba una reunión con mi equipo para poder hacer algunos cambios en los planes que ya habíamos hecho para el verano. Quizás si pudiéramos convencer a algunos negocios locales para que hicieran donaciones, podríamos hacer que todo funcionara.

Quizás.

—Reunión, ahora—grité al entrar. Sabía que cualquiera que estuviera allí me oiría y me seguiría hasta la sala de conferencias en la parte trasera del edificio.

La parte delantera era el Centro de Bienvenida de Cala MacKellar, un centro con poco tráfico de visitantes que era un espacio desaprovechado de la peor manera posible. No tenía ni idea de por qué se había construido así, y desde que asumí el puesto de directora de turismo, había estado intentando encontrar formas de cambiarlo. Hasta ahora, no había dado con ninguna solución.

En la parte trasera del edificio era donde trabajaba mi equipo. Cinco de nosotros estábamos alojados en esas oficinas. Además de mí, estaban mi asistente Patrick, la responsable de la web Eve, el gestor de relaciones públicas Theo y el encargado de mantenimiento Howard. Éramos un grupo ecléctico y trabajábamos bien juntos.

—Eh, jefa, —dijo Theo. Fue el primero en entrar en la sala de reuniones—. ¿Qué ha dicho Levine?

—Nada bueno, —le dije.

Theo fue la primera persona que contraté cuando acepté el trabajo. Howard ya estaba allí como encargado de mantenimiento y se quedó para trabajar conmigo. Theo fue el siguiente porque rápidamente me di cuenta de que necesitaba a alguien que conociera a los otros propietarios de negocios de la comunidad y recopilara toda la información sobre los eventos de la zona. Contraté a Patrick no mucho después de Theo cuando el trabajo siguió creciendo y me di cuenta de que no podría hacerlo sin alguien que me ayudara a mantener mi agenda y mis prioridades en orden. Eve solo se incorporó en los últimos meses, haciéndose cargo de gestionar todo lo relacionado con internet, incluyendo la actualización de la página web y asegurándose de que todos los visitantes online tuvieran acceso a cualquier información que necesitaran. Si algo no estaba en la web, Eve lo buscaba y lo añadía.

—¿Levine se opuso al grupo? —preguntó Eve. Su pelo oscuro estaba erizado en todas direcciones, producto de sus manos pasando a través de él durante todo el día. Tenía un piercing en la ceja y otro en la nariz, además de cinco en cada oreja. No era más fan del alcalde que yo.

—No. Lo cuestionó, pero no dijo que no pudiéramos contratarlos.

—Bien. Estoy realmente emocionada por escucharlos tocar. Creo que va a ser un espectáculo increíble.

Eve fue quien me llamó la atención sobre el grupo. Estaba escuchándolos en internet una noche cuando Paul, mi hijo de quince años, entró y me preguntó cómo los conocía. Si contaban con su aprobación, además de la de Eve, eran lo suficientemente buenos para mí.

—¿Qué está pasando? —preguntó Patrick—. Howard está en la entrada. Dijo que le pongamos al día después. Acaba de llegar un autobús de turistas.

Mi corazón dio un vuelco al oír su voz, lo que odiaba. No debería sentirme atraída por mi asistente, aunque fuera guapísimo.

—¿Necesita ayuda? —pregunté, esperando que mi voz sonara normal.

Patrick negó con la cabeza y me dedicó una de esas

sonrisas a las que no podía evitar corresponder. —Howard está en su elemento. Está bien. ¿Qué ha pasado?

Al grano. Eso podía manejarlo. —Levine ha recortado nuestro presupuesto un quince por ciento.

—¿Que ha hecho qué? —soltó Theo.

Eve y Patrick se quedaron boquiabiertos mirándome.

—Dijo que como estuvimos por debajo del presupuesto el año pasado, deberíamos poder funcionar con menos presupuesto este año.

—Estuvimos por debajo del presupuesto un tres por ciento, no un quince —protestó Patrick.

¿Era malo que me excitara que supiera eso? —Lo sé, pero a él no le importa.

—Necesita pagar por esos estúpidos muebles que quería. Y para dragar la Cala para que puedan entrar barcos más grandes —gruñó Eve.

—No puede ser —solté, mirándola fijamente. Tenía que estar bromeando. Eso arruinaría la Cala y destruiría los peces y animales que viven allí.

Eve se encogió de hombros. —Eso es lo que he oído. Ha encontrado un grupo que dijo que sería posible si la Cala fuera más profunda. Preguntó si podían hacerla más profunda, y dijeron que en teoría sí. Así que ahora se aferra a esa idea.

—Está loco —suspiró Patrick.

Negué con la cabeza incrédula. Realmente lo estaba. Cómo podía pensar que era una buena idea me superaba, pero ese no era el mayor problema que tenía en este momento. —Independientemente de todo eso, necesitamos encontrar formas de ahorrar algo de dinero. Ya tenemos la mayor parte gastada, pero hay algunos eventos más adelante en la temporada en los que quizás podamos recortar.

—Necesitamos revisar todo —dijo Theo—. —No estoy seguro de que podamos hacerlo.

Asentí. —Lo sé. Pediré comida para todos y podemos empezar. Va a ser una tarde larga. Siento haceros esto, chicos.

—No eres tú —dijo Patrick—. —Todo esto es culpa de Levine, y todos lo sabemos.

Le sonreí agradecida y salí para pedir la comida.

LA HORA de la comida había quedado atrás, igual que nuestra paciencia. Estábamos cansados, irritables y más que hartos de la semana.

—Idos a casa, todos. Necesitamos poner algo de distancia entre nosotros y esto. Retomaremos el lunes.

—¿Estás segura, jefa? —preguntó Eve.

Asentí. —Tenéis vidas a las que volver. Las cosas se van a poner muy movidas para nosotros en unas semanas. Debemos descansar cuando podamos. Idos a casa. Os veré a todos el lunes.

—Buenas noches —dijeron mientras iban saliendo uno a uno de la sala. Sonreí y les despedí con la mano, luego llevé todo lo que habíamos estado trabajando a mi despacho y me sumergí de nuevo en ello.

No podía marcharme sin alguna idea de dónde podríamos recortar una cantidad importante de dinero. Un quince por ciento era muchísimo. Pequeños recortes aquí y allá no serían suficientes.

—¿No te vas? —preguntó Patrick desde la puerta.

Di un respingo, sin darme cuenta de que se había quedado. —Necesito resolver esto.

—Lo que necesitas es descansar para lucir radiante el lunes —dijo. Se acercó a mí, apoyándose en el lateral de mi escritorio. Su aroma especiado llenó el aire entre nosotros. Su sonrisa desenfadada hizo que mis labios se curvaran hacia arriba.

—Descansaré eventualmente —le dije.

Se rio y negó con la cabeza. —Tienes que dejar de permitir que Levine te afecte tanto. Eres demasiado fuerte como para dejar que te retuerza así.

—No sabes cómo es a puerta cerrada —admití.

—¿Te ha hecho algo? —Su tono rayaba en lo mortal.

Me reí. —No, por supuesto que no. No es tan estúpido.

Patrick hizo una pausa y mantuvo mi mirada, recorriendo mi rostro. —¿De verdad no tienes ni idea de lo preciosa que eres?

Resoplé y negué con la cabeza. Patrick era bueno para mi ego, pero a veces se pasaba un poco. Presionaba demasiado. Como en ese momento en que quería que creyera sus palabras coquetas.

—Vaya, de verdad no lo sabes. Con toda tu confianza en la sala de juntas, pensaba que seguro serías igual en el dormitorio.

—¡Patrick! exclamé.

Negó con la cabeza y se acercó a mí. Mi despacho era lo suficientemente grande como para que no me sintiera agobiada, y era Patrick. Podría ser el ligón de la oficina, pero era un buen tipo. Educado y considerado. No tenía miedo de defender a los demás y era rápido para frenar cualquier cosa inapropiada.

Excepto por la forma en que me estaba mirando. Eso solo lo estaba intensificando.

—Goldie, eres preciosa. Sé que pasaste por un infierno cuando te divorciaste, pero espero que sepas que, sea lo que sea lo que ocurrió, tu marido fue un idiota.

—Es bisexual y se enamoró de otra persona.

—Me asombra cómo alguien puede siquiera fijarse en otra persona cuando tú estás cerca. Tú eres todo lo que yo veo.

—Patrick, no tienes que decir estas cosas.

Se rio entre dientes y negó con la cabeza. Se quitó las gafas y se frotó el puente de la nariz. Era algo que hacía cuando estaba frustrado. Cuando la otra persona no le escuchaba.

—De verdad pensaba que estabas en sintonía conmigo. Que sabías que flirteaba contigo porque me atraes. Pero realmente no lo sabes. No te ves a ti misma de esa manera. Esa es la mayor pena para mí. Porque eres el tipo de mujer que hace que un hombre se olvide de todo. Que me hace olvidarme de todo. He estado esperando a que me invites a cenar, o a que me pidas que me quede hasta tarde una noche, pero veo que no vas a hacerlo porque no crees que esté interesado. Déjame decirte, jefa, que estoy muy interesado.

Puse los ojos en blanco. —Patrick, yo sé-

—No, no lo haces, Goldie, Goldie, —dijo él con firmeza. Estaba lo suficientemente cerca como para que pudiera ver la verdad en su mirada. La convicción. —No he salido con nadie desde que empecé a trabajar para ti porque me descubrí fantaseando contigo cuando salía con otras mujeres. Sabía que estabas soltera, y viendo la forma en que manejas las cosas aquí, estaba seguro de que darías tú el primer paso. Estás asustada. Lo veo ahora. Así que yo voy a dar el primer paso."

Deslizó un dedo por mi brazo mientras hablaba. Dibujó pequeños círculos en mi muñeca y luego se acercó un poco más.

—Te deseo, Goldie. Quiero lo que estés dispuesta a darme. Pero necesitas saber que voy en serio. Y ahora que sabes cuánto te deseo, depende de ti decidir si estás interesada en lo mismo."

—Patrick, —susurré, sonando entrecortada incluso para mis propios oídos.

Negó con la cabeza y se levantó, alejándose. —No me contestes ahora. Porque sé que dirás que no. Piénsalo este fin

de semana. Tómate una copa de vino y date un baño de burbujas y piensa en mí. Piensa en cómo te tocaría si estuviera allí contigo. Piensa en dónde te besaría. Piensa en cómo me sentiría dentro de ti. Luego, el lunes, puedes decirme qué quieres de mí.

Contuve la respiración. Todo mi cuerpo parecía estar en llamas y mi piel demasiado tensa. Quería inclinarme hacia él y ceder. Hacer todas las cosas que dijo. Quería tocarle y saborearle y...

¿A quién quería engañar? Yo tenía catorce años más que él. Yo ya estaba teniendo un bebé cuando tenía su edad. No había manera de que realmente estuviera interesado en salir conmigo. Y no estaba segura de si podría tener una aventura con mi asistente.

Salió sin mirar atrás, dejándome en la oficina con las bragas húmedas y un núcleo palpitante.

Bueno, él dijo que pensara en él. Quizás era hora de ese baño de burbujas que mencionó.

—¿ *T*e dijo que pensaras en él? —siseó Valentina.

Estábamos en su casa para cenar. Su hija menor, Sam, y mi hijo, Paul, estaban saliendo, así que decidimos que era hora de reunirnos todos y asegurarnos de que los chicos entendieran nuestras reglas.

Es decir, íbamos a decirles que no tuvieran relaciones sexuales.

Pero primero le estaba contando a Valentina sobre mis deseos de acostarme con mi asistente.

—De verdad pensé que estaba bromeando todas las veces que me dijo algo —me quejé. Odiaba sentirme desequilibrada, y Patrick me mantenía en ese estado.

—Obviamente, no lo estaba. ¿Qué vas a hacer?

—¿Fingir que nunca ocurrió? —Bebí un sorbo de vino y esperé que funcionara.

—Está claro que te gusta. ¿Por qué no ver qué puede pasar?

Negué con la cabeza antes de que terminara de hablar. Una vez y no más para mí. Ya había probado eso de vivir felices por siempre y tenía los papeles del divorcio para demostrarlo. No estaba buscando repetir la experiencia. Especialmente con un hombre mucho más joven que desperdiciaría su vida si se enredaba conmigo.

—¿Qué te frena? —insistió Valentina.

Los tres chicos estaban en la sala charlando. Estaban lo suficientemente lejos como para no oír nuestra conversación, pero de todos modos les eché un vistazo. Valentina y Dawson tenían una casa preciosa. Había una chimenea como punto focal en la sala de estar, que estaba abierta a la cocina y al comedor. Un televisor ocupaba otra pared, visible desde cualquier asiento del sofá rinconero que presidía el salón.

—Los chicos no están escuchando. Dime qué ocurre. —Valentina se había convertido en una amiga más cercana en los últimos meses. Entre ella y Anna, estaba empezando a sentirme como yo misma otra vez. Pero con ambas felices y emparejadas, había una parte de mí que sentía una presión invisible para encontrar pareja.

—Soy demasiado mayor para Patrick.

Valentina resopló con desdén, pero continué.

—Tiene oportunidades para todo. Cumplirá veintisiete en unas semanas. Es un crío. ¿Por qué querría atarse a una mujer vieja como yo?

—Primero, no eres vieja.

—Tengo cuarenta años —argumenté.

Valentina negó con la cabeza. —Cuarenta no es vieja. Todo el equipo sigue funcionando. Y a algunos hombres les gustan las mujeres mayores.

—Sí, hasta que tengan que llevarlas al baño y limpiarles el culo. ¿Por qué iba alguien a apuntarse a esa vida?

—¿No lo hacemos todos? Cuando me casé, dije en la salud y en la enfermedad. Si algo pasara, podría estar haciéndolo por Dawson ahora mismo.

Tenía razón. No me gustaba, pero no se equivocaba. Yo

habría cuidado de Charles si le hubiera pasado algo cuando estábamos casados. No lo habría dudado ni un momento.

—Si él dice que te quiere, disfrútalo. Pásalo bien. ¿Qué daño puede hacer?

—No sé —dije, calentándome a la idea aunque la voz en mi cabeza seguía diciendo que es demasiado joven.

—Los dos estáis solteros. Claramente te gusta. ¿Por qué no querrías salir con él? Necesitas algo de diversión en tu vida.

Resoplé, luego me reí con ella porque tenía razón. Mi vida era bastante aburrida. Iba al trabajo, volvía a casa y discutía con Paul, luego me acostaba y volvía a empezar todo de nuevo. Echaría de menos esto cuando Paul se fuera a la universidad y ya no viviera en casa, pero por ahora, era aburrido.

—Lo pensaré —dije, ganándome una amplia sonrisa de Valentina.

El sonido de pasos detrás de mí me hizo girar para ver a Dawson viniendo desde el pasillo.

—Val, necesito que hagas algo de colada. Ninguna de mis cosas está limpia —dijo Dawson, sin levantar la mirada antes de entrar en la cocina. Oyó las voces de los niños y finalmente levantó la cabeza de la camisa que estaba abotonando —. Oh, están aquí.

Me puse una sonrisa en la cara y saludé con la mano. Había conocido a Dawson un par de veces. Era brusco y rozaba la mala educación, pero era el marido de Valentina, así que lo dejaba pasar. Ella era increíble, y lo último que quería era hacerla elegir entre él y el hombre con quien había construido una vida. Era amiga de ella, no de él, así que intentaba que no me molestara. O al menos lo intentaba.

—Hola, Dawson. Me alegro de verte de nuevo.

—Sí —dijo él—. ¿Cuándo estará lista la cena?

—Pronto —dijo Valentina—. Tengo puesto un temporizador. ¿Por qué no te tomas algo mientras?

Dawson asintió y fue al frigorífico. Cogió una cerveza y se dirigió al salón, donde se sentó en el extremo opuesto del sofá, alejado de los niños, y encendió la televisión. No se dirigió a ninguno de ellos, ni siquiera a sus hijas. Las expresiones en sus caras indicaban que estaban acostumbradas, pero no contentas con ello.

—Perdona por su actitud —dijo Valentina—. Está cansado.

Asentí. —Lo entiendo. Ha estado viajando mucho por trabajo, ¿verdad?

—Sí. El fin de semana es su único descanso. No le hizo mucha ilusión cuando le dije que nos reuniríamos todos esta noche, pero le expliqué que era el único momento que realmente funcionaba.

—Podríamos haberlo hecho otro día —dije. Odiaba que Valentina sintiera la necesidad de explicar el comportamiento de su marido. Yo había hecho lo mismo con Charles lo suficiente como para saber que era una sensación de mierda.

—Estará bien —Su teléfono emitió un timbre melodioso —. Es el temporizador. Podemos comer en unos minutos, y con suerte estará de mejor humor.

—¿Qué puedo hacer para ayudarte? —pregunté, bajándome del taburete y rodeando la isla de la cocina.

Valentina sacó una gran fuente del horno y la colocó sobre los fogones. —No tienes que hacer nada. Eres nuestra invitada.

—Por favor. También soy madre. Dame algo que hacer. Sé que de mí tendrás menos objeciones que de cualquier otro aquí. Y no lo digo en mal sentido. Solo que es lo que ocurre también en mi casa.

Valentina me dedicó una sonrisa de agradecimiento y

asintió. —Gracias. Hay una ensalada en la nevera. Los aliños están en la puerta. Espero que todo esté bien. Siempre tengo la sensación de que no preparo suficiente comida. Hornear me resulta mucho más fácil."

—Huele de maravilla —le dije con sinceridad. En cuanto sacó la cena del horno, el aroma me envolvió e hizo que me rugiera el estómago.

—Gracias. Es solo pollo relleno de espinacas. Aunque no he hecho arroz. El pollo lleva pan rallado por encima y no quería que todo fuera demasiado pesado."

Puse la ensalada en la encimera y mi mano en su brazo. —Va a estar buenísimo. Te prometo que estamos todos bien."

Me sonrió y se relajó visiblemente. Mientras el pollo reposaba, me ayudó a sacar los aliños de la nevera y organizó todo en la encimera como si fuera un bufé.

—¿Está bien así?

—Totalmente. Es como comemos siempre. Tiene más sentido que llevar todo a la mesa y luego volver a llevarlo todo de vuelta. Somos informales. No te estreses por nosotros.

La tensión alrededor de su boca me hizo preguntarme si Paul y yo no éramos la razón de su estrés, pero no podía preguntárselo directamente. Éramos amigas, pero no el tipo de amigas que te llaman para hablarte de tu matrimonio desastroso. Especialmente cuando ni siquiera estaba segura de que tuviera un matrimonio desastroso. Había visto a ella y a Dawson juntos un puñado de veces. No era suficiente para decir que era infeliz y que él era la causa.

—Podemos comer —anunció Valentina por encima del ruido de la tele y de los niños.

Los niños se levantaron de un salto y se apresuraron hacia la cocina. Paul le sonrió a Sam como si fuera una reina. Parecían demasiado jóvenes para estar saliendo, pero él había cumplido quince años hace unos meses y Sam los cumpliría durante el verano. Cuando yo tenía quince años, estaba saliendo con chicos. Mucho.

Valentina y yo nos quedamos a un lado mientras los niños llenaban sus platos y se deshacían en elogios sobre lo bien que olía el pollo. La mirada en sus ojos decía que estaba agradecida por sus halagos. Cuando llevaron sus platos a la mesa, le preguntó a Dawson si estaba listo para comer.

—Sí, sí, ya voy. —Dawson apagó la tele y se unió a nosotros en la cocina.

Me quedé atrás con Valentina, dejando que Dawson pasara delante de nosotras. Él no reconoció el gesto, simplemente añadió el trozo más grande de pollo a su plato y luego miró con desdén la ensalada.

—¿Esto es todo lo que has preparado? —preguntó, lanzándole una mirada a Valentina.

—Sí. El pollo está relleno, así que es bastante contundente. No creí que necesitáramos nada más.

—Bueno, tú no lo necesitas, pero yo no me paso el día comiendo postres, así que me gustaría algo extra para llenarme —dijo Dawson.

Me hirvió la sangre al ver cómo el rostro de Valentina decaía. Se mordió los labios y entrelazó las manos, cruzándolas sobre su vientre. Cerró los ojos por un momento, luego forzó una sonrisa y me miró de reojo.

Inmediatamente desvió la mirada.

Me quedé boquiabierta. Tenía la mitad de la mente puesta en darle una paliza allí mismo en su propia casa. ¿Cómo se atrevía a hablarle así?

—Valentina es preciosa. Es amable, guapa y talentosa. ¿Por qué la insultas de esa manera?

Dawson resopló. —Por supuesto que dirías eso. Hizo un gesto de escanear mi cuerpo con la mirada y poner los ojos en blanco.

Vi todo rojo. El hombre iba a morir. ¿Quién se creía que era?

Abrí la boca para cantarle las cuarenta cuando sonó el timbre, deteniendo las palabras antes de que pudieran salir. Miré a Valentina, que me miró a mí y luego a Dawson.

—¿Vais a abrir? —preguntó, llevando su plato a la mesa e ignorándonos.

Respiré hondo y me centré en mi amiga. Necesitaba salir de su matrimonio. No merecía ser tratada de esa manera. La expresión de su rostro indicaba que no era algo nuevo, lo que lo hacía aún peor, pero no era el momento de ocuparse de ello.

Valentina se disculpó y fue a la puerta. Cogí un plato y empecé a servirme la comida. Menos de un minuto después, Valentina llamó a Dawson.

—Hay alguien aquí que quiere verte, Dawson —dijo Valentina, con su tensa voz lo suficientemente alta como para atravesar toda la casa.

—¿Quién? —preguntó mientras se levantaba de la mesa.

—Yo —dijo una mujer, irrumpiendo en el salón.

Valentina estaba de pie detrás de ella, después de haber seguido a la desconocida. Tenía los ojos muy abiertos, observando a su marido.

—¿Haley? ¿Qué hace usted... es decir, ¿quién es usted? —dijo Dawson, acercándose a la mujer.

—¿Está de broma? ¿Está casado? Me dijo que estaba soltero. Llevamos nueve meses saliendo.

Los niños se atragantaron con la comida. Valentina soltó un grito ahogado. Dawson miró alrededor de la habitación y luego se concentró en la mujer que había interrumpido la velada.

—No sé de qué está hablando. No la conozco.

—Déjalo ya, Dawson —dijo Valentina.—Hace tiempo que sospechaba que me estabas poniendo los cuernos. Pero tengo que reconocer que es la primera vez que una mujer se muda a la ciudad para estar más cerca de ti.

—¿Que has hecho qué? —ladró Dawson, centrándose ahora en Haley.

A Haley le tembló el labio.—Pensé que si vivíamos en la misma ciudad, no tendría más remedio que comprometerse conmigo. Creía que era la distancia lo que le impedía pedirme matrimonio o vivir juntos. No me di cuenta de que era su familia. Que usted incluso tuviera familia.

—Por Dios, Haley, ¿qué demonios te pasa? Las cosas iban bien. Estábamos bien. ¿Por qué tenías que hacer esto?

—No la culpe a ella —dije, dando un paso adelante.— Usted es quien está teniendo una aventura.

—Tú mantente al margen —me gruñó Dawson.

—No le hables así a mi amiga —siseó Valentina.—Has estado follándote a otra tanto que ella se ha mudado aquí para estar cerca de ti, ¿y crees que tienes algún derecho a decir algo ahora mismo?

—Val, no es lo que piensas. Está loca.

—¿Ah, sí? —Valentina se giró hacia Haley. —¿Lleváis nueve meses saliendo?

Haley asintió con la cabeza, como si fuera a vomitar.

—¿Dónde os conocisteis?

—Me ayudó a cambiar una rueda en un aparcamiento. Salí después de entrar a comer algo rápido y tenía la rueda completamente pinchada. Él salió detrás de mí y se ofreció a ayudarme.

—Qué amable por su parte. ¿Y luego qué?

—Luego me preguntó si podía invitarme a una copa. Había quedado con unos amigos y le dije dónde estaríamos. Vino a encontrarse conmigo allí.

—¿Y cuándo empezasteis a acostaros?

Las mejillas de Haley enrojecieron y agachó la cabeza. — Esa misma noche.

—Ya veo. ¿Y nunca mencionó ni una sola vez su matrimonio de dos décadas? ¿O a sus hijas?

Haley negó con la cabeza. Miró hacia la mesa donde los niños la observaban boquiabiertos. A toda la escena.

—Así que, Dawson, ¿en qué momento creíste que tenías derecho a decir una puta palabra aquí? Mi amiga me está defendiendo. Esta mujer ha sido víctima de tus mentiras, igual que yo. Parece que el único que no tiene excusa eres tú.

—Val— Se acercó a ella, extendiendo la mano para tocarla.

Valentina retrocedió y levantó las manos. —Ni se te ocurra tocarme, joder—gruñó. —Coge tus putas cosas y lárgate de mi casa.

—Esta es nuestra casa—protestó Dawson.

—¡Fuera!—gritó Valentina. Tenía la mirada descontrolada. Estaba a punto de perder los nervios, y si a Dawson le quedaba alguna neurona, se alejaría antes de que eso ocurriera.

Haley salió discretamente de la casa. Dawson recorrió el pasillo y volvió unos minutos después con una bolsa. Se metió las zapatillas deportivas y me lanzó una mirada fulminante.

Valentina le siguió hasta la puerta. Él intentó decirle algo, pero ella simplemente gruñó, y él se marchó.

Cerró la puerta de un portazo y se derrumbó contra ella, deslizándose hasta el suelo mientras las lágrimas comenzaban a caer.

Miré a los niños y luego a mi amiga. —Chicos, terminad de comer. Recoged cuando acabéis. Y chicas, siento que hayáis tenido que ver esto.

Asintieron, las chicas parecían bastante impactadas por lo que acababa de ocurrir. El rostro de Paul mostraba compasión hacia ellas. Los tres se susurraban entre sí, encontrando consuelo juntos mientras yo me dirigía hacia Valentina.

—¿Qué necesitas? —le pregunté.

—¿Puedo matarlo?

Solté una pequeña risa y negué con la cabeza. —Desgraciadamente, no.

—¿Por qué no?

—Porque no merece la pena. Es un capullo que no te merece. Y tus hijas te necesitan porque claramente no van a poder contar con él.

—Entonces, ¿me estás diciendo que debería esperar a que sean adultas para matarlo?

Me reí, aliviada de que pudiera hacer bromas. —Te estoy diciendo que no merece más de tu tiempo. ¿Qué necesitas ahora mismo? ¿Vino? ¿Licor? ¿Un baño de burbujas?

Resopló. —¿Ves? Por esto deberías aprovechar a Patrick y sus sugerencias. Todos los hombres engañan. Todos los hombres son unos capullos. Así que, si sabes desde el principio que no va a funcionar, tus expectativas serán más bajas. No tendrás que preocuparte por llegar a los cuarenta y cuatro y descubrir que tu marido se estaba acostando con una chica de diecinueve años que conoció en un viaje de negocios.

—No creo que tuviera diecinueve años.

—¿En serio eso es lo que has sacado de todo esto? —gruñó Valentina.

Me reí. —Vale, de acuerdo. Tienes razón. Pero no puedes controlar de quién te enamoras."

—¿Estás enamorada de Patrick?"

Negué con la cabeza. —No, claro que no. Solo digo que enamorarse no es opcional. Si nos involucráramos, no hay garantía de que no me enamore de él, y él decida que quiere hijos y una esposa de su edad y todo termine."

—O que no se enamore de otra persona y tenga una aventura durante casi un año antes de que ella se presente en tu puerta porque acaba de mudarse al pueblo."

Asentí porque sí, también estaba eso.

—Supongo que es bueno que no hayamos tenido sexo desde hace casi un año. No tengo que preocuparme por qué tipo de enfermedades podría haberme contagiado. La última vez que fui a mi médica, me hizo pruebas de todo lo habido y por haber."

—¿Pensabas que te estaba engañando antes?"

Valentina se encogió de hombros. —No lo sé. Sí. Supongo. Pero nunca quise admitírmelo a mí misma. Pensaba que si me esforzaba más en ser una buena esposa, quizás las cosas funcionarían entre nosotros."

Le cogí la mano y la levanté. —No depende de una persona mantener una relación funcionando. Yo también aprendí eso por las malas. Si una de las personas en la relación no está dispuesta a seguir intentándolo, se desmoronará, sin importar cuánto se esfuerce la otra persona."

Suspiró. —Supongo. Pero vaya, ¿tenía que explotar así? ¿Delante de mis hijos? ¿Y de vosotros? Quería que esta fuera una buena noche."

—Será una noche aún mejor ahora que Dawson se ha ido. Puedes relajarte y disfrutar de la cena que has preparado y saber que el resto de nosotros estamos aquí para apoyarte."

Valentina sonrió, su primera sonrisa auténtica desde que Dawson se unió a nosotros antes de la cena. Respiró hondo y enderezó los hombros. —Tienes razón. Tengo hambre, y ya no tengo que preocuparme por lo que piense mi cabrón de marido sobre cuánto peso he ganado desde que nos casamos. Nadie va a verme desnuda durante mucho tiempo, si es que vuelve a ocurrir, así que traed el vino, el pollo y el postre. Voy a disfrutar de mi nueva libertad."

—Bien por ti —dije, sabiendo que era temporal, pero incluso lo temporal era bueno cuando tu mundo se estaba desmoronando.

3

PATRICK

No pude evitar que mis labios se curvaran en una sonrisa al ver a mis sobrinos y sobrina bailando. Con seis, cuatro y dos años, todavía eran lo suficientemente pequeños como para no pensar dos veces en cómo se veían frente a los demás. Deseaba poder darle aunque fuera un poquito de eso a Goldie.

Mi sonrisa se transformó en un ceño fruncido al recordar nuestra conversación antes de que me marchara del trabajo el viernes. Estaba seguro de que ella sabía que no estaba coqueteando con ella solo por diversión. Y estaba seguro de que diría algo. Pensé que era porque era mi jefa, pero vaya. Cuando me rechazó diciendo que yo era demasiado joven, me enfadé.

—¿Qué te hace poner esa cara? —preguntó Sharon mientras se sentaba a mi lado. Estaba acostumbrada al desfile de baile frente a mí y apenas pestañeó cuando sus hijos rieron y gritaron de alegría. Llevaba ocho años casada con mi hermano Arthur y era familia. Lo que significaba que era entrometida y no se ocupaba de sus propios asuntos.

—Está molesto porque no consigue que su jefa salga con

él —respondió Arthur por mí. Hablando de entrometidos y de no ocuparse de sus propios asuntos.

Sharon inclinó la cabeza y me miró detenidamente. —¿Cómo podría alguien resistirse a esta cara?

—Eso mismo digo yo —dijo mamá, secándose las manos en el delantal—. Si no está interesada, debería pasar página.

Mi ceño se profundizó ante ese pensamiento. Puede que Goldie se resistiera, pero eso no significaba que yo estuviera dispuesto a renunciar a ella. Era la única mujer que me había cautivado de la forma en que lo hacía. Desde el momento en que entré en su oficina para mi entrevista, sentí como si algo dentro de mí encajara en su sitio. No podía explicarlo entonces y seguía sin tener una respuesta para ello, pero sabía que no estaba preparado para abandonar la esperanza.

—Está enamorado de ella —dijo Arthur.

Le indiqué que era el número uno, con mi dedo corazón, y le lancé una mirada fulminante. Adoraba a mi familia, pero joder, sabían cómo sacarme de quicio.

—No puede estar enamorado de ella. Nunca ha salido con ella —argumentó mamá.

—No importa. Está perdido, mamá. Cree que es la indicada —dijo Arthur, continuando pinchándome. Su mirada se desvió hacia sus hijos mientras se lanzaban a otro baile de giros y vueltas al ritmo de la nueva canción que salía por la televisión.

—El amor no siempre tiene sentido. Y el amor tampoco espera a un momento determinado —declaró Dick. Dick era el novio de mi madre. Llevaban juntos casi un año. Entró en la peluquería un día y mamá era la única disponible. Dick coqueteó con ella mientras le cortaba el pelo y la invitó a tomar un café después. Ella se negó, pero él siguió volviendo hasta que cedió y aceptó. Vivía a unos pocos pueblos de distancia, pero después de aquello se había insertado en la vida de mamá.

—Es muy cierto. Y me parece adorable que Patrick haya encontrado a alguien —dijo Sharon—. Al final, ella entrará en razón y se dará cuenta de la joya que es.

—Por eso eres mi favorita —le dije a Sharon mientras me ponía de pie. Le besé la mejilla y le guiñé un ojo. Mi hermano era un hombre afortunado. Ella era amable, inteligente y lo mantenía alerta. Había sido su mejor amiga en el instituto. Entró en nuestra familia en un momento en que todos empezábamos a desmoronarnos tras la muerte de mi padre, y ella nos volvió a unir y nos dio a todos una nueva vida. A Arthur le llevó demasiados años y demasiadas mujeres ver lo que tenía delante de sus narices, pero finalmente lo hizo y se aferró con fuerza.

—Espero que te refieras a que es tu favorita de esos dos —dijo mamá, apartándose de Dick para agarrarme del brazo cuando hice ademán de pasar junto a ella hacia la cocina—, o te quedas sin cena.

—Por supuesto que sí —apacigüé a mi madre. También le besé la mejilla, y luego me escabullí para coger otro vaso de agua.

Necesitaba un minuto a solas. Aunque quería mucho a mi familia, eran demasiado. Arthur y yo nos llevábamos cuatro años, lo que significaba que cuando nuestro padre murió, Arthur asumió el papel de cuidador además del de hermano mayor. Yo sólo tenía siete años, y casi veinte años después, él seguía intentando cuidar de mí.

—¿Estás bien? —preguntó Arthur en voz baja un minuto después. Justo a tiempo.

Asentí. —Sí. Todo bien.

—¿Ha pasado algo? Pareces más tenso hoy de lo que sueles estar en la comida del domingo.

Negué con la cabeza, sabiendo que no colaría con él. Tenía un sexto sentido para saber cuándo estaba ocultando algo. Era una faena cuando era adolescente, ya que él era el hijo modelo y yo no, pero como adulto, significaba admitir cosas que no tenía ningún interés en admitir.

—¿Qué has hecho?

—¿Por qué piensas que he hecho algo?

—Porque estás actuando como si fueras culpable.

—¿Cómo actúa una persona culpable?

—Evitando el contacto visual —dijo Arthur con firmeza, cruzando los brazos y observándome fijamente.

Encontré su mirada, la misma mirada azul que veía en mi espejo todos los días. Decía que teníamos los ojos de nuestro padre, pero yo no lo recordaba. Cada vez que miraba a mi hermano, me preguntaba si una parte de mi padre podría estar mirándome a través de él.

—¿Qué está pasando? No sueles ser así con las mujeres. Hace una eternidad que no te oigo hablar de citas. ¿Qué tiene de especial esta?

—Es diferente. Especial. No puedo explicarlo, pero no puedo dejar de pensar en ella. No era justo salir con otras mujeres cuando iba a pasar toda la cita preguntándome qué pensaría Goldie de la comida, o si se reiría de lo que dije, o si querría que fuera a su casa con ella. Era más fácil simplemente dejar de tener citas.

—Vaya —dijo Arthur, apoyándose en la encimera. Su postura parecía casual, pero él no lo era en absoluto. Vestido con pantalones caqui y una camisa azul abotonada, mi hermano nunca era informal. Incluso cuando estaba relajándose, parecía profesional.

No es que yo fuera un descuidado. Mi madre no lo permitiría. Los niños eran los únicos a quienes se les permitía vestir informal para la cena del domingo.

—Realmente estás enamorado de ella, ¿verdad?

Me quité las gafas de la cara y me limpié los ojos. Me pellizqué el puente de la nariz e intenté contener la irritación. —No estoy enamorado de ella. Solo quiero conocerla mejor. Es inteligente, segura de sí misma y asombrosa. Me hace querer ser mejor persona. Toma el mando y no aguanta tonterías, ni siquiera de nuestro alcalde imbécil.

—Eso es bueno. Con él al mando, parece que ella necesita estar más en forma que de costumbre.

—Es un auténtico capullo. Recortó nuestro presupuesto y espera que ella simplemente se las apañe.

—¿En serio?

Asentí. —Tuvo una reunión con él el viernes. Estuvimos por debajo del presupuesto el año pasado, así que lo recortó para este año.

—¿Cuánto?

—Quince por ciento.

Arthur silbó. —Es un gran desafío. Joder.

—Sí. Pasamos todo el viernes buscando lugares donde podríamos recortar gastos. No va a ser fácil superar el verano. No con todos los eventos que tenemos planeados. Goldie realmente iba a dejar huella en Cala MacKellar.

Arthur me sonrió. Era una mezcla de hermano mayor orgulloso y sabelotodo sonriente. Odiaba ambas expresiones.

—¿Qué?

—De verdad la quieres. Vaya. No estaba seguro de que alguna vez te vería enamorarte.

—No estoy enamorado de ella. Solo la respeto mucho. Y creo que es increíble.

Arthur asintió. —Entendido. Solo asegúrate de que nos sentemos en primera fila para la boda.

Puse los ojos en blanco y empujé a mi hermano, riéndome cuando perdió el equilibrio y casi se cae. Se agarró al borde de la encimera, tirando un cucharón al suelo con un fuerte estrépito.

—¿Qué está pasando aquí? preguntó mamá, entrando en la cocina. Su mirada saltó entre nosotros.

—Ha sido él —dijimos ambos a la vez, señalándonos el uno al otro.

Mamá puso los ojos en blanco y levantó las manos. —Limpiad el cucharón. Ya casi estamos listos para cenar.

Me abrí paso junto a Arthur, dejándolo solo en la cocina para que se ocupara del cucharón que había tirado al suelo. En realidad, solo necesitaba salir de aquella conversación.

LA CENA FUE TAN caótica como lo que la precedió. Dick contó historias sobre su trabajo como camionero durante las primeras décadas de su carrera. Dejó de conducir cuando su primera esposa enfermó. Después de que ella muriera, volvió a la carretera porque, según él, no tenía nada por lo que quedarse en casa.

—Papa Dick, quiero ser camionero como tú —dijo Henry, mi sobrino mayor. Henry era el que más se parecía a Arthur. Cuando nació, mamá dijo que era igual que nuestro padre. Oírle hablar de querer ser como Dick era desagradable. Dick no era familia. No era mi padre. No era nada. Solo el tipo que rondaba a mi madre.

—No es una vida fácil, Henry. Pero es un trabajo importante. La gente siempre necesita que le entreguen cosas. Dick pronunció la frase con la seriedad de un hombre que transmite la sabiduría del mundo.

Miré a mi sobrino en lugar de mirar a Dick. No es que fuera un mal tipo, pero no era adecuado para mi madre. No era adecuado para nuestra familia. Un poco demasiado ruidoso, un poco demasiado obstinado, y un poco demasiado cariñoso con mi madre. Su mano envolvía la nuca de ella y se quedaba ahí. Mi madre.

—Me gustan los camiones —dijo Henry, como si eso

fuera razón suficiente para querer conducirlos. Con seis años, probablemente lo era.

Dick soltó una carcajada, echando la cabeza hacia atrás y riéndose a pleno pulmón como si Henry hubiera contado el chiste más gracioso del mundo. Adoraba a mi sobrino, pero no era para tanto.

Me levanté de mi asiento y llevé mi plato a la cocina. Todavía podía oír a Dick riéndose y hablando. La casa de mi madre solía ser tranquila. No el tipo de silencio que se te mete en la cabeza, sino la calma que te permitía respirar durante unos minutos. Desde que Dick empezó a frecuentar la casa, esa tranquilidad había desaparecido.

—¿Estás bien? —preguntó mamá desde detrás de mí.

—Sí —dije, esbozando una sonrisa forzada—. No quiero dejarte con toda la limpieza. Has preparado la cena para todos. No deberías tener que limpiar también después de nosotros.

—No te preocupes por eso. Para eso tengo lavavajillas.

—Lo sé. Y puedo ayudarte a cargarlo.

Se acercó y me abrazó fuerte. Apenas me llegaba a la axila, pero siempre insistía en que me agachara para que pudiera rodearme el cuello con sus brazos como cuando era pequeño. Ella era mi mundo. Por mucho que odiara el apelativo, era un niño de mamá. Quizás porque apenas recordaba a mi padre, pero haría cualquier cosa por mi madre. Cualquier cosa.

—Eres un buen chico. Un buen hombre —corrigió rápidamente—. Quiero verte feliz.

—¿Quién ha dicho que no soy feliz? —pregunté, molesto por la insinuación.

—Nadie. Pero si esa Goldie no está interesada, creo que deberías pasar página. Además, es un poco mayor que tú, ¿no?

—¿Qué tiene eso que ver con nada? —pregunté, con un tono más áspero del que pretendía.

—Solo era una pregunta. Siempre pensé que algún día tendrías hijos. Una familia.

Masculló algo sin comprometerme, principalmente porque nunca había logrado convencer a mi madre de que no quería tener hijos. Lo había mencionado algunas veces, pero ella siempre insistía en que cambiaría de opinión con el tiempo. Adoraba a mis sobrinos y a mi sobrina, pero no estaba seguro de querer la responsabilidad diaria a tiempo completo de otras personas. No solo porque no quisiera ser responsable de ellos, sino porque no sabía si era la vida adecuada para mí.

—Solo quiero que seas feliz, y no estoy segura de que lo seas. Hoy estás distraído.

No podía decirle a mi madre que le había dicho a Goldie que pensara en mí. Que esperaba que ella se volviera loca todo el fin de semana imaginando las cosas que quería hacerle y que llegara al trabajo el lunes medio enloquecida. Eso era definitivamente algo que me guardaría para mí mismo.

—Solo estoy pensando en el trabajo.

—¿En el trabajo o en Goldie?

—En el trabajo, mamá.

—¿Sigues disfrutando de tu trabajo?

—Sí. Me va como anillo al dedo.

Sonrió. —Yo también lo creo. Siempre has sido organizado y te ha gustado mantener las cosas en orden. Especialmente a mí.

—Sí, bueno, lo necesitabas en su momento. Parece que ahora te va bastante bien.

Se rio. —Hemos recorrido un largo camino desde aquellos días en que apenas podía organizar mis citas y tú apenas podías quedarte dentro de casa. Siempre escapándote cuando creías que yo no me enteraba.

—¿Lo sabías?

Se encogió de hombros. —Probablemente no siempre, pero sabía lo suficiente.

La miré boquiabierto. Realmente creía que estaba siendo astuto. —¿Lo dices en serio?

Negó con la cabeza. —No. Es bueno tener trato personal con los policías del pueblo. Solían vigilarte y mantenerme informada.

—Estás de broma.

Sonrió. —Para nada. Por suerte, no eras muy malo. Habría sido difícil explicar por qué no debías tener problemas si realmente los causabas.

—Era un buen chico. No tan bueno como Arthur, pero lo suficiente.

—Sí, lo eras. Los dos erais buenos chicos. Tuve mucha suerte de teneros. Y aún la tengo.

Abracé a mamá y la estreché contra mí. También teníamos suerte de tenerla a ella. Crecer sin mi padre fue difícil, pero mamá lo hizo soportable. Se convirtió tanto en madre como en padre. Nunca hizo nada para sí misma.

—¡Abrazo colectivo! —exclamó Dick, entrando detrás de mamá y pegándose a su espalda, dejándola como un sándwich entre nosotros.

Mamá se rio y negó con la cabeza, suplicando que la soltara. Tardó un minuto, pero cuando finalmente lo hizo, ella le dio una palmada en el brazo y volvió a sacudir la cabeza.

—Tu madre es una mujer extraordinaria —dijo Dick.

Gruñí y seguí a mamá fuera de la cocina. No quería oír lo que fuera que Dick iba a decir a continuación.

Estaba prácticamente vibrando en mi asiento cuando Goldie llegó al trabajo a la mañana siguiente. No pude dormir, y sabía que iba a ceder ante mi proposición y pedirme una cita. Me aseguré de no comprometerme con nada con mi familia durante toda la semana, alegando que el trabajo me mantendría ocupado hasta el fin de semana del Memorial Day dentro de dos semanas.

Sharon vio a través de mis mentiras, pero bendita sea, la mujer no me llamó la atención por ello. Solo dijo que estarían disponibles si mamá o Dick necesitaban algo.

Di un respingo cuando escuché que la puerta de la oficina se abría exactamente a las ocho. Goldie siempre llegaba puntual. Nunca temprano porque llevaba a su hijo, Paul, al colegio. Pero siempre se quedaba más tiempo del necesario.

—Buenos días —dijo Goldie al pasar por delante de mi despacho.

—Buenos días —respondí. Era como cualquier otra mañana, pero iba a ser diferente. Podía sentirlo.

Permaneció en su despacho media mañana. No era raro que lo hiciera, pero realmente esperaba que me dijera algo nada más llegar. Estaba prácticamente jadeando cuando me fui el viernes por la tarde, y si hizo lo que le dije, debería haber estado lista para una cita.

Era casi la hora de comer cuando la volví a ver. Me llamó a su despacho, y supe que era el momento de actuar.

Entré y cerré la puerta tras de mí. Ella levantó la vista de su ordenador, quitándose las sexis gafas de bibliotecaria de la punta de la nariz. —¿Por qué has cerrado la puerta?

Mi confianza flaqueó. —Um, pensé que... La abriré.

Me miró fijamente mientras volvía a abrir la puerta y luego me sentaba al otro lado del escritorio frente a ella.

—¿Qué tal su fin de semana? —pregunté.

—Bien.

—¿Hizo algo...divertido?

Negó con la cabeza. —Cené con una amiga el sábado por la noche. Eso fue todo.

Apenas me miró mientras hablaba. ¿Había olvidado nuestra conversación del viernes? ¿No había pensado en absoluto en lo que le dije?

—He estado trabajando en este presupuesto toda la mañana. Tengo aproximadamente un cinco por ciento que puedo recortar, pero ni siquiera puedo empezar a pensar de dónde podría salir el resto.

—¿No podemos simplemente pasarnos del presupuesto?

—No. Eso no es una opción. Tenemos que hacer que esto funcione.

—¿Pensó en algo más este fin de semana? ¿Algo además del presupuesto?

Me miró a los ojos. —Nada es tan importante como acertar con esto.

Bueno, pues ahí estaba. Ya tenía mi respuesta. Goldie no estaba interesada.

Qué fastidio.

4

GOLDIE

No conseguí nada. Me pasé todo el día indagando en el presupuesto y no obtuve ningún resultado. Estaba frustrada y derrotada. Iba a perder mi trabajo. Y no había nada que pudiera hacer al respecto.

Lo que me molestaba era que el presupuesto no era lo principal en mi mente. Lo que ocupaba mis pensamientos era Patrick.

Después de nuestra reunión, estaba frío. Distante. Apartado. Sabía que esperaba que dijera algo sobre haber pensado en él mientras me bañaba el viernes por la noche, pero simplemente no pude. No después de la cena con Valentina y ver cómo su vida implosionaba.

Finalmente salí de la oficina demasiado tarde, odiando estar poniendo mi trabajo por encima de mi hijo. No era justo para Paul, y quería cambiarlo. Supongo que tendría mucho tiempo para pasar con él cuando perdiera mi trabajo.

Paul ya había cenado cuando llegué a casa. Estaba en la mesa haciendo los deberes y hablando con Sam.

—Hola, Sam —dije, abrazando a mi hijo y saludando a Sam con la mano.

—Hola, Sra. Spear. ¿Cómo está usted? —preguntó Sam, sonriéndome a través de la pantalla.

—Estoy bien. ¿Cómo van las cosas en casa?

Hizo una mueca. —No muy bien. Mi padre no ha vuelto desde que mamá le dijo que se marchara.

—¿Cómo está tu madre?

Sam se encogió de hombros. —Creo que bien. Está actuando con bastante normalidad.

—Bien. Hablaré con ella dentro de un rato. ¿Ya habéis cenado?

—Sí —dijo Sam mientras asentía.

—Mamá —Paul gimió suavemente.

—Un placer verte, Sam —dije, saludándola con la mano antes de irme a cambiar mi ropa de trabajo.

Oí a Paul disculpándose con ella por mi culpa. Puse los ojos en blanco. Porque yo era tan vergonzosa. Adolescentes.

Cerré la puerta de mi dormitorio y me quité la ropa del día. Estaba tentada de ducharme, o darme un baño, pero ya me había perdido bastante del día de Paul. Me puse el pijama y fui al baño, luego volví a la cocina.

Paul se estaba despidiendo de Sam cuando entré. Eran monos, aunque demasiado jóvenes para serlo.

—¿Cómo está Sam? —pregunté una vez que colgaron. Sabía que Paul lo había pasado mal cuando su padre y yo nos divorciamos y que estaría ahí para Sam, pero aun así odiaba que ella tuviera que enfrentarse a eso.

—Está bien. Su padre siempre fue un poco idiota. No tenía mucha relación con él.

—Sigue siendo su padre.

Paul puso los ojos en blanco. Era algo que le decía constantemente sobre su propio padre. No importaba lo frustrado que estuviera, Charles seguía siendo su padre.

—Donar la genética no convierte a alguien en padre —argumentó Paul.

Suspiré. —No estoy de humor para discutir contigo. Tu padre nunca quiso hacerte daño. No puedo hablar por el padre de Sam, pero la mayoría de las personas no quieren lastimar a sus hijos. Sabes que no es fácil para ninguno de ellos. Van a ser unos meses difíciles.

Paul asintió. —Sí. Actúa como si estuviera bien, pero sé que va a ser duro.

—Sí, lo será. —Odiaba que él entendiera exactamente lo duro que sería—. —¿Ya has cenado?

—Sí. Tenía hambre, y no sabía a qué hora ibas a llegar.

—Está bien. Lo entiendo. ¿Cómo va la tarea?

—Bien.

No me contaba mucho sobre el colegio, pero *bien* era una buena respuesta. Significaba que no tenía problemas con nada. Cuando el colegio le daba problemas, no era tan positivo. Pero Paul era listo. Casi a nivel de prodigio. Así que era raro que tuviera algún problema.

Me serví el plato y me senté a su lado en la mesa. Miré su ordenador. —¿Química?

Asintió con la cabeza. —Sí. Estamos repasando principalmente para los exámenes finales."

—¿Crees que te irá bien?"

—Sí."

Volvió a su trabajo mientras yo cenaba. Era lo mejor que podía esperar. No tardaría mucho en cerrar su ordenador e irse a su habitación para hablar de nuevo con Sam.

—¿Quieres ver algo conmigo esta noche?" pregunté.

Se encogió de hombros. —¿Qué quieres ver?"

—No sé. ¿Hay algo que hayas querido ver?"

—No. Bueno, hay esta película..."

—¿Qué película?"

Titubeó un momento antes de decir: —Trata sobre un monstruo que caza a las personas y si hacen ruido, los encuentra y los mata."

—¿En serio? ¿Eso es lo que quieres ver?"

—No hace falta que la veamos."

—Déjame pensarlo. Ya sabes que no soy fan de las películas de terror."

—No pasa nada. No tenemos que verla."

Detestaba ver cómo se le hundían los hombros. Charles era el aficionado al terror. Fue él quien introdujo a Paul en esas películas. Era algo que les unía a los dos. Y desde que Charles y yo nos divorciamos, Paul no había tenido a nadie con quien ver películas de miedo.

—La veré contigo—dije.

—No tienes que hacerlo, mamá.

—No, quiero hacerlo. Sé que echas de menos verlas con tu padre.

Se encogió de hombros. —Sé que no te gustan.

—Pero te quiero. Y sufriré viéndola por ti.

Sonrió. —¿En serio?

Asentí. —En serio. Deja que recoja todo y puedes ir preparando la película. Siempre que hayas terminado tus deberes.

—Sí, están todos hechos. Solo estaba repasando algunas cosas. Gracias, mamá.

Le sonreí. Su entusiasmo era palpable. Era bueno verlo así. Había echado de menos su sonrisa.

Encendió la tele y buscó la película mientras yo recogía. Cuando me reuní con él en el sofá, pulsó play y agarré un cojín para abrazarme y una manta para taparme los ojos si lo necesitaba.

Definitivamente iba a necesitarla.

Me sobresalté con cada sonido de la película. Me escondí detrás de la manta. Paul se reía de mí, pero no dijo nada sobre lo cobarde que era. Simplemente disfrutaba poder ver una película.

Cuando por fin terminó, gracias a Dios, se volvió hacia

mí. —Gracias por verla conmigo, mamá. Sé que no te gustan estas películas.

—De nada. Y no, no me gustan, pero a ti sí. Quiero hacer cosas que tú también disfrutes.

Sus labios se curvaron en una pequeña sonrisa. Sus ojos se empañaron. Era la mirada que ponía cuando pensaba en su padre.

—¿Estás bien?

Se encogió de hombros. —Solo estoy dándome cuenta de algunas cosas.

—¿Como cuáles?

—Siempre sentí que estaba más unido a papá. Cuando se fue, me enfadé porque no me llevó con él. No porque no quisiera estar aquí, sino porque yo...

—Tú y tu padre teníais una conexión diferente —le expliqué.

Asintió con la cabeza.

—¿Y ahora?

Se encogió ligeramente de hombros. —Ahora veo que solo teníamos esa conexión porque tú la fomentabas.

—¿A qué te refieres?

—Simplemente a que las cosas son diferentes, y parece que papá ya no sabe nada sobre mí.

—Es difícil cuando no vive con nosotros —evadí el tema. Nunca hablaría mal del padre de Paul delante de él, aunque no siempre estuviera encantada con él.

—Mamá, puedes dejar las tonterías. Papá eligió a su nuevo marido antes que a nosotros. Cuando te dejó a ti, también me dejó a mí. No me quería en su vida, y lo ha demostrado desde que se fue.

—Cariño...

—No tienes que defenderle ante mí. Ojalá se preocupara más por mí, pero ha dejado claro que no soy tan importante para él como pensaba que era.

—Un hijo debe creer que es el centro del mundo de sus padres. En mi opinión, un hijo debería ser el centro del mundo de sus padres, no solo pensar que lo es. Pero tu padre... Su mundo ha cambiado mucho en los últimos años.

—Quizá sí, quizá no. Papá venía a cosas cuando tú no podías. Aparecía cuando tenía que hacerlo. Veíamos estas películas porque a él le gustaban. Muchas de las cosas que ocurrían eran porque era lo que él quería.

—Paul, no empieces a pintar a tu padre como alguien que no se preocupa. Te quiere muchísimo.

—Lo sé. Pero hay una diferencia entre querer a alguien porque no tienes elección y querer a alguien porque no puedes imaginar tu vida sin esa persona. Él no es lo segundo.

—Paul...

—Creo que me voy a dormir. Es tarde —se levantó y se apresuró hacia su habitación, dejándome mirándole mientras se iba.

Respiré hondo y consideré llamar a mi exmarido. No arreglaría nada si lo hacía. Durante los últimos años, había intentado reducir la distancia entre ellos dos, y estaba fracasando. Pero no era mi trabajo mantenerlos conectados. Si Charles no estaba interesado en conocer al increíble hombre en el que se estaba convirtiendo nuestro hijo, yo no podía obligarle. Aunque me mataba quedarme al margen y ver cómo Paul resultaba herido una y otra vez.

Apagué la televisión y recogí nuestros aperitivos. Doblé la manta que había usado y apagué las luces, luego me dirigí hacia mi habitación. Llamé a la puerta de Paul y esperé a que respondiera.

—¿Sí?

—Solo quería darte las buenas noches —le dije mientras entraba.

Estaba sentado en su cama con una foto de él y Charles en su regazo. Era una que les tomé a los dos cuando Paul tenía solo cinco años. Estaban sonriendo a la cámara, riéndose de algo que uno de ellos me había dicho.

Paul volvió a poner la fotografía en su mesita de noche, boca abajo. —Buenas noches —dijo, bajándose de la cama para abrazarme. Era casi tan alto como yo, y seguía creciendo. Tenía la voz grave y se afeitaba casi todos los días. Ya no era mi niño pequeño, sino un hombre que estaba aprendiendo sobre la decepción de la peor manera posible. Por parte de su padre.

—Te quiero.

Sonrió. —Lo sé. Yo también te quiero.

Le abracé de nuevo. Cuando por fin le solté, evitó mi mirada. No insistí, sabiendo que estaba atravesando dificultades con su padre. Todo había vuelto a surgir cuando vio a Valentina y Dawson discutiendo.

Salí de su habitación y me dirigí a la mía. Cerré la puerta y me senté en mi cama, cogiendo el móvil y tocando el nombre de Valentina en la pantalla.

—Hola, Goldie —respondió.

—¿Qué tal ha ido el día?

Una puerta se cerró a su lado. —Bueno, las chicas parecen estar bien.

—¿Y tú?

Ella sorbió por la nariz. —¿Cómo voy a estar bien? Aunque tenía la sensación de que me estaba engañando, ¿cómo se supone que debo aceptar esto sin más?

—¿Te duele o estás enfadada?

—¿Qué?

—¿Te duele o estás enfadada? Hay una diferencia. Cuando Charles me dijo que era bisexual, me dolió. Me había ocultado algo. Algo importante. Éramos amigos antes de ser amantes, y habíamos construido una vida juntos. Pensaba que era mi mejor amigo. Nuestro matrimonio no era perfecto y nos estábamos distanciando, pero seguíamos unidos. Creía que un día las cosas mejorarían. Después de que Paul se fuera a la universidad, después de que el trabajo se calmara, lo que fuera. Pero cuando me dijo que se había enamorado de otra persona y quería el divorcio, me enfadé. No podía creer que hubiera hecho eso.

—¿Vale?

—Lo que quiero decir es que el hombre al que consideraba mi amigo me hizo daño al guardar un secreto. El hombre con el que me casé, al que se suponía que debía amar con todo mi corazón y alma, me cabreó. Mi orgullo quedó herido, no mi corazón. Casi no me importó que quisiera el divorcio. Lo más difícil fue Paul. Lo que hizo que todo el proceso fuera emocionalmente más fácil para mí, aunque fuera una mierda.

Valentina respiró hondo y dejó salir el aire lentamente. —Sabes, la mayoría de la gente simplemente me compraría vino y helado y me dejaría revolcarme en mi miseria.

Me reí con ella. —Sabes que no soy como la mayoría. Ahora necesitas verdad y amor, y no vas a conseguir ninguna de las dos cosas mintiéndote a ti misma.

—Tienes razón. Y la verdad es que ya no quiero seguir casada con Dawson. Dios, odio decir eso.

—¿Por qué?

—Porque es el padre de mis niñas. Es la persona con la que he pasado toda mi vida adulta. ¿No debería querer estar con él?

—No. Joder, no. No te obligues a quedarte con él solo porque tenéis historia. Deja a un lado la infidelidad. Fue la razón por la que tuviste el valor de mandarlo a la mierda, pero es algo aparte. Si eres infeliz, no tienes por qué seguir en tu matrimonio.

—Pero...

—Tus hijas estarán bien. Necesitas enseñarles cómo es

una relación sana. No enseñarles a sentarse, callarse y aguantar lo que un hombre les haga.

—Maldita sea. Eso... Soltó un lento suspiro. —Te odio.

—Yo también te quiero.

Se rio, un sonido ronco y áspero que me indicaba que estaba llena de emoción y perdiendo el control sobre ella.

—¿Qué haces este fin de semana?

—Trabajar. E intentar mantenerme ocupada para olvidar que mi marido se estaba acostando con otra durante tanto tiempo que ella decidió recoger sus bártulos y mudarse aquí para estar cerca de él.

—Entonces, ¿no mucho?

Valentina volvió a reírse. —Sí. ¿Por qué?

—Vas a venir al Club de Lectura conmigo el domingo.

—¿Qué? No. No puedo. No cuando todas están felices y enamoradas. Seré la mujer deprimida separada que está pasando por un divorcio y deprimiré a todo el mundo.

—No voy a aceptar un no por respuesta. Vas a venir. Necesitas estar rodeada de otras mujeres y reírte y recordar que eres jodidamente increíble.

Valentina gruñó, pero dijo: —Me lo pensaré.

—Puedes decir eso, pero estaré en tu casa para recogerte a las seis y media.

—Vale, refunfuñó.

—¿Estás realmente bien? pregunté, con voz más suave.

—No lo sé, dijo. —Hay momentos en que duele, y momentos en que simplemente me siento estúpida. Estoy intentando mantenerme entera por las niñas.

—Necesitas encontrar una manera de desahogarte.

—Necesito vivir vicariamente a través de ti. ¿Qué pasó con Patrick hoy? ¿Le dijiste que saldrías con él?

—No necesitamos hablar de él.

—¿Por qué no? Necesito algo de alegría en mi vida. Cuando hablabas de él, estabas radiante. Te mereces ser feliz.

—Simplemente no es el adecuado para mí.

—¿Qué? ¿Por qué no? ¿Qué pasó?

—No pasó nada. Trabaja para mí. Soy su jefa. Y le llevo toda una vida de ventaja. Simplemente no tendría sentido.

—¿Así que te acobardaste? Me contaste todo sobre lo guapo y encantador que es, y cómo quería que pensaras en él mientras te dabas un baño, lo cual es tremendamente sexy. Y en lugar de agarrarte a algo divertido, te asustaste.

—Yo solo...

—Escúchame, Goldie. No dejes que el miedo te frene. Yo lo he hecho durante años. Durante mucho tiempo me pregunté si Dawson me estaba engañando. Supuse que lo hacía en todos sus viajes de negocios, especialmente cuando dejamos de tener relaciones. Pero tenía miedo de preguntarle. Si hubiera dicho algo, habría evitado que mis niñas vieran a otra mujer aparecer en nuestra casa.

—Lo siento, Valentina.

—Lo sé. Yo también. Pero no dejes que eso te frene. Brantley vino hoy después del colegio y se disculpó. Parece que Dawson se quedó con él el sábado por la noche después de que lo echara, pero no admitió lo que había pasado hasta el domingo. Brantley se negó a dejarlo quedarse más tiempo y me pidió disculpas. No puedo tener a las personas que más me importan andando de puntillas a mi alrededor. Eso significa que tú no puedes decirle que no a Patrick porque te mereces ser feliz.

—Tú también te lo mereces.

—Lo sé. Y quizás algún día esté dispuesta a buscarla de nuevo. Ahora mismo, estoy un poco magullada. Solo han pasado unos días. Pero mi matrimonio terminó hace tiempo. No volveré a conformarme.

—¿Qué quieres decir?

—Nada. No quería decir nada con eso. Solo digo que

deberíamos ir a por lo que queremos. Y si quieres a Patrick, ve a por él.

Respiré hondo y reflexioné sobre ello. Todas mis razones para no querer involucrarme con Patrick eran débiles. La diferencia de edad era una preocupación, pero solo porque estaba proyectando mis propias creencias en él. No le conocía, al menos no muy bien. Quizás era hora de dejarle entrar y conocerle un poco más.

—Me lo pensaré.

Valentina se rio. —Bien. Y cuando aceptes tener una cita con Patrick, yo iré al Club de Lectura.

—Tú primero —le dije.

Volvió a reírse. —Ya veremos.

Nos dimos las buenas noches, y colgué pensando en Patrick. Valentina tenía razón. Me debía a mí misma encontrar algo de felicidad. Al igual que el suyo, mi matrimonio había terminado mucho antes de que Charles me dijera que quería divorciarse. Y habían pasado años desde que nuestro divorcio se hizo efectivo. Había salido con algunos hombres, pero con ninguno había sentido una conexión.

Pero Patrick... ahí había algo. Aunque quisiera decirme a mí misma que no, sabía que lo había. Y me debía a mí misma, y a él, descubrir qué era y ver si podía ser algo más que un coqueteo y una buena relación laboral.

Solo podía tener esperanza.

5

Valentina refunfuñó cuando la recogí para el club de lectura. Sonreí, y ella simplemente puso los ojos en blanco.

—¿Has aceptado ya tener una cita? —preguntó mientras salía marcha atrás de su entrada.

Durante toda la semana, Patrick me había dado la espalda. No es que fuera grosero o insubordinado, pero no era el coqueto de siempre. Hablaba con Theo y Howard y flirteaba con Eve, pero cuando yo entraba en la habitación, dejaba de hablar.

Todos lo notaron, pero o bien sabían lo que estaba pasando o no estaban dispuestos a preguntar delante de mí.

—Tendríamos que estar hablándonos para que yo pudiera aceptar una cita —admití.

—¿No os habláis? Creía que trabajaba para ti.

—Y lo hace, pero al parecer ahora solo está dispuesto a hablarme cuando estamos tratando temas de trabajo y no tiene más remedio.

—Vaya, realmente le has hecho daño.

Resoplé. —Patrick no está dolido. Le gusta coquetear. Habla así con todo el mundo.

—¿De verdad crees que les dice a todas las mujeres que conoce que piensen en él mientras están en la bañera?

Mis mejillas se encendieron al recordar su voz sedosa cuando me dijo aquello.

—Sabes que no lo hace —argumentó Valentina. —Estás asustada. Lo entiendo. Pero él se sinceró contigo. Te dijo lo que sentía. Y le ignoraste. Está dolido.

—No lo sé. Puede que esté enfadado, pero decir que está dolido es exagerar —aparqué frente a Novios Literarios Ilimitados y salí del coche.

Valentina respiró hondo y miró hacia el edificio. —Teníamos un trato, ¿sabes? Dijiste que aceptarías una cita si yo venía aquí.

—Y tú estás aquí. No puedo tener una cita con alguien que no tiene ningún interés en mí.

Soltó una risita. —Puede que yo sea la idiota que no quería admitir que mi marido me estaba engañando, pero tú eres el idiota que no está dispuesto a admitir que tu asistente está interesada en ti.

Enlacé mi brazo con el suyo. —Bueno, seamos idiotas juntos. Creo que la vida sería más fácil si dejara de pensar en citas y simplemente pasara tiempo con amigos.

—Puede que tengas razón.

Llamé a la puerta y esperé a que Finley nos dejara entrar. Sonrió ampliamente y dio la bienvenida a Valentina. —Me alegra mucho verte. Me alegro de que te hayas unido a nosotras.

—Sí, bueno, Goldie me convenció. Como estoy soltera, sola y patética, decidió que necesitaba amigas.

Finley se rio. —Nunca diría que eres patética, y con lo de soltera no puedo ayudarte, pero nos ocuparemos de la parte de la soledad. Y tenemos tarta.

—Lo acepto —dijo Valentina.

Caminamos hacia la parte trasera, deteniéndonos cuando alguien más llamó a la puerta. Finley nos dijo que siguiéramos adelante mientras ella volvía a la puerta principal. Valentina y yo abrazamos a Karissa, Blake y Elise. Elise preguntó cómo estaba Valentina.

—He tenido semanas mejores. Pero supongo que yo... —Se detuvo a mitad de frase y se quedó mirando fijamente.

Me giré para ver a quién estaba mirando y vi a la mujer que había aparecido en su casa de pie junto a Sofia.

—Mierda —dijo la mujer.

—Eso mismo, mierda —respondí. —No deberías estar aquí.

Las demás nos miraban boquiabiertas. Sofia se colocó detrás de la mujer, bloqueándole el paso.

—Yo... Tienes razón. Me iré. Lo siento. No sabía que estarías aquí.

—No. Espera, —dijo Valentina, pasando por delante de mí —. Haley, ¿verdad?

Haley asintió y dio un paso atrás.

—Tienes todo el derecho a estar aquí. Te manipularon y te mintieron, igual que a mí. Dawson no va a quitarnos nada más a ninguna de las dos. —Valentina extendió la mano hacia Haley.

Haley dudó, pero al final puso su mano en la de Valentina. Las dos se apretaron las manos y luego se sonrieron. Después de un minuto, Haley rompió en lágrimas.

—Vaya —dijo Elise—. ¿Qué está pasando?

—Haley se presentó en mi casa el sábado pasado. Había estado saliendo con mi marido y no sabía que él estaba casado. Se mudó aquí para estar más cerca de él —explicó Valentina.

—Se mudó a mi edificio —dijo Sofia, ayudando a Haley a sentarse en una silla—. Cuando me contó que se había mudado para estar más cerca de su novio, me alegré por ella. No la había visto desde el primer día, pero nos encontramos hoy y me dijo que su relación había terminado. Lo siento muchísimo. Por las dos. No tenía ni idea.

Valentina negó con la cabeza. —Dawson no merece a ninguna de las dos. Lo eché la semana pasada. No lo he visto desde entonces. Se quedó con Brantley una noche, pero cuando Brantley le obligó a confesar lo que había pasado, también lo echó. No sé dónde está mi marido, y sinceramente, no me importa.

—Lo siento muchísimo —sollozó Haley desde su asiento—. De verdad que no sabía que estaba casado. Me siento tan estúpida. Y he arruinado vuestra familia. No entiendo cómo no me odias.

—Porque no has arruinado mi familia —dijo Valentina—. Mi marido fue quien tuvo una aventura. Tú no eres quien prometió amarme, honrarme y cuidarme por el resto de su vida. Él hizo esa promesa. Y rompió ese voto y todos los demás que me hizo. Duele, pero nada de esto es culpa tuya. Si no hubieras sido tú, habría sido otra persona.

La sala quedó en silencio durante un largo momento. Valentina demostraba, una vez más, qué mujer tan increíble era. Cuando mi matrimonio terminó, estaba enfadada, dolida y culpaba a todos. Incluso años después, no me gustaba oír hablar del nuevo marido de Charles y la vida que habían construido juntos. Le culpaba por robarme a mi marido, aunque no fuera tan simple como eso. Pero él sabía que estábamos casados. Entró en la relación con Charles con los ojos bien abiertos. Haley no tuvo esa misma claridad.

—Creo que esto merece tarta —dijo Elise, rompiendo el silencio de la sala—. Lástima que no podamos emborracharnos también.

—Podemos ir a O'Kelley's —ofreció Finley.

Haley y Valentina intercambiaron una mirada y negaron con la cabeza.

—Ya me miran fijamente todo el día en la panadería. Preferiría no pasar mi tarde libre haciendo lo mismo —declaró Valentina.

—¿Cómo demonios sabe alguien lo que ocurrió? Quiero decir, es la primera vez que escucho estos detalles —dijo Blake.

—No creo que nadie conozca los detalles, pero ya sabes cómo es este pueblo. Todos saben que Dawson se ha ido —dijo Karissa. —Lo que significa que todos piensan que o él la cagó o lo hizo Valentina. Están esperando a que ella se derrumbe y lo cuente todo.

—Lo cual acabo de hacer. —Valentina suspiró.

—Nadie aquí va a contar nada a nadie. Excepto quizás a sus maridos y novios. Pero tu vida no es un cotilleo. Es dolorosa. Créeme, lo sé —dijo Finley, con la voz llena de emoción.

Otro golpe en la puerta hizo que Finley fuera a la entrada de la tienda. El resto permanecimos en silencio mientras esperábamos su regreso. Melody, Willow, Zoey y Piper entraron con Finley, riéndose de algo cuando llegaron hasta nosotras.

—¡Hola! —dijo Willow. Vio a Haley y se acercó a ella. — Soy Willow. No creo que nos hayamos conocido.

—Soy Haley, la rompe-hogares —dijo Haley.

Willow hizo una pausa y miró alrededor de la habitación. —Um, ese es un apellido extraño.

Elise dio un paso adelante y ofreció la versión resumida. —Haley se mudó aquí para estar más cerca de su novio, pero su novio era el marido de Valentina. Estamos todas poniéndonos al día y asegurándoles que esta información no saldrá de esta habitación.

—¡Joder! ¿Estás bien? —Melody se acercó a Valentina y la abrazó. —Lo siento muchísimo.

Valentina le devolvió el abrazo y se encogió de hombros.
—¿Sabéis qué? No quiero hablar más de esto. No sé qué pensará Haley, pero para mí está demasiado reciente. Demasiado a flor de piel. Goldie necesita algunos consejos sobre cómo salir con su ayudante ahora que le ha hecho pensar que no está interesada, aunque sí lo esté.

La fulminé con la mirada.

—Perdona. Pensé que si tenían otra cosa con la que distraerse, me dejarían en paz. No puedes negármelo. Estoy herida.

Seguí fulminándola con la mirada, pero tenía razón.

—Cuéntame sobre este ayudante —dijo Elise, moviendo las cejas sugestivamente—. Y por qué le hiciste pensar que no estabas interesada.

Gemí. Mejor acabar con esto de una vez. —Patrick flirtea conmigo todo el tiempo. Es su forma de hablar. Siempre lo ignoraba, pero el viernes de la semana pasada me dijo que iba en serio y que estaba interesado en mí. Me dijo que pensara en él durante el fin de semana—

—En la bañera —interrumpió Valentina—. No te saltes esa parte.

Negué con la cabeza. —Sí, en la bañera. En fin, me dijo que pensara en él y le dijera el lunes qué sentía.

—Me cae bien —dijo Elise con una sonrisa pícara.

—¿Y? ¿Qué le dijiste? —preguntó Willow.

—Nada. No le dije nada. Y desde entonces no se comporta igual conmigo. Está frío y distante y se cierra cuando entro en una habitación.

Todas se miraron entre sí.

—¿No le dijiste nada? —aclaró Elise.

—No. Es decir... —Miré a Valentina—. Estoy divorciada, y estuve presente cuando Haley apareció en casa de Valentina, y no quiero pasar por nada parecido. No otra vez. Ya lo he vivido, ya tengo experiencia en eso.

—Por favor, no me digas que estás renunciando a tu oportunidad de ser feliz por culpa del cabrón infiel de mi marido —dijo Valentina. Sus ojos marrones eran feroces y ardientes.

—Ya lo sé, pero—

—Tiene razón, —dijo Haley—. Dawson era un mentiroso y un idiota, pero no puedes dejar que arruine tu vida.

—¿Cómo podéis decir eso? ¿Cómo podéis decir que debería seguir intentándolo? —pregunté. O más bien, lloriqueé. Tenía derecho a un poco de lloriqueo.

—Porque el tipo de amor que importa, el que cambia tu mundo y te hace creer de nuevo en todo, existe. Aún no lo has encontrado, pero está ahí fuera —dijo Finley. Sus labios se elevaron en las comisuras en una sonrisa secreta—. Nunca pensé que encontraría el amor después de una aventura de una noche, especialmente cuando él se negaba a aceptar que el bebé era suyo.

—Sí, pero...

—Nunca pensé que lo encontraría con el hombre que estuvo delante de mí durante casi toda mi vida —dijo Blake.

—O con un desconocido que tuvo más paciencia conmigo que cualquier otra persona que haya conocido —dijo Elise.

—Me estáis poniendo más difícil mantenerme alejada de él —refunfuñé.

—Bien. Porque no deberías —dijo Valentina—. No hay razón para no salir con él. Puede que no funcione, pero ¿y si funciona? ¿Y si es lo mejor que te ha pasado nunca? ¿Y si te demuestra que todo lo que has vivido ha sido para llevarte hasta él?

—Suena como si estuvieras hablando de alguien nuevo en tu vida —dijo Melody con una claridad asombrosa.

Los ojos de Valentina se abrieron durante medio segundo, lo suficiente para indicarme que Melody había dado en un punto del que Valentina no estaba preparada para hablar todavía.

—Mi matrimonio se desmoronó hace ocho días. Créeme cuando te digo que no estoy interesada en nadie ahora mismo. En absoluto. —Valentina negó con la cabeza, evitando las miradas de las mujeres en la habitación.

Unas sonrisas suaves adornaron sus rostros, pero ninguna la presionó. Ya había pasado por bastante.

—Goldie, tienes que decirle a Patrick que te gusta —dijo Willow, inclinándose hacia delante.

—Que quieres tirártelo —añadió Elise.

—O quizás simplemente echas de menos hablar con él durante el día —sugirió Blake.

—Si ha cambiado su forma de hablarte, supongo que está dolido y está intentando distanciarse de ti —dijo Melody.

—Eso es lo que yo dije —coincidió Valentina.

—¿Es eso lo que realmente quieres? ¿Que se distancie y no tener ninguna relación? —preguntó Blake.

Lo pensé durante un segundo y negué con la cabeza. —No. No quiero eso. Pero no estoy segura de estar preparada para... no sé para qué.

—Entonces empieza por volver al punto donde estabais. Con el coqueteo, las conversaciones y tratándoos como seres humanos. Después cuéntale por qué te entró el pánico —dijo Elise.

—¿Por qué tendría que contarle eso?

—Porque los hombres son tan inseguros como nosotras —dijo Elise. —Con mi pasado, Colin pensaba que la fastidiaba constantemente conmigo, pero era mi pasado mordiéndome el culo y diciéndome que no confiara en él. Pero él es increíble. Una vez que me abrí a él y supo todo, entendió mejor no solo cómo tratarme, sino cómo ayudarme a no volverme a asustar.

—No sé si Patrick es así —admití.

—Y nunca lo sabrás si no le das la oportunidad de serlo —

dijo Valentina. —No te vas a casar con él el fin de semana que viene. Solo estás coqueteando con él y confesándole que el matrimonio de tu amiga explotó delante de ti y que te entraron la ansiedad y el pánico y quieres ir despacio con él. Si no está de acuerdo con eso, no habrás perdido nada.

Tomé una bocanada de aire temblorosa y la solté lentamente. Todavía tenía miedo, pero tenían razón. No podía quejarme de las cosas si no estaba dispuesta a intentar arreglarlas. Y quería arreglar las cosas con Patrick.

—Vale. Hablaré con él mañana —les prometí.

Luego me comí mi tarta.

ME ACOBARDÉ EL LUNES. Intenté hablar con él, pero Eve entró y me inventé una excusa y me fui.

El martes no fue mucho mejor.

Para el miércoles, me sentía como una imbécil aún mayor. Me estaba escondiendo. No era justo para Patrick, y no era justo para mí. Ambos merecíamos algo mejor que yo fingiendo que no estaba disgustada porque le había hecho daño.

También había terminado de intentar convencerme a mí misma de que ese no era el caso. Sabía que era la realidad. Había herido a Patrick. El hombre despreocupado que nunca dejaba que nada le afectase estaba molesto por mi rechazo implícito. Necesitaba hablar con él.

Programé una reunión en nuestros calendarios para revisar las cosas del fin de semana. Teníamos nuestro evento de inicio del verano por el Día de los Caídos y había un montón de cosas en movimiento. Sabía que todo estaba en orden, pero era una excusa para programar una reunión con él.

Cinco minutos antes de la reunión, corrí al baño para

echarme agua fría en la cara. Respiré profundamente e intenté animarme. No funcionó realmente, pero tenía que ir. Él estaría esperando.

Mi despacho estaba vacío cuando regresé. Me senté y esperé. En el momento exacto en que la reunión estaba programada para comenzar, él entró en mi despacho.

—Cierre la puerta, por favor —le dije.

Dudó pero hizo lo que le pedí. Tomó la silla frente a mí y juntó sus manos sobre su tableta. —¿En qué puedo servirle, jefa?

—Me equivoqué, Patrick. Lo sé, y aunque he tardado, quería disculparme.

Se quedó sentado en silencio, sin ceder ni un centímetro. No le culpaba.

—Echo de menos cómo eran las cosas entre nosotros. Antes... antes de que pareciera que le estaba rechazando.

Resopló. —Que pareciera. Si eso es todo lo que quería, tengo trabajo que hacer. Empezó a levantarse.

—Por favor, no se vaya todavía —medio grité. —Lo siento. Por gritar ahora mismo y por no decirle nada. Sí pensé en usted, pero luego pasó algo.

—¿Qué pasó? —preguntó, frunciendo sus cejas rubias.

Me mordí el labio, debatiendo si contarle toda la historia. No era mía para compartir, pero sabía que él no entendería a menos que lo supiera. —Estaba cenando con una amiga y su familia. Hubo un golpe en la puerta cuando acabábamos de sentarnos. La novia del marido se había mudado al pueblo para estar más cerca de él. Porque ella no sabía que él estaba casado.

—¿Qué? —Patrick jadeó—. —Estás bromeando.

Negué con la cabeza. —No lo estoy. No pasará mucho tiempo antes de que todos lo sepan, pero por ahora, es uno de los pocos secretos en Cala MacKellar. Pero me descolocó. Me recordó a mi propio divorcio y lo fácil que fue para

Charles desecharme. Yo...

—Yo nunca le haría eso a una persona —dijo Patrick con vehemencia. Se inclinó hacia delante, con el antebrazo en el borde de mi escritorio—. —Ese no soy yo.

—Quizás no, pero tampoco pensé que Charles lo sería. Nuestro matrimonio no era perfecto, pero nunca pensé que sería así. Nunca pensé que me revelaría algo tan crucial sobre quién era él, algo que significaría que no podríamos estar juntos.

—No soy bisexual —dijo Patrick.

—Es más que eso —confesé—. —Él era mi compañero. Mi amigo. La persona con quien compartía mi vida. La persona con quien creé un hijo. Y me mintió sobre quién era, luego salió y encontró a alguien más con quien estar. Alguien que le convenía mejor.

—Y eso es una mierda.

Asentí con la cabeza. —Lo es. Definitivamente lo es. Y no voy a poner excusas por él porque no las hay. Pero para mí, significa que he perdido la confianza en mí misma. En mi capacidad para tomar decisiones inteligentes cuando se trata de relaciones. He salido un poco desde mi divorcio, pero nada más que una cita o dos. Porque me meto en mi cabeza. Dudo. Me preocupa que tenga algún gran secreto que me va a soltar algún día. Y simplemente me alejo. Pero contigo...

—¿Conmigo qué? —susurró.

—Contigo, tú me soltaste un secreto. Uno que me asustó más que otros. Me diste unos minutos de esperanza. De que quizás había una posibilidad de encontrar el romance otra vez. Quizás no tendría que comprar un montón de gatos y entrenarlos para marcar el uno-uno-dos después de que muriera. Quizás había alguien más ahí fuera.

—¿Y?

—Y la esperanza es la emoción más peligrosa. Nos hace creer en cosas. Y cuando esas cosas no son lo que parecen, o ni siquiera son reales, y la esperanza explota como un globo, se lleva consigo algo más que solo esperanza. Se lleva la fe, la confianza y la capacidad de volver a intentarlo.

—No voy a hacerte daño, Goldie.

Le sonreí. —No puedes prometerme eso, pero te agradezco que lo digas.

—¿Eso significa que nos vas a dar una oportunidad?

Respiré hondo y asentí. —Significa que estoy dispuesta a tener esperanza.

6

PATRICK

*M*aldita sea. Esperanza. Era algo grande. Se notaba. Si lo estropeaba todo con ella, jamás volvería a confiar en otro hombre. Pero cuando ese pensamiento cruzó por mi cabeza, el que siguió fue que no quería que tuviera que pensar en otro hombre nunca. Quería que fuera mía. Para siempre.

Resistí el impulso de devorarla. Ardía dentro de mí, pero ella estaba asustada, así que tenía que ir despacio. Debía tener cuidado. Si no lo hacía, la asustaría y nunca tendría otra oportunidad.

—Tener esperanza es algo bueno —dije finalmente, las palabras apenas saliendo por la opresión en mi garganta.

Sonrió levemente, las comisuras de su boca elevándose lo justo para hacerme saber que estaba feliz pero aún aterrorizada. —¿Está todo preparado para el evento de este fin de semana?

Hablar de lo personal no era algo que hiciera a menudo, así que entendí el cambio de tema. Asentí y desbloqueé mi tableta para mostrar el programa completo.

—Todo listo. Tenemos los food trucks preparados para el

viernes por la noche en el parque con DJ Jericho. Eso terminará a las diez y acondicionaremos el parque para la feria de artesanía del sábado. He confirmado con Marco que Unhinged está preparado para tocar dos horas el sábado por la noche. Están realmente emocionados por la exposición.

—Bien —dijo Goldie—. Paul está muy emocionado con eso. Creo que es lo único del fin de semana a lo que asistirán los adolescentes.

Me reí. —Probablemente. Pero es lo esperable. Una vez que termine el espectáculo, tenemos un equipo preparado para los fuegos artificiales desde el Posada Cala MacKellar con apoyo del departamento de bomberos en tierra y en el agua. El domingo tenemos el segundo día de la feria artesanal y la producción del Centro de Artes Escénicas de Cove por la noche. Krystal dijo que están listos para su adelanto de la programación de verano. Le encanta que los visitantes vean una pequeña parte de todos los espectáculos que harán este verano y puedan comprar entradas justo ahí para la función completa. Fue una gran idea tuya.

Las mejillas de Goldie se sonrojaron. —Gracias.

Le guiñé un ojo y luego volví a mis notas. —Y el lunes tenemos Yoga en el Parque y la Ruta por los Jardines con mapas ya impresos en la oficina de Eve.

Ella asintió mientras yo hablaba y se quedó en silencio cuando terminé. Estaba repasando la lista que guardaba en su cabeza, asegurándose de que no faltaba nada.

No lo hubo. Me aseguré de ello. Aunque me dolió que no dijera nada, no iba a permitir que afectara a mi trabajo o al pueblo. Yo amaba Cala MacKellar tanto como cualquiera, y asegurarme de que nuestro Evento de Inicio del Verano por el Día de los Caídos fuera perfecto era importante para mí. Era la forma de demostrar a residentes y visitantes que Cala MacKellar era un lugar maravilloso para visitar y vivir.

—Gracias. Todo eso suena perfecto. ¿Has establecido tu horario para el fin de semana?

—Sí. Trabajo el viernes por la noche, luego libre el sábado y domingo, pero estaré disponible si se me necesita. Vuelvo el lunes. Después me tomaré libre el próximo miércoles y jueves y trabajaré durante ese fin de semana.

Asintió de nuevo, con esa mirada distante aún en sus ojos. —Suena bien. Agradezco tu ayuda. Más de lo que imaginas.

Entrecerré los ojos al mirarla. Había algo en su tono que me hizo preguntarme qué más estaba pasando. —¿Estás bien?

Forzó una sonrisa y asintió, con una falsa alegría resonando a su alrededor. —Estoy bien. Gracias. Estoy realmente impresionada con todo el trabajo que has hecho. Sé que no siempre he facilitado las cosas, pero estoy muy orgullosa de este departamento.

—¿Te vas? —pregunté. Esas sonaban como las palabras de una mujer que estaba a punto de marcharse.

—No tengo ningún plan de irme.

Eso fue críptico. A estas alturas conocía lo suficiente a Goldie para entender que también era intencionado. Algo estaba pasando, pero ella no quería contármelo, así que lo dejé pasar.

—Deberías tomarte algo de tiempo libre cuando puedas durante el verano. Las cosas van a estar ocupadas con eventos casi cada fin de semana. Ya tienes todo encaminado, así que si quieres tomarte el resto del día, eres bienvenido a hacerlo.

—No necesito hacer eso —le dije.

—¿Qué tal una comida larga entonces? ¿Algo? Odio hacer que todos vosotros trabajéis las horas que dedicáis durante el verano. Eve tiene libre mañana y el viernes, pero trabaja este fin de semana. Howard ha contratado más personas para pasar el verano y está en casa hoy y mañana. Theo trabaja durante el fin de semana pero se toma la próxima semana libre. Tú también necesitas un descanso.

—¿Y tú?

Negó con la cabeza y evitó mi mirada. —Estaré bien. Disfruto trabajando.

—Pero todo el mundo necesita tiempo libre, Goldie. Todos necesitamos poder tomarnos un descanso de vez en cuando.

—Lo haré. Deberías ir a comer con Arthur. A ver qué tal va todo por ahí. Y tómate el resto del día libre.

—¿Intentas deshacerte de mí porque me has dicho que quieres salir?

—¡Yo no he dicho eso!

Me encogí de hombros. —En cierto modo, sí. Has dicho que tienes esperanzas sobre un futuro. Eso significa que quieres salir conmigo.

—Yo... Ve a comer, Patrick.

Sonreí y me levanté. —¿Quieres que te traiga algo?

Ella negó con la cabeza. —Te veré mañana.

—Volveré esta tarde.

Ella puso los ojos en blanco. —Disfruta de tu comida.

—La disfrutaría más si fuera contigo, pero supongo que mi hermano será un sustituto decente.

Se rio suavemente, con los labios formando una sonrisa que por fin llegó a sus ojos color avellana. Eran un poco más verdes cuando estaba contenta, lo que me hizo sonreír aún más.

—Hasta pronto —dije, saludando con la mano mientras abría la puerta y salía.

Cerré mi despacho con llave y le envié un mensaje a Arthur diciéndole que iba a comer con él. Me respondió con un pulgar hacia arriba cuando me estaba subiendo a mi todo-terreno.

O'Kelley's estaba concurrido, pero no tanto como para no

encontrar un asiento. Un camarero se acercó con un vaso de agua y me dijo que Arthur ya había pedido por nosotros y que la comida saldría pronto. Y que mi hermano también.

Jugué con mi móvil mientras esperaba a que Arthur se uniera a mí. Cuando alguien se deslizó en el asiento frente a mí, apagué el teléfono y levanté la vista. Pero no era mi hermano. Era una mujer a la que no reconocía.

—Hola —dijo, sonriendo ampliamente mientras me miraba de arriba abajo. —¿Cómo estás?

—Bien. ¿Y tú? —Le estaba dando el beneficio de la duda mientras mantenía la guardia alta.

—Estoy soltera.

—Me alegro por ti.

—¿Quieres que vayamos a enrollarnos al baño?

Me eché hacia atrás. —¿En serio?

Asintió y giró la pajita de su vaso con la lengua. —Sí. Estoy en la ciudad solo por el fin de semana y tú estás bueno. Puedes quedar conmigo más tarde si lo prefieres.

—No estoy disponible —le dije. No era una mentira completa.

—Yo no diré nada si tú no lo haces.

Negué con la cabeza e intenté reprimir esa sensación repugnante. ¿Era así como se sintió Goldie cuando apareció la novia del marido de su amiga? Como si todo fuese incorrecto, retorcido y nauseabundo.

—Yo lo sabré. Y eso es suficiente.

—Ooh, me encantan los hombres leales —dijo, pasando sus uñas arriba y abajo por mi brazo de una manera que supongo pretendía ser sexy pero me hacía sentir como si estuviera siendo arañado hasta la muerte por un gatito.

—Si eso es cierto, ¿por qué estarías dispuesta a acostarte conmigo sabiendo que no estoy disponible?

Hizo un puchero de una forma que se suponía que era tentadora pero no lo era. Inclinó la cabeza hacia un lado y sacó pecho. No los miré. No me importaba qué aspecto tenían. Solo quería que se marchara.

—No estás siendo muy amable.

—No soy yo quien se ha acercado a ti. Estaba a lo mío esperando a que mi hermano se uniera a mí para comer.

—¿Tienes un hermano? ¡Uy! Dos por uno.

—Es hora de irse —dijo Hudson, sujetando a la mujer cuando se cayó de lado de su asiento y casi golpea el suelo—. Tus amigas necesitan llevarte de vuelta a tu hotel.

—Pero no quiero —hizo un puchero, pasando su mano por la mejilla de Hudson y continuando hacia su garganta, y luego más abajo.

Él la soltó, levantando las manos y retrocediendo mientras otras dos mujeres recogían a la borracha y soltera, y le lanzaban una mirada de desprecio.

—Vuestra amiga necesita aprender a mantener las manos quietas —gruñó Hudson a las mujeres.

Una de ellas tuvo la decencia de parecer avergonzada. La otra seguía lanzándonos miradas asesinas.

Hudson señaló hacia la barra. —Es más seguro.

Cogí mi agua y le seguí hasta la barra, tomando asiento en el centro donde había otro taburete libre. —Gracias.

Negó con la cabeza. —Ha sido un dolor de cabeza toda la semana. Viene aquí cuando abro y bebe hasta que no puede mantenerse en pie, luego intenta conseguir que alguien se la folle en el baño y hace pucheros cuando le dicen que no.

—Vaya, la tienes calada. Eso es exactamente lo que me dijo a mí.

—Yo fui su primer intento —admitió con una mueca.

Solté un bufido.

—A Anna no le hizo tanta gracia como a ti.

Hice una mueca. —Sí, lo puedo entender. No veo cómo a cualquier mujer le parecería atractivo que alguien esté encima de su hombre.

—Yo me sentiría igual si alguien estuviera encima de Anna.

La idea de un hombre haciéndole eso a Goldie casi me hizo saltar de mi asiento.

—¿Tú también, eh? —se rio Hudson—.

Me encogí de hombros.

—¿Goldie te está dando una oportunidad ya?

—No —respondió Arthur por mí—. —Apenas le habla ahora mismo.

—Vaya. Lo siento —dijo Hudson—.

—En realidad, eso no es cierto. Hemos hablado antes —repliqué con aire de suficiencia—.

—¿De verdad? —preguntó mi hermano arqueando una ceja—. —¿De algo que no fuera trabajo?

—Sí. Sobre tener esperanza —dije—.

—¿Esperanza? —preguntó Hudson—.

Asentí.

Hudson silbó. —Eso no es una pequeñez para ella. Lo entiendo, sin embargo. Goldie ha pasado por mierdas con su ex. A mí me llevó mucho tiempo estar dispuesto a intentarlo con alguien. Ella es igual.

—¿Vosotros habláis? —pregunté, sintiéndome irracionalmente celoso de esa nueva información. Goldie tenía amigos y tenía derecho a compartir cosas con otros hombres. Sin mencionar que Hudson se casaría con Anna en unos meses. No tenía motivos para estar celoso. Excepto que lo estaba.

Hudson encontró mi mirada y asintió. —Lo hacemos. Porque somos amigos. Y siendo camarero, la gente tiende a contarme cosas que normalmente no admitirían. Como que Goldie tiene miedo de volver a sufrir. Y tener esperanza es algo que le ha preocupado durante años. Si tiene esperanza, y si es por ti, no la cagues.

No sabía si reír o asentir, así que hice un poco de ambas cosas.

—Está enamorado de ella —comentó mi hermano—. —La única forma en que va a cagarla es diciéndole lo que siente.

—Sí, definitivamente no hagas eso' —dijo Hudson—. ¿Cuánto tiempo lleváis juntos? No sabía que estabais saliendo.

—No están saliendo' —dijo Arthur—. Él solo desea que así fuera. Lleva suspirando por ella desde siempre. Aunque quizás esté más cerca de que ella acepte una cita.

—Ya ha aceptado —dije—. Es solo que el trabajo está muy ajetreado ahora mismo, así que no estoy seguro de cuándo podremos hacer que ocurra.

—No esperes. No con una mujer como Goldie. Es increíble, pero va a ser difícil de atrapar porque va a usar cualquier excusa que pueda para evitar ponerse en riesgo. Si ha aceptado una cita, haz un plan.

—¿Tú crees? —pregunté.

Hudson asintió. —Sí. Oye, vosotros dos deberíais venir a la noche de chicos mañana.

—¿Goldie y yo? —pregunté.

Hudson se rio. —No. Tú y Arthur. ¿Por qué no habéis venido antes?

Arthur y yo intercambiamos una mirada. —No nos invitaron' —dijo Arthur por los dos.

—Bueno, ahora estáis invitados. Empezó con Ian y Ramsey, James cuando podía, viniendo aquí a pasar el rato. Ha crecido. Parece que la mitad de los hombres del pueblo aparecen ahora. Hablan de sus mujeres y se ofrecen consejos de mierda unos a otros.

—Suena exactamente como el lugar donde necesito estar —refunfuñé.

Hudson se rio. —Solo son consejos de mierda porque suelen ser exactamente lo que necesitas oír pero no quieres escuchar. Y todos esos tipos adoran a Goldie. Te ayudarán a entenderla.

No estaba seguro de querer pasar el rato con un montón de hombres que conocían y apreciaban a Goldie, pero quizás merecía la pena intentarlo.

—Estaremos allí' —respondió Arthur por nosotros, dándome una palmada en la espalda.

Hudson dio un golpecito en la barra y se alejó para atender a otra persona.

—¿Iremos allí? —le pregunté a mi hermano.

—Necesitas ayuda, y esos chicos conocen a Goldie. Será bueno.

—¿En serio? —Estaba más que un poco escéptico.

—Si no es por otra cosa, son nuevos amigos.

Puse los ojos en blanco y negué con la cabeza. Nunca ganaba una discusión contra mi hermano. No iba a empezar ahora.

ME DOLÍA el estómago de tanto reírme. Me quité las gafas y me limpié las lágrimas de la cara. Joder, esos tíos eran graciosos.

James, un policía local, estaba metiéndose con su compañero, Rowan, por algo que había ocurrido en el trabajo, pero Rowan le devolvió la jugada. Luego Ramsey, que se crio con James, y Xavier, cuya mujer era amiga de la esposa de James, se unieron contra James, y James acabó siendo el blanco de todas las bromas.

—Sabes que tú lo empezaste —le dijo Rowan a James.

James le respondió con el dedo corazón. —¿Por qué no hablamos de otra persona? Creo que ya he tenido bastante diversión por una noche.

—Me da pena tu mujer —dijo Ian. Ian también se había criado con James y le conocía mejor que los demás.

James simplemente negó con la cabeza y se rio. —Mi

mujer está bien atendida. No tienes que sentir pena por ella en absoluto.

—Hablando de esposas —dijo Rowan. Se volvió hacia Brantley. —He oído un rumor sobre Valentina.

Brantley era profesor de física en el instituto y entrenador de campo a través y béisbol del equipo universitario. Le había visto por el pueblo, pero nunca le había conocido hasta esta noche. Pero yo pensaba que estaba soltero.

—¿Qué pasa con Valentina? —preguntó Brantley. Tenía la mandíbula tensa y los nudillos se le pusieron blancos.

—Dawson le estaba siendo infiel y trajo a la novia a la ciudad. ¿Hay algo de verdad en eso?

Vaya mierda. Conocía esa historia. Y conocía el nombre de Valentina. Era amiga de Goldie y trabajaba en la Pastelería Cove. Lo que significaba que la historia que Goldie me contó era sobre ella. Quizás.

—¿Dónde has oído eso? preguntó Brantley, sin revelar nada. Relajó su postura y la mano, pero se estaba enfrentando a dos policías y responder a una pregunta con otra pregunta era casi una señal segura de que estaba ocultando algo.

—En una visita que hicimos hoy. Una de sus vecinas dijo que vio a Valentina echando a Dawson poco después de que la novia apareciera en la casa —dijo Rowan.

—Joder —suspiró Brantley, con toda su fanfarronería hundiéndole los hombros.

—¿Así que es cierto?

Brantley negó con la cabeza. —No del todo.

—¿Quieres ilustrarnos? preguntó James.

—¿Para qué? ¿Para que os suméis al linchamiento? espetó Brantley.

—Me cae bien Valentina —dijo Ian. —Se merece algo mejor que un capullo como él. Si le puso los cuernos, mejor que se haya librado de él.

Los hombros de Brantley se hundieron un poco. —Estoy de acuerdo.

—No me interesa echar más leña al fuego —dijo James. —Solo que me da pena.

Brantley mantuvo su mirada durante un largo minuto, y luego asintió. —Estaban cenando. Goldie y Paul también estaban allí. Haley, la otra mujer, quería sorprender a Dawson mudándose para estar más cerca de él. Ninguna de las dos sabía sobre la otra, y Dawson no la invitó a mudarse aquí. Estaba viviendo su tranquila y jodida vida mientras arruinaba las vidas de dos mujeres. Sin mencionar a sus hijas.

—Vaya —dijo Rowan. —Eso es jodido. He conocido a mucha gente que ha sido infiel y es simplemente horrible. No vale la pena, y no está bien.

—De acuerdo —dijeron todos los demás hombres.

—¿Cómo está Valentina? —preguntó Hudson a Brantley.

Brantley se encogió de hombros. —Todo lo bien que puede estar. En cuanto sepa que la historia ha salido a la luz, se disgustará de nuevo.

—Tiene suerte de tenerte como amigo —dijo Ian.

Brantley asintió, pero la mirada en sus ojos decía que deseaba ser amigo de Valentina tanto como yo quería ser amigo de Goldie.

—¿Qué edad tienen sus hijas? —le pregunté a Brantley.

—Catorce y quince años. Ambas cumplirán años pronto —dijo Brantley.

—¿Dónde está viviendo Dawson? ¿Se ha mudado con la novia? —preguntó Rowan.

Brantley negó con la cabeza. —Se quedó en mi casa la primera noche. El muy cabrón no quería decirme por qué Val le había echado. Cuando por fin conseguí sacárselo, yo también le eché.

—Pensaba que erais buenos amigos. ¿No fuiste tú quien los presentó? —preguntó Ian.

Brantley asintió. —Sí. El peor error de mi vida.

—No puedes culparte. No tenías forma de saber que esto ocurriría décadas después —dijo James.

Brantley asintió, pero fue un gesto brusco e incómodo.

—Hay algo más, ¿verdad? —le pregunté a Brantley.

Me miró con complicidad. —Sí. Estaba enamorado de Valentina.

Choqué mi copa con la suya, algo aliviado al saber que no era el único sentado en un bar un jueves por la noche deseando tener a la mujer que amaba esperándome en casa. No. Me iría a casa solo. Igual que Brantley. Y era una mierda. Una auténtica mierda.

7

GOLDIE

¿Qué demonios? Me quedé mirando fijamente el puesto donde se suponía que debía estar nuestro proveedor del desayuno. El problema era precisamente ese: *se suponía que debía estar*. Revisé mi móvil y luego abrí mi correo electrónico.

¿Dónde diablos estaban? La gente empezaba a aglomerarse y, en lugar de tener tres opciones para comer, solo había dos. Cove Bakery era increíble y había aceptado tener carteles adicionales para animar a los comensales a adentrarse un poco más en el pueblo. Cracked estaba justo al lado del parque y preparado para participar. Pero el puesto que habíamos traído para nuestro chef invitado estaba vacío.

Toqué la pantalla para llamar al contacto que tenía. Patrick lo había organizado todo y no mencionó que hubiera ningún problema, pero evidentemente algo había salido mal.

—La persona a la que ha llamado no está disponible. Por favor, deje su mensaje después de la señal —dijo la grabación automatizada.

Colgué. Me desplacé por más correos electrónicos, con la esperanza de encontrar otro número o forma de contactar con ellos. ¿Habrían tenido un accidente? ¿Habría pasado algo? Habían firmado un contrato para proporcionar desayunos salados para llevar a trescientas personas. Los sándwiches de desayuno, las quiches individuales y los bocados de huevo eran una buena alternativa a los dulces de Cove Bakery y las comidas para disfrutar sentado de Cracked. Pero solo si alguien aparecía.

Mi dedo se detuvo sobre el nombre de Patrick. Me sentía tentada a llamarle y averiguar qué estaba pasando, pero se suponía que era su día libre. Podía arreglármelas. No tenía otra opción.

Envié un correo electrónico al asistente del chef, la persona con la que habíamos estado comunicándonos. Patrick me había puesto en copia en casi todo, pero no había visto ningún correo esa semana.

—¿Cómo va todo? —preguntó Theo, entregándome un café con el logo de Cove Bakery en el lateral.

—No muy bien. ¿Te dijo Patrick algo sobre que el Chef Julian nos cancelara esta mañana?

Theo negó lentamente con la cabeza. —No. No es propio de Patrick no mantenerte al tanto de algo así."

—Yo también lo creo. Pero el Chef Julian no está aquí, el puesto está vacío y no puedo ponerme en contacto con nadie de allí.

—Déjame intentarlo. ¿Cuál es el número? Theo lo leyó de la pantalla de mi móvil y lo escribió en el suyo. —Está sonando.

Me quedé mirándole, deseando que consiguiera algunas respuestas. Sus ojos se abrieron de par en par y sonrió.

—Buenos días. Llamo del Departamento de Turismo de Cala MacKellar. Nos preguntábamos si todo está bien con vuestro personal, ya que nadie se ha presentado todavía.

La sonrisa de Theo se desvaneció mientras la persona al otro lado hablaba.

—Espera, ¿quién cambió el acuerdo?

Mi corazón se detuvo. ¿Por qué cambiaría algo Patrick? ¿O cualquier otra persona? Nadie fuera de mi equipo había tenido contacto con ninguno de los proveedores. ¿Cómo era eso posible siquiera?

—Dice que alguien llamó el viernes por la tarde y dijo que el sábado por la mañana estaba doblemente reservado y necesitaban que se trasladaran al domingo —explicó Theo.

Alcancé el teléfono, agradecida cuando Theo me lo entregó. —Buenos días, soy Goldie Spear. Lo siento, pero ¿con quién hablasteis?

—No lo sé —dijo la mujer—. —Llamó ayer tarde y estaba un poco nervioso.

—¿No te dijo quién era? ¿Y simplemente cambiaste todo?

—Le creí. Dijo que trabajaba en el departamento de turismo y que lo sentía mucho, pero que las cosas se habían mezclado. Estábamos preparados para hoy, pero cuando recibimos la llamada, tuvimos que cambiar algunas cosas. Le dije que podíamos hacerlo, pero el cambio costaría un cinco por ciento extra. Estuvo de acuerdo.

—¿Cinco por ciento? —Respiré hondo. Era una minucia comparado con lo que podría ser por un cambio así, pero el dinero era lo de menos—. —No sé quién os llamó, pero estaba equivocado. No hemos reservado doblemente para hoy. No hay nadie aquí ahora mismo, y tenemos otro chef que viene mañana. ¿Hay alguna posibilidad de que podáis venir ahora?

—¿Ahora? —soltó ella.

Suspiré. —Sí. Vamos a abrir pronto y tenemos un puesto vacío. No está disponible mañana."

—Mierda. Em, vale. Déjame hacer algunas llamadas y averiguarlo. Te volveré a llamar a este teléfono en unos minutos. Colgó sin esperar a que dijera nada más.

Le devolví el teléfono a Theo, quien me miraba con las

cejas levantadas, esperando a que le contara qué pasaba. —Va a ver si puede traerlos aquí. Te va a volver a llamar."

Sus hombros se hundieron con alivio. —Bien. Esperemos que pueda conseguirlo."

—Sí, pero lo que quiero saber es por qué. ¿Quién demonios llamó y los cambió al domingo?"

—No lo sé, jefa. Definitivamente no fui yo. Sabes que Howard y Patrick no lo harían. Eve tampoco, pero la mujer dijo *él* así que eso descartaba a Eve de todas formas. Aunque es raro.

—¿Qué es raro? —preguntó Eve, uniéndose a nosotros desde detrás de Theo.

—El desayuno se ha cambiado a mañana —dijo Theo.

—¿Perdona? —preguntó Eve.

Theo señaló con la cabeza el puesto del desayuno. —El chef de hoy recibió una llamada ayer por la tarde diciendo que habíamos reservado dos veces hoy y necesitábamos trasladarlos al domingo."

—¿Quién les habría dicho eso?"

—Eso es lo que estamos intentando averiguar —dijo Theo.

Mi mente fue directa a una persona que tenía interés en que yo quedara mal, pero me costaba imaginar que el alcalde Levine llegara a esos extremos.

El teléfono de Theo sonó. Contestó antes del segundo timbrazo. Eve y yo lo miramos fijamente, conteniendo la respiración, hasta que suspiró y sonrió.

—Muchísimas gracias. Eso's perfecto. Lo que puedas hacer. Gracias. Nos vemos pronto. Colgó y me miró triunfante. —Ya vienen para acá. Tardarán un poco, y puede que pase una hora antes de que tengan comida lista para vender, pero'están en camino.

—Gracias, Theo —dije, agarrándole del brazo—. —Te agradezco mucho la ayuda.

—Me alegro de estar aquí, jefa. Solo desearía saber con quién habló. Me'encantaría darle a esa persona un pedazo de mi mente.

—Y a mí —asentí.

—¿Qué más hay que hacer? —preguntó Eve.

Negué con la cabeza. —Ni siquiera he comprobado. Vi que no estaban aquí y empecé a llamar. Quiero recorrer todo el montaje y asegurarme de que la gente tiene todo lo que necesita.

—Empezaré por este extremo, tú empieza por el otro —dijo Eve—. —Nos'encontraremos en el medio.

—Yo esperaré al chef y le ayudaré a instalarse —dijo Theo.

—Perfecto. Gracias a los dos. Me dirigí hacia el agua, donde señaló Eve. Caminé por los pasillos, comprobando cada uno de los vendedores que se estaban instalando para la feria artesanal. Teníamos solicitudes abiertas, pero nos reservamos el derecho de rechazar cualquiera que no encajara. Disponíamos de un número limitado de puestos, pero afortunadamente, solo acabamos con tres solicitudes más que puestos. Patrick encontró la manera de apretar tres lugares extra para los últimos vendedores para que todos pudieran participar.

Algunos vendedores tenían peticiones menores, pero la mayoría estaban listos para el día. Se esperaba un tiempo estupendo y contábamos con una gran afluencia. Algunos visitantes ya empezaban a pasear por los puestos, aunque la feria no debía abrir hasta dentro de cuarenta minutos.

Me reuní con Eve en el centro del parque. —Todo bien por mi lado —dijo.

—Bien. Al menos nada con la feria artesanal se estropeó.

Eve asintió. —¿Quién cancelaría a un vendedor? No lo entiendo.

—Yo tampoco —dije, guardándome mi sospecha para mí misma.

Volvimos al puesto del desayuno y encontramos a Theo llevando bandejas al interior y al Chef Julian dentro intentando poner en marcha la comida.

—Chef, gracias por venir —dije.

—De nada. Lamento mucho la confusión —Apenas levantó la mirada mientras batía huevos, vertía la mezcla en una bandeja y la introducía en el horno.

—No es culpa suya. Voy a averiguar quién le llamó, pero ahora mismo, simplemente estamos agradecidos de que todavía estuviera disponible para hoy.

Asintió, centrando su atención en el siguiente elemento de su lista. Yo entendía la mente creativa y sabía que necesitaba su espacio para trabajar. Los chefs eran como cualquier otro artista y tenían su proceso. El suyo se había alterado por el retraso de la mañana, lo que significaba que estaba más nervioso de lo normal. No me ofendí por su distracción.

—Señorita Spear —dijo una mujer negra de baja estatura fuera del puesto—. Soy Justine. Hablamos antes. Le pido disculpas por la confusión.

—Llámeme Goldie, Justine. Y por favor, no se disculpe. Está claro que alguien se puso en contacto cuando no debía. No es error suyo. Gracias por venir tan rápidamente.

—De nada. Theo ha sido de gran ayuda llevando todo dentro para mi marido. Julian es un poco perfeccionista cuando se trata de su comida. Que Theo me ayudara mientras Julian comenzaba ha sido muy amable.

—Se ofreció voluntario. Tengo un equipo increíble.

—Así es. Patrick siempre ha sido muy amable y servicial. Debería haber notado que algo no encajaba cuando no fue él quien se puso en contacto conmigo. Como no lo cuestioné, mantendremos nuestros precios originales. No se le debe cobrar por un cambio del que ninguno de nosotros fue responsable.

—Gracias por eso. Pero si esto le ha supuesto un coste adicional, por favor, asegúrese de incluirlo en la factura.

Ella negó con la cabeza. —No será así. Estábamos preparados. Julian siempre tiene las cosas listas el día anterior. El incremento del precio era para comprar nuevos ingredientes para las cosas que no habría utilizado después de hoy. Es muy exigente con sus verduras.

—Y esa es una de las razones por las que su comida es tan deliciosa.

—Gracias. Le diré que usted lo ha dicho.

—¡Justine! —llamó el chef Julian desde dentro.

—Debería irme. Soy su ayudante cuando está cocinando. Por favor, pásese pronto para comer algo. Si le parece bien, también me gustaría comprar hoy.

—Por supuesto. Puede dejar el vehículo donde está o podemos moverlo y asegurarnos de que tenga acceso a todo lo que necesite.

—Gracias. Es usted muy amable. Debería saberlo después de las cosas maravillosas que Patrick dice sobre usted, pero es bueno comprobarlo.

—¡Justine! —llamó Julian de nuevo.

—Vaya —le dije—. Tiene nuestros números. Llame a Theo o a mí y nos encargaremos de lo que necesite.

Me apretó las manos. —Gracias.

Justine saltó al puesto y le gritó a su marido. Él se rio y negó con la cabeza. Ella se recogió el pelo y se puso una redecilla, luego se unió a él y trabajaron codo con codo de una manera que solo pueden hacer las personas que se conocen bien.

Sonreí mientras me alejaba, aliviada de haber evitado una crisis. Theo y Eve estaban hablando con una pareja mayor que miraba el puesto con anhelo. Sonrieron y asintieron, y luego Theo y Eve se unieron a mí.

—Tendrán las primeras cosas listas en treinta minutos. Será un poco más tarde de lo planeado, pero funcionará —dijo Theo.

Asentí. —Estará bien. Lo tenemos todo preparado y estamos listos. El resto del día irá sobre ruedas.

EL RESTO del día no fue pan comido. Ni de lejos. Se cortó la electricidad en una sección de los puestos después de la comida. El viento arreció desde el agua y derribó dos carpas. ¿Y lo peor? El grupo musical había desaparecido.

—¿Qué está pasando? —le susurré a Theo. Se había mantenido a mi lado todo el día, ayudándome a resolver los problemas que estábamos teniendo.

—No puedo contactar con ellos —respondió.

Estábamos fuera del escenario, intentando averiguar cómo aplacar a una multitud muy descontenta de adolescentes y familias. Unhinged era un nombre interesante para un grupo, pero la música era adecuada para todas las edades y la banda tenía talento. El hecho de que no aparecieran me hizo preguntarme si habrían recibido una llamada de la misteriosa persona que había cambiado la agenda de nuestro chef invitado de la mañana.

—¿Qué pasa con el grupo? —preguntó Patrick, apareciendo detrás de mí.

—¿Los has cancelado tú? —le solté bruscamente.

Patrick levantó las manos y dio un paso atrás. —Eh, tranquila. ¿Por qué iba a cancelar? Hablé con Marco ayer por la mañana. Estaban entusiasmados por venir.

—Bueno, por lo visto ese entusiasmo se ha esfumado porque no contestan.

—Déjame intentarlo. Se están alojando cerca de Syracuse porque todos los hoteles de aquí estaban completos cuando contactamos con ellos. —Patrick se puso el teléfono en la oreja y esperó. Después de un minuto, negó con la cabeza y colgó—. Qué raro.

—Es la tónica del día —dijo Theo.

—¿Qué significa eso? —preguntó Patrick.

Theo se encogió de hombros. —Ha sido un desastre. El chef Julian no se presentó, dijo que alguien llamó ayer y le comunicó que teníamos una doble reserva esta mañana y que necesitaba venir el domingo. Conseguimos hablar con él y todo se solucionó, pero no sabemos quién le llamó. Luego se cortó la luz y el viento, y ahora el grupo está en paradero desconocido.

—¿Alguien llamó al chef Julian? —preguntó Patrick, mirándonos a Theo y a mí.

—Sí. Todo lo que Justine sabía era que se trataba de un hombre que dijo que trabajaba con nosotros. Nunca le dio su nombre. Ella dijo que parecía nervioso al respecto, así que nunca lo cuestionó. Theo tenía tanta frustración en su voz como la que yo sentía.

—¿Qué demonios? ¿Alguien está intentando sabotear el fin de semana? La pregunta de Patrick era más retórica que otra cosa, pero eso no significaba que estuviera equivocado.

—Eso es lo que me estoy preguntando. Especialmente con esto. El espectáculo debería haber comenzado hace treinta minutos, y Unhinged no está aquí. No van a venir. ¿Tenemos un plan B? preguntó Theo.

Miré boquiabierta a Patrick. Un plan alternativo nunca se me había ocurrido. No cuando la banda estaba tan entusiasmada por tocar. Si hubieran cancelado en el último minuto, todavía estaríamos jodidos, pero no pensamos que eso ocurriría. Yo no pensé que eso ocurriría.

Patrick negó con la cabeza. —No. No hay plan B."

—Vale, pues tenemos que idear uno. Ahora, dijo Theo.

Patrick y Theo se pusieron manos a la obra, hablando sobre gente que conocían que podría tocar. Se suponía que sería un espectáculo de dos horas, pero tendríamos suerte si acabábamos con entretenimiento durante una hora. La gente ya se estaba marchando, con suerte para conseguir un buen sitio para ver los fuegos artificiales.

—Buenas noches a todos, la voz de Patrick retumbó a través de los altavoces. No me había dado cuenta de que había subido al escenario. —Hemos tenido un día bastante movido hoy. ¡Espero que todos hayáis disfrutado del Evento de Inicio del Verano del Día de los Caídos!

La multitud vitoreó ante el entusiasmo de Patrick. Parte de mi ansiedad se alivió.

—Desafortunadamente, hemos tenido un contratiempo con la banda que se suponía que estaría aquí esta noche. Parece que Unhinged no va a poder venir.

Un coro de abucheos siguió a ese anuncio.

—Lo sé. Yo también estoy decepcionado. Vamos a averiguar si podemos reprogramar con ellos para otro momento más adelante este verano porque todo el mundo estaba realmente deseando ver su espectáculo. Pero para esta noche, tenemos algunos artistas locales que han accedido a ayudarnos. Quizás reconozcáis a algunos de estos chicos. Todos son estudiantes del último curso del Instituto Cala MacKellar. ¡Un fuerte aplauso para The Elements!

De nuevo, la multitud vitoreó cuando la voz de Patrick se elevó. Los chicos subieron al escenario, pareciendo niños que pretendían ser adultos. No reconocí a ninguno, pero tan pronto como empezaron a tocar, suspiré aliviada. Eran buenos. Realmente buenos. Mejores de lo que esperaba que fueran.

Comenzaron con algunas versiones para animar al público. Su cantante principal, un chico negro que se presentó como Johnnie Junior, habló con la multitud después de las dos primeras canciones. Presentó a los otros cuatro miembros de la banda, luego les marcó la cuenta atrás para tocar una de las canciones de la banda.

Patrick se acercó a mí mientras la banda cautivaba al público.—¿Estás bien?

Me reí sin alegría y negué con la cabeza.—Ni un poco. Pero estos chicos son increíbles. Gracias por subirlos ahí.

—Eso fue todo mérito de Theo. El batería es el hijo del amigo de Theo. Dijo que les había escuchado tocar varias veces y quedó impresionado. Estaba hablando con el padre y convenciendo a los chicos mientras yo estaba en el escenario ganando tiempo.

—Bueno, gracias. No sé qué habríamos hecho si no hubiésemos tenido ningún espectáculo.

Patrick asintió y permaneció callado durante un minuto. —¿Por qué no me llamaste antes?

Busqué en mi mente una razón por la que debería haberlo hecho.—¿Se suponía que debía hacerlo?

Patrick se volvió hacia mí.—El chef no apareció. Se fue la luz. Las carpas se volaron. Parece que podrías haber necesitado ayuda.

—Es tu día libre. No iba a hacerte trabajar cuando necesitabas el descanso. Theo y Eve estaban aquí para ayudarme.

—Aun así, podrías haberme contactado. Siempre estoy aquí para ti si necesitas algo.

Asentí, intentando no dejar que esas palabras calaran hondo. Si lo hacían, podría tener dificultades para dejarlas ir cuando él ya no estuviera ahí para mí. Cuando alguien más captara su atención y siguiera adelante, dejando atrás a la madre divorciada.

—Parece que fuiste una estrella del rock, sin embargo. Como siempre.

Me reí por lo bajo. —Para nada. Apenas me mantenía en

pie. A estas alturas, solo cruzo los dedos para que los fuegos artificiales funcionen de verdad."

Patrick sonrió. —Todo saldrá bien. Y me aseguraré de estar aquí mañana durante todo el día por si surgen más problemas."

—No tienes que hacer eso."

—Lo sé, pero quiero hacerlo. Quiero ayudarte, Goldie. Sea lo que sea que necesites, quiero que sepas que estoy dispuesto y disponible para ayudarte."

—Gracias —susurré, dejando que esas palabras y esa promesa penetraran un poco más profundo. Solo esperaba no arrepentirme.

8

El resto de la noche fue sencillo. La banda tenía energía y talento. Sin duda impresionaron al público. Le dije a Theo que se asegurara de que tuviéramos su información de contacto para poder determinar algún tipo de compensación.

Los fuegos artificiales se desarrollaron sin problemas. El espectáculo fue casi tan bueno como la banda. Y cuando la gente se marchó a sus casas y el parque quedó vacío, mi equipo lo dejó todo limpio en tiempo récord.

El domingo me levanté temprano y contuve la respiración esperando tener un día tranquilo. Nuestro chef invitado para el desayuno ya estaba allí cocinando cuando llegué. Los vendedores estaban instalados y listos cuando recibimos a los invitados.

Patrick llegó poco antes de que comenzara el día, y pareció ser el amuleto de buena suerte porque la jornada transcurrió sin ningún desastre importante o menor.

Cuando la feria de artesanía concluyó, todos los vendedores dijeron que lo habían pasado estupendamente. Muchos agotaron los productos que habían traído. Y todos los que hablaron conmigo manifestaron su esperanza de volver en años futuros si repetíamos el evento.

Mi mente bullía con posibilidades mientras el equipo del Centro de Artes Escénicas de la Cala subía al escenario. Eran divertidos y talentosos. Krystal, su narradora para la noche, era protagonista en muchas de sus obras. Habló un poco sobre cada actuación antes de que los actores subieran al escenario. Llevaban vestuario, pero no los trajes completos del espectáculo, ya que cada representación tendría un aspecto diferente y cambiar tantas veces habría sido una pesadilla para los artistas.

Cuando terminaron su espectáculo y se vendieron entradas para futuras funciones, el público se quedó hasta bien entrada la tarde. Hacía buen tiempo, y era temprano en comparación con la noche anterior. El equipo que habíamos contratado para desmontar las carpas de la feria artesanal trabajaba arduamente, y los vecinos lo notaron y colaboraron, desmontándolo todo en tiempo récord, para luego preparar el parque para los juegos.

Aparecieron tableros de cornhole y los equipos comenzaron a jugar. La música sonaba desde móviles por todo el parque. Se trajeron comida y bebidas de los restaurantes y bares cercanos al parque.

Era lo que me encantaba de Cala MacKellar. La gente se esforzaba por ayudarse mutuamente e iba más allá de sus obligaciones para hacer cosas. Las familias paseaban con niños, y cuando algún pequeño intentaba participar en un juego de cornhole, los jugadores le enseñaban cómo se hacía y le animaban cuando hacía buenos lanzamientos.

Me encantaba.

—El día de hoy ha sido increíble —dijo Valentina, uniéndose a mí en el borde del parque.

—¡Hola! —La abracé—. Realmente lo ha sido. Ha sido estresante, pero hoy ha ido mucho mejor.

—Bianca me contó lo de la banda ayer. ¿Qué pasó?

Puse los ojos en blanco. —No estamos completamente seguros, pero parece que alguien está intentando arruinarme las cosas.

—¿Qué quieres decir?

—Pequeñas cosas ayer, siendo lo más grave que la banda no apareció. No hemos podido contactar con ellos, así que todavía existe la posibilidad de que algo vaya mal.

—¿En serio?

—Espero que no, pero sí. Patrick dice que han estado publicando en redes sociales, así que cree que están bien, pero no contestan a sus llamadas.

—Eso es muy raro.

Asentí, sintiéndome cada vez más confundida sobre todo el asunto.

—No crees que fuera una coincidencia, ¿verdad?

Dudé, luego negué con la cabeza. —No lo creo.

—Y tienes una idea de quién está detrás de todo esto, ¿no? Asentí lentamente.

—¿Alguien de tu equipo?

—No —dije rápidamente. —Ni en broma.

—Vale, pero entonces ¿quién?

—Nuestro alcalde.

—¿Qué? ¿Por qué haría eso?

—Me amenazó con despedirme si esta temporada no es un éxito —susurré.

—Ya lo es. Organizas un montón de eventos. ¿Cómo puede pensar que no lo estás haciendo de maravilla?

—Bueno, me recortó el presupuesto un quince por ciento y luego me dijo que si no lo cumplo, estoy fuera.

Valentina silbó.

—Sí. No puedo demostrarlo, pero creo que fue él quien llamó al chef, y probablemente tuvo algo que ver con la banda.

—Vaya. Sabía que era un imbécil, pero esto es otro nivel.

—Sí. Pero no hay nada que pueda hacer. Si no puedo demostrar que fue él quien lo hizo, solo tengo que adaptarme. Incluso si puedo demostrarlo, no estoy segura de qué puedo hacer.

—Se lo cuentas a la gente. Lo gritas a todo el pueblo. No le elegirán si muestras a la gente cómo es realmente.

—Quizás, pero no es como si eso fuera a conseguir que le echen.

—En realidad, podría —dijo Valentina—. Si está intentando activamente perjudicar al pueblo, podría ser motivo de destitución.

Inspiré bruscamente. —Vaya. Eso es... bueno saberlo.

—Sí, pero cuídate las espaldas. Si viene a por ti por ambos lados, va a ser una batalla.

Asentí. —Definitivamente va a ser una batalla. Y por favor, no le cuentes esto a nadie. No quiero que se extienda por el pueblo. No quiero que Paul se preocupe. Ni mi equipo.

—Sabes que guardaré el secreto.

Le sonreí. —Entonces, ¿cómo te van las cosas a ti?

Negó con la cabeza y miró hacia la multitud. —El rumor se está divirtiendo.

—Mierda. ¿En serio?

Asintió. —Sí. Brantley me dijo que uno de mis vecinos le contó a James y a Rowan que Dawson había trasladado a Haley aquí arriba.

Resoplé con desdén. —¿Y por qué haría él eso?—

—¿Quién sabe? Pero solo va a empeorar ahora que la gente sabe quién es Haley. Me da pena por ella.

—¿Por qué?

—Se la verá como la rompe-hogares. La mujer que llegó y arruinó mi matrimonio. Ya sabes cómo es la gente aquí. No es culpa de Dawson que se acostara con otras.

—Sí que lo es. Y se lo diré a cualquiera que me pregunte.

Valentina sonrió, pero era una sonrisa triste. —Gracias. Es que detesto que haya estropeado tantas vidas. Y me siento culpable porque hay una parte de mí que está aliviada de que mi matrimonio haya terminado.

—¿Aliviada?

Asintió sin mirarme. —No tenía valor para dejarlo o echarlo, pero no he sido feliz. Me he estado matando para hacerlo feliz a él, y eso me ha hecho miserable. No me apoyaba a mí ni en nada de lo que quería hacer. A menudo ignora a las niñas. Simplemente no es el hombre que pensé que era cuando nos juntamos. Ha cambiado.

—Tú también has cambiado, seguro. Y no digo que eso sea malo. Cuando las cosas con Charles estaban en ese punto, cuando me dijo que quería el divorcio, me dijo que yo también había cambiado. Me molestó en ese momento porque sentí que estaba diciendo que era mi culpa, pero me di cuenta de que tenía razón. Todo el mundo cambia, y si no cambiáis juntos, os distanciáis.

—Es cierto. No soy la misma persona que era hace veinte años. Y no quiero serlo.

—Y eso está bien. Eso fue lo más difícil para mí con mi divorcio. Aceptar que estaba bien estar feliz con en quien me había convertido y conforme con que mi matrimonio terminara.

—No todo el mundo está destinado a tener un final feliz —dijo Valentina en voz baja.

—No creo que debas rendirte todavía. —Sonreí mientras Brantley se acercaba a nosotras con ojos solo para Valentina.

Ella se giró para verlo venir y sonrió ampliamente. —Ni se te ocurra empezar.

—No he dicho nada'.— Le sonreí, y ella negó con la cabeza.

—Hola, señoritas. ¿Cómo va la noche?— preguntó Brantley.

—Bien. ¿Y usted?— le pregunté.

—Estoy genial. Ha sido un evento divertido. Un gran fin de semana.—

—Gracias. Valentina me estaba diciendo que quiere jugar al cornhole. Tengo que volver al trabajo, así que quizás usted podría ser su pareja.— Le sonreí a Brantley, sabiendo que no necesitaba ningún estímulo.

—Sería estupendo. Suena divertido,— dijo Brantley, deslizando su mirada sobre Valentina antes de fijarla en sus ojos.

—Vamos,— dijo ella.

Los dos se giraron para caminar hacia los juegos. Sonreí a sus espaldas, y Valentina me pilló cuando se volvió para fulminarme con la mirada. Le saludé con la mano.

Ella necesitaba algo de diversión y felicidad. Y tenía la sensación de que Brantley podría ayudar con ambas.

—¿Es esto lo que usted considera un evento exitoso, Sra. Spear?— me preguntó el alcalde Levine el martes a primera hora de la mañana.

Me habían convocado a su oficina en cuanto abrió. Jane sonaba arrepentida cuando llamó, pero yo no la culpaba por la actitud de él.

Tenía la cara roja y parecía que iba a estallar. Si su frustración no estuviera dirigida hacia mí, y si no creyera que él era el responsable de los problemas del fin de semana, me habría parecido gracioso.

—Estamos investigando los problemas que encontramos. El viernes por la noche todo salió según lo planeado, igual que el domingo y el lunes. Los únicos errores ocurrieron el sábado.—

—Bueno, un día de cuatro con problemas ya es demasiado, Sra. Spear. Esto no es el tipo de cosa que me inspire mucha confianza en sus supuestos talentos.—

Hervía de rabia y resistí el impulso de arremeter contra aquel hombrecillo miserable. —Estoy de acuerdo, señor alcalde. Por eso mi equipo está contactando con todos los proveedores futuros y notificándoles que solo acepten cambios de alguien con quien hayan estado en contacto previamente y que se aseguren de obtener la información de contacto de cualquiera que intente reprogramar o cancelar algo.

Ese detalle lo dejó un poco desconcertado, lo que solo sirvió para confirmar lo que ya sospechaba.

—Y además de eso, averiguaremos qué pasó con la banda y qué sucedió con el Chef Julian. La esposa del Chef Julian ha sido muy útil proporcionándonos información sobre la persona que la llamó para reprogramar. Llegaremos al fondo de los incidentes que ocurrieron para sabotear el programa del sábado.

—¿Está segura de que esa es la mejor manera de emplear su tiempo, Srta. Spear? Su boca se torció mientras escupía mi nombre.

—Sí, lo es. Porque si alguien está intentando arruinar los eventos del pueblo, es importante que descubramos quién es y pongamos fin a esto. Nadie está fuera de nuestro alcance. Pensaría que usted, como alcalde, querría saber quién está detrás de estos incidentes. Si la gente cree que no va a obtener lo que se les promete cuando vienen aquí, dejará mal a todos en el pueblo. Disminuirá el turismo y significará que la gente no se mude aquí. ¿Cómo le iría eso durante las próximas elecciones?

Abrió y cerró los labios, frunciéndolos y mirándome con desprecio mientras elaboraba una respuesta. —Estoy de acuerdo —finalmente logró decir.

—Bien. Me alegra saber que cuento con su apoyo, señor

alcalde. Me pondré en contacto cuando tenga más información sobre lo que pasó con la banda y por qué no se presentaron ni nos llamaron para cancelar la actuación. Le veré pronto. Me puse de pie y le sonreí dulcemente.

El miserable canalla volvió a fruncir el ceño y agitó la mano para que abandonara su despacho. Estaba más que feliz de hacerlo.

—No he oído ningún estrépito —susurró Jane cuando salí.

—Sabe que no tiene margen para discutir en este asunto. Él es quien la ha fastidiado.

—Espera, ¿crees que...?

Asentí. —Sí, pero no se lo digas a nadie.

—¿Por qué no?

—Porque hasta que tenga pruebas de eso, es solo una suposición.

Ella asintió y miró hacia su despacho. —Si descubro algo, se lo haré saber.

—Gracias, Jane. Lo agradezco. Buena suerte. Tengo la sensación de que va a estar de mal humor todo el día.

Ella puso los ojos en blanco. —Nada nuevo.

Deseaba poder hacer algo para ayudarla, pero hasta que él dejara el cargo, no había nada que hacer. Pero si podía demostrar que estaba interfiriendo en los eventos del pueblo y causando pérdidas económicas a Cala MacKellar, tendría motivos para asegurarme de que fuera destituido.

Revisé mi correo electrónico cuando regresé a mi oficina y encontré uno de Marco con Unhinged. Era su factura por la actuación a la que no se presentaron. Una factura que indicaba que habíamos violado la política de cancelación en su contrato al dar menos de cuarenta y ocho horas de aviso, lo que significaba que estábamos obligados a pagar la tarifa completa.

Era legítimo. Y no les culpaba por querer el pago

completo. Se merecían sus honorarios, pero yo merecía algunas respuestas.

Esta vez, Marco contestó al teléfono.

—¿Sí?

—Hola Marco, soy Goldie Spear del Departamento de Turismo de Cala MacKellar.

—Sí.

—He visto su factura y la pagaremos esta semana, pero me gustaría preguntarle algunas cosas primero.

—¿Qué?

No podía culparle por ser tan cortante con sus respuestas. Estaba enfadado. No era el único.

—Supongo que recibió una llamada telefónica diciéndole que necesitábamos cancelar su actuación. ¿Es eso cierto?

—¿En serio? ¿Por qué me pregunta esto?

—Porque mi equipo nunca se puso en contacto con ustedes.

—¿Qué? Sí, lo hicieron. Un tipo llamó el viernes por la noche y dijo que no tenían espacio para nosotros, que alguien más importante había aceptado tocar y que ya no nos necesitaban.

—¿Por casualidad recuerda su nombre?

—No. La verdad es que me daba igual. Estaba cabreado. Ya estábamos en el hotel. Habíamos planeado pasar el día en el evento para poder mezclarnos con la gente del pueblo. La banda estaba enfadada. No me importaba cuál de su gente nos estaba diciendo que no éramos lo suficientemente buenos.

—Mi equipo no le llamó, Marco. Intentamos contactarle el sábado por la noche cuando no apareció porque todos esperábamos que estuviera allí.

—Eso no es posible.

—No fue el único proveedor a quien le ocurrió esto. Con

el otro pudimos contactar y corregirlo, pero no pudimos localizarles a ustedes.

—Salimos. Dejamos los móviles en el hotel. No queríamos lidiar con más tonterías.

—Le pido disculpas por eso, Marco. Estamos intentando averiguar quién se estaba poniendo en contacto y cambiando las cosas a nuestras espaldas. Mi equipo es muy pequeño. ¿Habló con Patrick o conmigo, verdad?

—Sí. Así es. Hasta que llamó este otro tipo. Mierda. Debería haberlo sabido. Simplemente pensé que ustedes dos se estaban acobardando y habían mandado a algún becario o algo así para comunicárnoslo.

Negué con la cabeza. —No, pero entiendo por qué pensaría eso. Sé que no nos debe nada, Marco, pero nos encantaría que su grupo tocara en Cala MacKellar. Tuvimos muchos fans decepcionados.

—No sé. Tendré que consultarlo con los chicos.

—Lo entiendo. Pagaremos la factura de este fin de semana. Si tienen una fecha libre en su agenda y están dispuestos a intentarlo de nuevo, firmaremos un nuevo contrato y me aseguraré de que tengan información de contacto de todos los miembros de mi equipo. No se realizarán cambios ni cancelaciones sin la confirmación de al menos dos de nosotros durante el resto del verano. Nos estamos poniendo en contacto con todos nuestros proveedores para asegurarnos de que estén al tanto de los problemas que estamos teniendo, y estamos investigando quién podría haberle llamado.

—¿Quiere el número? Apareció en mi teléfono.

—Sí, sería estupendo.

Marco me dictó el número y lo anoté. Luego suspiré. Era un número genérico del ayuntamiento. Uno que usaban varias oficinas. No me ayudaría a identificar quién llamó, pero era un paso en la dirección correcta.

—No sabe quién es, ¿verdad? —preguntó Marco.

—No, pero lo averiguaré. Por favor, hágame saber si quieren venir. Me pondré en contacto con algunos hoteles locales para ver si puedo conseguirles alojamiento. Será más fácil confirmar las cosas si están aquí mismo en el pueblo.

—Sí, eso habría sido mejor. Le pido disculpas por no haber comprobado quién era la persona que llamó.

—No es culpa suya, Marco. Gracias por atender mi llamada hoy. Espero tener noticias suyas pronto.

—Gracias, Goldie.

Colgamos y suspiré.

—Parece que ha ido bien —dijo Patrick. Estaba apoyado en el marco de mi puerta.

Asentí. —Pensaba que no queríamos llamarle nosotros mismos. Creía que éramos unos cobardes. Quien lo llamó le dijo que Unhinged no era lo suficientemente bueno y que habíamos encontrado a alguien mejor.

—Vaya. Eso es una putada.

—Sí. No puedo culparle por no contestar a nuestras llamadas.

Patrick se rio. —Cierto. ¿Y todavía no sabes quién está detrás de esto?

Negué con la cabeza, evitando su mirada mientras ordenaba los papeles de mi escritorio.

—No te creo, pero es evidente que no quieres decírmelo.

—No hasta que tenga algo más que una corazonada.

—Solo dime una cosa. ¿Es alguien de esta oficina?

Negué con la cabeza al instante. —No. Nunca ha habido nadie de esta oficina en mi lista de sospechosos, y tengo prácticamente la prueba de que nadie aquí lo hizo."

—¿Qué tipo de prueba?"

—Marco me dio el número desde el que se hizo la llamada. Es uno de los números genéricos antiguos del Ayuntamiento. Todavía no han cambiado todos sus teléfonos al nuevo sistema, y este número es el predeterminado desde el que llaman esos teléfonos."

—Entonces, ¿alguien en el Ayuntamiento usó un teléfono que sabía que no podría rastrearse para cancelar la banda y reprogramar al servicio de catering?"

Asentí.

—¿Y no estás segura de quién fue?"

Intenté no sonreír, pero fracasé. Aun así, no iba a admitirlo.

—Eso es lo que pensaba. Hazme saber en qué puedo ayudarte para hacerle caer."

Asentí. Era bueno tener personas en las que confiaba de mi lado. Jodidamente bueno.

PATRICK

—¡*E*ste hombre necesita una copa! —dijo Arthur mientras nos sentábamos en O'Kelleys dos noches después.

Tenía libre el miércoles y el jueves ya que trabajaba el fin de semana, y Arthur me convenció para asistir de nuevo a la noche de chicos. Mis mejillas se sonrojaron ante la atención que estaba atrayendo hacia mí. No me gustaba hacer nada que hiciera que la gente se fijara en mí. Pero mi hermano no sentía lo mismo.

—Cumple veintisiete hoy —le dijo Arthur a Hudson mientras este colocaba una cerveza frente a mí.

—Joder, tío, ¿en serio? —dijo Ian desde mi derecha—. Me siento como un viejo. Cumplí cuarenta en enero.

—Eres un viejo —le dijo Rowan.

Ian le hizo una peineta a Rowan con una sonrisa. —Sí, bueno, no soy el más viejo aquí.

Ian señaló a Nico mientras este se sentaba junto a James.

—¿Qué soy yo? —preguntó Nico.

—El viejo del grupo. Patrick ha cumplido veintisiete hoy —le dijo Ian.

—Jesús —jadeó Nico—. Necesito una copa solo de oír eso.

—¿Cuántos años tienes? —le pregunté a Nico.

—Cuarenta y cinco. —No conocía bien a Nico. Solo habíamos hablado unas pocas veces. La hermana de Goldie trabajaba para él. Ella no era cercana a su hermana, pero Goldie siempre hablaba muy bien de la Dra. Allison.

—Cuarenta y cinco no te convierte en un viejo —dije—. A menos que tengas cuarenta y cinco en años perrunos o algo así.

Los otros chicos se rieron. Nico negó con la cabeza y me sonrió. —A veces me siento así, pero no. Solo años humanos normales. Joder, nunca habría imaginado que eras tan joven.

Asentí y di un sorbo a mi cerveza. Era algo que me habían dicho la mayor parte de mi vida. Ya fuera porque tuve que madurar rápido después de que muriera mi padre o simplemente porque formaba parte de mi personalidad, no importaba. Algunas personas me decían que tenía un alma vieja. Yo solo pensaba que estaba más hecho para estar en los cuarenta que en los veinte. Trasnochar y emborracharme hasta perder el sentido nunca me habían atraído. No juzgaba a quienes disfrutaban de esas cosas, pero sentía que encajaba mejor con los hombres con los que estaba sentado. Hombres asentados en sus vidas y satisfechos con su lugar en el mundo en vez de buscándolo.

No es que yo estuviera satisfecho, pero sabía cómo quería que fuera mi vida, y se parecía mucho a las vidas de los hombres que me rodeaban.

—¿Qué deseas para este año? —me preguntó Rowan.

—Una cita con su jefa —respondió Arthur por mí.

De nuevo, mi cara se acaloró. Los hombres con los que estábamos sentados eran amigos de Goldie. La conocían. Hudson sabía que yo sentía algo por Goldie, pero estaba bastante seguro de que el resto no lo sabía hasta que mi hermano abrió su bocaza.

—Puedo entender eso —dijo Gavin. Él era dueño del Posada Cala MacKellar junto con su esposa, Piper. Habíamos trabajado con ellos en más de unos cuantos eventos. Ambos eran personas estupendas—. Goldie es amable y considerada.

Asentí, sin confiar en mí mismo para hablar sin soltar todo lo que ella significaba para mí.

—Patrick siempre ha tenido debilidad por las mujeres mayores —añadió Arthur.

—¡Tío! —exclamé.

Arthur se encogió de hombros. —Por favor. Necesitas amigos en tu vida. Y todos conocen a Goldie. Nadie aquí va a hacer nada para lastimarla, y sé que tú tampoco harías nada. Pero tal vez puedan ayudarte a descubrir cómo conseguir que te dé una oportunidad.

Miré con mala cara a mi hermano, pero los otros chicos siguieron con el tema.

—Quizá le moleste que trabajes para ella —dijo Rowan.

—Yo creo que es por la diferencia de edad —añadió Nico.

—O tal vez simplemente no esté segura de salir con alguien —le dijo Ian al grupo—. Cuando Blake y Willie rompieron, ella no quería salir con nadie más durante un tiempo, aunque no fueran el uno para el otro. Después de estar en una relación tanto tiempo, es difícil seguir adelante. Incluso cuando es la decisión correcta.

—Es todo lo anterior, —dijo Arthur.

—¿Por qué quieres salir con ella? —preguntó Gavin.

—Porque está enamorado de ella, —respondió Arthur.

—¿Qué demonios? —le pregunté.

Arthur se encogió de hombros y le hizo un gesto a Hudson para que le sirviera otra bebida. Como me iba a llevar a casa conduciendo, Hudson le rellenó el vaso con agua tónica y una rodaja de lima. —Te gusta. Mucho. Lo sé, pero no la conozco, así que no puedo ayudarte. Pero vas a quitarle importancia con estos chicos. Necesitan saber que no buscas hacerle daño. Te importa más que a todos ellos juntos."

Cerré los ojos y conté hasta diez. Quería a mi hermano, pero cuando creía saber lo que era mejor para mí, se convertía en un auténtico dolor de cabeza. Solté el aire lentamente y abrí los ojos de nuevo, encontrándome con que los demás me observaban.

—He pasado por eso, —dijo Ian. —Es una mierda estar enamorado de una mujer que no quiere verlo."

—Tienes que proceder con cautela con Goldie, —dijo Rowan. —Necesita saber que no vas a salir corriendo en cuanto las cosas se pongan difíciles."

—Y necesita saber que vas en serio, —dijo Gavin. —Pero sé que tú también necesitas esas cosas."

Asentí lentamente, sorprendido por su perspicacia y consejos. —Le he dicho que la quiero, pero no me creyó."

—Entonces díselo otra vez. Invítala a una cita. Planea algo y cuéntale lo que has planeado para que sepa que vas en serio. —Nico encontró mi mirada y la mantuvo. —Hay más en ella que solo su divorcio. O ser madre. Goldie tuvo que lidiar con el divorcio de sus padres y que su padre comenzara una nueva familia. Ella y Ally no son cercanas. Eso no es culpa de Goldie, pero me parece que a veces se lo toma como si lo fuera. Necesitas entender todas las partes que componen a Goldie y estar dispuesto a ver a la persona completa."

Entendía exactamente lo que Nico estaba diciendo, y lo que no estaba diciendo. Goldie no era un juguete, y no era unidimensional. Era complicada. Y yo necesitaba ir en serio si iba a involucrarme con ella. —La veo por completo. Y quiero ser la persona a quien acuda tanto fuera del trabajo como en el trabajo."

—Vaya, —dijo Ian. —Dile eso y puede que lo consigas."

Me reí mientras los demás asentían. Solo podíamos esperar que así fuera.

EL VIERNES no fue un día normal en el trabajo. Nos estábamos preparando para los eventos programados para el fin de semana y, después del desastre que nos crearon el fin de semana anterior, estábamos ocupados contactando con todos los proveedores y reconfirmando su asistencia. Otra vez. Goldie no iba a dejar nada al azar esta vez.

Para la hora de comer, estábamos todos agotados y un poco irritables. Eve tenía el día libre, lo que nos dejaba a Theo, a Goldie y a mí para hacer las llamadas. Howard se encargaba del centro de bienvenida, prefiriendo evitar el contacto con los proveedores en favor de las familias que llegaban para el fin de semana.

—Esto es un asco —dijo Theo después de colgar su última llamada—. Necesitamos un descanso.

—Voy a pedir comida. ¿Qué queréis? —dijo Goldie.

Theo y yo intercambiamos una mirada y sonreímos. —Tacos —dijimos al unísono. Se había convertido en una broma recurrente entre nosotros que los tacos fueran nuestra comida elegida. Siempre los pedíamos cuando nos preguntaban.

Goldie se rió. —Debería haberlo imaginado. Haré el pedido. ¿Puede alguno de vosotros preguntar a Howard?

—Yo le preguntaré a Howard y luego haré el pedido. Eso es parte de mi trabajo, no del suyo —le dije con suavidad. Ella era la jefa. Yo era el asistente.

—Gracias —dijo, suspirando profundamente—. Creo que voy a tomar un poco de aire fresco durante unos minutos.

Theo la siguió hasta la puerta y desapareció en su oficina.

Quería ver si ella necesitaba algo más, pero quería darle unos minutos primero.

Howard sonrió cuando le dije que estábamos pidiendo tacos y me dio su pedido. Sabiendo lo que les gustaba a Theo y Goldie, llamé para encargar nuestra comida. Estaba ocupado a la hora de comer, pero dijeron que nuestro pedido estaría listo en veinte minutos, así que me dirigí afuera, esperando encontrar a Goldie antes de irme.

Estaba sentada en un banco bajo un árbol grande, mirando su teléfono. Tenía los hombros caídos hacia delante y se había quitado las sandalias. Parecía derrotada y agotada. Estaba bastante seguro de que no había cogido ni un día libre desde que comenzaron los eventos de verano, aunque insistía en que todos los demás lo hicieran para que nadie se quemara con las horas extras. Necesitaba un descanso.

—¿Está usted bien? —le pregunté mientras me acercaba a ella.

Se enderezó de inmediato y forzó una sonrisa en sus labios tensos. Las arrugas alrededor de sus ojos eran más profundas de lo normal, mostrando su agotamiento. Sabía que era mejor no decirle a una mujer que parecía cansada, pero realmente lo estaba.

—Estoy bien. Solo espero que no hayamos pasado por alto nada para este fin de semana. ¿Va a buscar el almuerzo?

—Sí. Dijeron que estará listo pronto.

—Puedo ir yo. No tiene que hacerlo.

Negué con la cabeza. —Tómese un descanso. Disfrute del aire fresco un rato. Ha estado trabajando todos los días, ¿verdad?

Evitó mi mirada. —Necesito asegurarme de que todo se haga correctamente.

—Y así es. Pero puede tomarse tiempo libre para dormir.

Su columna se tensó. Sus labios se afinaron hasta formar

una sola línea. No le gustaba que le dijera qué hacer. —Puedo cuidar de mí misma.

Me senté a su lado y tomé su mano. Intentó apartarla, pero la retuve. No con tanta fuerza como para que no pudiera soltarse si realmente lo intentaba, pero lo suficiente para dejar claro que no quería que lo hiciera.

—Usted es increíble. Es fuerte, inteligente y tremendamente capaz. Nunca he dudado ni por un segundo que pudiera cuidar de sí misma. Pero me preocupo por usted. Veo las horas que está dedicando. No era así el verano pasado. ¿Hay algo que deba saber?

Evitó mi mirada y negó con la cabeza. —Solo estoy intentando que este sea el mejor verano hasta la fecha.

—¿Y qué hay del próximo verano? ¿Hará lo mismo?

—No lo sé. Probablemente. ¿Por qué es eso malo? Este es un pueblo precioso. Es un lugar maravilloso para vivir. Quiero que otros lo vean, que lo sientan y lo conozcan. Quiero que este verano sea increíble para poder continuar...

—¿Continuar qué? —susurré. Definitivamente pasaba algo.

—Nada. Solo continuar trayendo visitantes aquí y mostrarles lo genial que es Cala MacKellar.

—No le creo. Hay algo más. Desearía que sintiera que puede ser honesta conmigo. Que supiera que estoy aquí para usted. Para lo que necesite.

—¿Lo está?

Suspiré y me acerqué más a ella, lo suficiente como para que mi muslo descansara contra el suyo. Entrelacé mis dedos con los suyos y apoyé nuestras manos sobre mi pierna. —Siempre, Goldie. Lo que dije hace unas semanas iba en serio. La deseo. Pero no se trata solo de desearla. Se trata de querer conocerla. De estar aquí para usted. De demostrarle que me interesa como persona y como mujer.

—¿Hay diferencia? Se rio.

—Sí. Moví mi mano hasta su muñeca y deslicé mis dedos sobre su pulso. —Quiero conocerla como mujer en todas las formas posibles. Quiero saber a qué saben sus labios y cómo le gusta que la toquen y qué se siente al despertar a su lado por la mañana. Pero también quiero conocerla como persona. Saber qué la motiva. Qué la hace sonreír. Qué necesita cuando ha estado trabajando demasiados días seguidos y siente que se enfrenta al mundo sola.

Tragó con dificultad y mantuvo mi mirada. Sus labios se entreabrieron mientras tomaba aire tímidamente. —El alcalde Levine quiere despedirme.

—¿Qué? Jadeé. —Joder. Él es quien llamó a Unhinged y al Chef Julian, ¿verdad?

Asintió. —Eso creo. No puedo demostrarlo, pero me llamó a su despacho a primera hora del martes. Es el único que tendría algo que ganar si los eventos de este fin de semana salen mal. Tiene el poder de despedirme, y ya me ha dicho que piensa hacerlo si no reduzco el presupuesto en un quince por ciento y hago que todo sea perfecto este verano.

—Eso es ridículo.

Se encogió de hombros. —Son las reglas de su juego. No tengo recursos.

—Puede hacer que lo despidan.

—¿Por qué? preguntó con una risa sin alegría. —No es ilegal que sea un imbécil o que quiera gastar menos dinero del ayuntamiento. Cree que no estoy cualificada para mi trabajo. Traerá a un hombre que pueda hacerlo diez veces mejor que yo y él será el héroe.

—Es un capullo al que se le ha subido a la cabeza el poquito de poder que tiene. ¿Por qué cree que alguien va a permitir esto?

—Porque nadie lo sabe. Porque todo ocurre a puerta cerrada. Porque lleva años saliéndose con la suya.' Sonaba más derrotada de lo que jamás la había escuchado.

—Quiero invitarla a salir —solté de golpe.

—¿Cómo dice?

—Una cita. Quiero que salgamos juntos. Nada complicado, pero ambos necesitamos una noche sin pensar en el trabajo. ¿Qué me dice?

—Tenemos demasiadas cosas este fin de semana. No puedo alejarme de todo esto. No cuando sé que el alcalde Levine intentará hacer algo.

—Entonces el martes. O el miércoles. La semana que viene. Usted elige el día y yo me encargo de organizarlo todo.

—¿Organizarlo todo? ¿Qué tiene que organizar?

—Solo me refería a hacer las reservas. Por favor, Goldie. Quiero invitarla a salir. Solo una noche.

Sonrió suavemente, sus labios apenas se curvaron en una sonrisa que sabía habría sido más amplia si no estuviera tan agotada. —De acuerdo.

Quería saltar y levantar el puño en el aire, pero me contuve y solo sonreí. —De acuerdo.

Ella se rio como si supiera que estaba conteniendo mi entusiasmo, luego se puso de pie. —Debería volver dentro. Y usted necesita ir a por comida. Theo se va a morder el brazo si no se da prisa.

—Theo sobrevivirá. Usted es más importante.

—Gracias, Patrick —susurró.

Le apreté la mano, luego la solté y caminé hacia mi todoterreno. Cuando miré hacia atrás, ella me estaba observando. No pude evitar sonreír al ver eso.

Negó con la cabeza y se dirigió hacia el edificio. La observé hasta que entró, luego me tomé un minuto para celebrar que Goldie finalmente había aceptado una cita.

EL VIERNES por la noche fue un éxito. El sábado empezó de la misma manera. Estaba cautelosamente optimista sobre el día. No sabía por qué, pero sentía que iba a ser un buen fin de semana.

Después de los grandes eventos del fin de semana anterior, este fin de semana fue más tranquilo. El viernes por la noche comenzó con una película en la plaza. El Teatro MacKellar cerró por la noche y donó el equipo y la película para que todo el pueblo pudiera verla juntos. Vendedores de pueblos vecinos vinieron para ofrecer opciones adicionales de comida para las personas que pasaban la tarde en el parque.

El sábado fue el concurso amateur de hamburguesas de Cala MacKellar. Las únicas personas que podían participar eran gente que cocinaba en casa. No se permitían chefs ni restaurantes. Era otra de las brillantes ideas de Goldie para involucrar al pueblo. Ella decía que algunas de las mejores comidas las hacían personas sin formación. Quería destacar a los héroes anónimos del pueblo. Padres que trabajaban duro para mantener a sus familias. Cocineros caseros que disfrutaban cocinando pero nunca lo consideraron como profesión. Cualquiera que quisiera unirse.

No había cuota de inscripción, y todos los ingredientes eran proporcionados a los cocineros. No existían limitaciones sobre lo que podían preparar, siempre que pudiera considerarse una hamburguesa.

—¿Has probado esto? —preguntó Theo, uniéndose a mí hacia el borde del parque. El Parque Catherine estaba repleto de gente comiendo hamburguesas y disfrutando del hermoso día primaveral.

—¿Qué es? —le pregunté.

—Hamburguesa rellena de macarrones con queso. Pensé que estaban de broma, pero está buenísima. —Theo dio otro mordisco y soltó un gemido—. Tienes que probar esto.

—Lo haré. ¿Cuántas hamburguesas has comido?

—Demasiadas para contarlas. Me alegra que sean todas mini hamburguesas para poder comer más. La hamburguesa flambeada estaba buena, pero hacía honor a su nombre. Necesité como un litro de leche después de esa. La hamburguesa mexicana era diferente, pero tenía un montón de sabor y la tortilla como pan fue genial. La hamburguesa italiana estaba sabrosa. Pero esta es mi favorita.

—Me alegra que estés disfrutando de todo. —Me reí de él mientras daba otro mordisco, manchándose la cara con queso derretido.

—¿Dónde está la jefa? —preguntó.

—La última vez que la vi estaba dando una vuelta. ¿Por qué?

—Solo quería asegurarme de que no hubiera problemas hoy.

—Más vale que no. Necesita un descanso.

—De acuerdo. Está trabajando demasiadas horas. A este ritmo estará agotada para el Cuatro de Julio.

—Eso mismo dije yo. Con suerte, reducirá un poco el ritmo. Pero está preocupada por el alcalde Levine y... los asuntos del presupuesto. No creía que Goldie quisiera que Theo supiera que el alcalde había amenazado su puesto. Demonios, tampoco parecía querer que yo lo supiera.

—Lo solucionaremos. Ha hecho más por este pueblo que cualquier otra persona. Incluido el alcalde Levine. Se merece un presupuesto mayor, no uno menor.

—Sí, bueno, mientras tenga algún presupuesto, nos las arreglaremos.

Theo se metió el último bocado en la boca y me dio una palmada en la espalda. —Sí. Tengo que coger otra hamburguesa. ¿Quieres una?

Miré alrededor buscando a Goldie y al no verla, asentí y seguí a Theo entre la multitud hacia las hamburguesas.

10

GOLDIE

Contuve la respiración mientras los últimos fuegos artificiales se desvanecían en el aire nocturno y la multitud aplaudía. Todo salió según lo planeado. Absolutamente todo. Parecía que no era real. Como si algún desastre estuviera por ocurrir. Pero aún no había pasado nada. Y la noche había terminado. ¿Sería posible que fuéramos a pasar el fin de semana ilesos?

La gente abandonó el Catherine Park hacia sus vehículos, casas y hoteles. Sonreí y me despedí de las personas cuando me agradecían por el evento. Seguía conteniendo la respiración. No quedaba nada más por hacer, pero estaba tensa.

—Hola —dijo Patrick, surgiendo de entre la multitud. Se veía bien. Llevaba unos pantalones de vestir con una camisa tipo polo que resaltaba el azul intenso de sus ojos. Su sonrisa era tentativa pero amable. Sus gafas reflejaron la luz de un coche que pasaba y me ocultaron su mirada por un segundo.

Quería hundirme en él y descansar un minuto. Nunca lo admitiría, pero era todo lo que deseaba en ese momento.

—Hola —respondí cuando se acercó.

—No he notado ningún problema hoy.

Negué con la cabeza. —Ninguno. Todavía no estoy segura de que sea real.

—Es real. Lo has hecho increíblemente bien. La gente no dejaba de hablar sobre las hamburguesas, la variedad y lo bueno que estaba todo. Fue una gran idea.

Sonreí. Cuando se me ocurrió la idea, me la guardé para mí. Nunca pensé que sería un éxito. Estaba muy feliz de haberme equivocado. Los vendedores sonrieron todo el día, y el dinero que cada uno recaudó fue estupendo para sus familias. Algunos de ellos donaron los fondos al Departamento de Turismo para ayudar a financiar eventos futuros, lo cual agradecí más de lo que ellos sabían.

—Parece que la gente se ha divertido mucho. Y tener fuegos artificiales de nuevo fue una buena manera de terminar la velada.

—Yo también lo creo. —Patrick se acercó un poco más. Su aroma me hizo cosquillas en la nariz y me atrajo hacia él —. ¿Estás lista para irte a casa?

Negué con la cabeza. Paul se había ido a casa antes con un amigo, y yo estaba agotada, pero estar de pie bajo la luz del atardecer con Patrick, sin nadie más alrededor, me hechizaba y me hacía querer quedarme justo allí.

—¿Qué más tienes que hacer? —preguntó.

—Nada —admití. —No estoy preparada para volver a casa todavía.

Su mirada se clavó en la mía y la comprensión se filtró en ella. Tomó aire y lo soltó lentamente, acortando la distancia entre nosotros con la misma meticulosa paciencia.

—¿Adónde quieres ir? —Su voz apenas superaba un susurro, con un borde áspero y dentado que tocó todos mis nervios y me encendió.

—No quiero ir a ninguna parte. Quiero quedarme justo aquí. —La confesión salió sin pensarlo, sin vacilación. Le dije que quería tener esperanza, pero seguía asustada. Involucrarme con él no era buena idea. Era demasiado joven y demasiado atractivo, pero no encontraba fuerzas para seguir resistiéndome.

—Goldie, voy a besarte. ¿Está bien? —Su mano encontró la mía en la oscuridad, sus dedos entrelazándose con los míos y atrayéndome ligeramente hacia él.

Asentí, sabiendo que era todo el ánimo que necesitaba para finalmente cruzar esa línea que había trazado entre nosotros.

Saltó sobre la línea, llevando nuestras manos entrelazadas detrás de mi espalda para atraerme hacia su cuerpo. Su otra mano fue directamente a mi pelo, inclinando mi cabeza mientras sus labios encontraban los míos.

Chispas se encendieron dentro de mí, más brillantes y mejores que los fuegos artificiales que deslumbraban al pueblo. Sus labios se separaron y abrieron los míos con ellos, dándole acceso para presionar su lengua en mi boca. La deslizó una vez, luego enredó su lengua con la mía y gimió mientras apretaba su cuerpo imposiblemente más cerca del mío.

Dios, cómo besaba este hombre. Era como un orgasmo para mi boca. Hacía vergonzosamente mucho tiempo que no me besaban, pero nunca en mi vida me habían besado como lo estaba haciendo Patrick. Como si yo fuera lo único que le consumía. Como si no pudiera tener suficiente de mí mientras me devoraba.

Un beso siempre había sido solo un beso antes, pero este beso era de esos que me decían que me había estado perdiendo muchas cosas.

Sus dedos se tensaron en mi pelo, luego se aflojaron y descendieron por mi garganta. Los deslizó sobre mi hombro y por mi brazo antes de serpentear esa mano alrededor de mi cuerpo y agarrar mi trasero extragrande.

Presionó sus caderas contra las mías, dejándome sentir la

erección que palpitaba entre nosotros. Dios mío. Estaba tan perdido como yo. Tan dispuesto a continuar el beso, y todo lo demás, allí mismo y en ese momento.

Entonces se apartó, retirándose de mí con la misma dolorosa lentitud que usó al acercarse, esta vez pareciendo que no podía soportar separarse de mí mientras lo hacía.

—Joder —suspiró—. Siempre supe que besarte sería increíble, pero eso fue...

—Sí —coincidí.

Me miró con una sonrisa que solo podría describirse como juvenil.—No puedo esperar a nuestra cita.

Casi había olvidado que me convenció para eso. Lo guardé en un rincón de mi mente porque sabía que si pensaba en ello, me pondría nerviosa. Pero después de ese beso, estaba más emocionada que otra cosa.

—¿No has cambiado de opinión sobre nuestra cita? —preguntó ante mi silencio.

—No —solté rápidamente. Tan rápido que se rio.

—Bien. También estoy deseando que llegue.

—¿Por qué quieres tener una cita conmigo? —pregunté. Era algo que había estado dando vueltas en mi cabeza, pero no había tenido el valor de preguntarle antes. Después de ese beso, me resultaba difícil pensar que sus intenciones no fueran sinceras, pero hombres como él no salían con mujeres como yo. No cuando yo tenía su edad, y definitivamente no ahora que yo... ya no la tengo.

—Me sorprendes cada día. Acepté el trabajo contigo porque siempre he pensado que las mujeres son mejores jefas, más justas, y adoro Cala MacKellar. Pero cuando solicité el puesto, realmente no estaba seguro de hacia dónde quería dirigir mi carrera. Ahora sé exactamente adónde quiero ir. Quiero quedarme en el departamento de turismo, trabajando para ti, mientras me quieras tener allí. Y quiero lo mismo con respecto a salir contigo. Mientras tú quieras tenerme.

Resoplé.—No voy a ser yo quien cambie de opinión.

Sonrió ampliamente. —Bien. Entonces puedo mantenerte en mi vida para siempre.

Puse los ojos en blanco. Era bueno. Era un ligón, y me hacía sentir bien, pero también conseguía parecer serio. Como si realmente quisiera salir conmigo para... bueno, siempre. Terminaría algún día, pero hasta entonces, iba a intentar disfrutarlo.

—¿Estás lista para volver a casa ahora? —preguntó él.

—No realmente.

—¿Entonces puedo besarte otra vez?

Sonreí. —Estoy dispuesta a aceptar eso.

Patrick cogió mi mano y me llevó a la zona cubierta del parque. En lo alto de la colina con vistas al agua. Era donde los artistas se instalaban y donde las mesas y sillas de picnic permanecían durante todo el verano.

En cuanto estuvimos bajo la cubierta, giró y presionó mi espalda contra una de las vigas de soporte, apretando su cuerpo contra el mío. No se contuvo mientras metía su lengua en mi boca y agarraba mi trasero, atrayéndome hacia él mientras se empujaba contra mí.

Fue un asalto completo, uno que dejó mi cabeza dando vueltas y mi corazón suspirando. Podría enamorarme de él. En otra vida y otra década. Era el tipo de hombre con el que siempre había querido terminar. Impecable y elegante, pero también amable, apasionado y empático. Me entendía de una manera que nadie más en mi vida lo había hecho nunca.

Cuando Charles y yo nos conocimos, éramos amigos. Con el tiempo, nos convertimos en algo más y construimos una vida basada en la amistad y las mentiras. Pero con Patrick, todo se sentía diferente. Todo parecía simplemente sencillo. Estaba ahí y nada iba a cambiar.

Pero eso nunca iba a ser así. Se aburriría de mí cuando yo no quisiera salir o decidiría que salir con una vieja no era divertido. Pasaría a alguien de su edad, alguien que pudiera darle hijos y un futuro que incluyera todas las cosas que alguien de su edad debería y querría.

Hasta que eso sucediera, iba a disfrutar de todos los besos que pudiera obtener del hombre que me hacía sentir como si todavía estuviera en mis veinte y fuera deslumbrante. Estar con él era nuevo, emocionante y divertido. Y cuando todo terminara, tendría los recuerdos de nuestro tiempo juntos para seguir adelante. Porque si besaba como un orgasmo, solo podía imaginar cómo sería tener sexo con él.

Y tenía toda la intención de averiguarlo.

EL RESTO del fin de semana fue fácil. Odiaba usar esa palabra, pero lo fue. Nada salió mal, y entramos al lunes con un nuevo nivel de confianza en los eventos que habíamos organizado.

A pesar de toda mi confianza en el trabajo, por dentro sentía como si hubiera tragado una granja entera de mariposas. Mi estómago revoloteaba cada vez que miraba a Patrick y él me dedicaba esa sonrisa sexy que decía que sabía cómo se sentía mi cuerpo bajo sus dedos. Me enviaba escalofríos desde la cabeza hasta los pies y por todas partes intermedias.

Me volvía tan loca que pensé en escabullirme a casa durante el almuerzo del martes para tener un momento a solas y poder controlarme. Pero no tuve oportunidad de escaparme porque me pilló.

—¿Adónde vas? —preguntó Patrick, saliendo justo detrás de mí a la hora del almuerzo.

—Iba a pasar por casa.

—Ah. Iba a preguntarte si querías acompañarme a comer.

—Oh, um, supongo que puedo hacer eso.

—No tienes que hacerlo si necesitas ocuparte de algo.

Mis mejillas se calentaron ante el comentario inocente que dio demasiado en el clavo.

—¿Por qué te estás poniendo colorada? —preguntó. Su mirada recorrió mi cuerpo antes de volver a fijarse en mi cara—. ¿Goldie?

—Estoy bien. Estoy perfectamente. El almuerzo está bien.

—¿Segura? Porque estás toda sonrojada como... —Se interrumpió y volvió a recorrer mi cuerpo con la mirada, deteniéndose en mis pezones y relamiéndose los labios cuando apreté los muslos—. Estás excitada.

—Vale —solté de golpe—. Lo estoy. Después de que me besaras la otra noche, no he podido dejar de pensar en nuestra cita de esta noche.

—¿Y en el sexo?

—Sí —siseé.

—¿Esperas que tengamos sexo? —preguntó.

Entorné los ojos. —Di por hecho.— Di un paso alejándome de él. —A menos que no estés interesado."

—No —soltó de golpe, invadiendo mi espacio personal. —Estoy muy interesado. Más de lo que crees. Pero no quiero que pienses que esto es solo sexo para mí. Significas más para mí que un polvo rápido al final de una cita. Pensé que preferirías esperar algunas citas antes de que nosotros...

—Y yo pensé que tú querrías tener sexo e irte.

—¿En serio? ¿Es eso lo que realmente piensas de mí?

—No lo sé, Patrick. No sé qué pensar. No he salido con muchos hombres, nunca. Me casé con el primer hombre con el que me acosté. Estuvimos juntos casi veinte años. Me he acostado con hombres desde entonces, pero no con muchos y ninguno que significara algo.

—¿Estás diciendo que yo no significo nada?

Suspiré profundamente. —Lo que digo es que no sé qué

es esto, pero me gustas mucho. No estoy intentando estropearlo todo antes incluso de salir.

—¿Estás segura? Porque parece que eso es exactamente lo que intentas.

—No es así —dije, avanzando de nuevo y poniendo mi mano en su brazo. —Besarte la otra noche fue increíble. Me hizo querer más, pero eso es peligroso para mí. Te dije que estoy intentando tener esperanza. Para mí, eso significa estar dispuesta a abrirme a las posibilidades. Quiero estar abierta, pero también quiero asegurarme de no prepararme para un desamor.

—No voy a romperte el corazón, Goldie.

Asentí. —Sé que crees eso. Y espero que tengas razón.

—Tengo razón. Pero sé que necesito esforzarme un poco más para convencerte de que estoy en esto por los motivos correctos y que no voy a irme a ninguna parte. Me besó en la mejilla y dio un paso atrás. —Deberías ir a casa. Cuídate. Piensa en mí y en nuestra cita de esta noche. Te veo luego.

No me dio oportunidad de responder antes de darse la vuelta y alejarse, dejándome aún más excitada y un poco cabreada.

Tomé aire y me dirigí a mi coche. Él salió del aparcamiento antes que yo y giró hacia el pueblo. Suspiré y giré en la otra dirección, hacia mi casa.

La casa estaba tranquila, como era de esperar. Volver a casa a mitad del día siempre me hacía sentir que algo no estaba bien. Como si estuviera violando alguna norma por estar allí. Me quedé de pie en medio del salón y miré alrededor, dudando. ¿Debería simplemente comer algo y volver al trabajo?

Miré hacia la cocina y supe que iba a estar inquieta todo el día si hacía eso. No estaba haciendo nada malo. Tenía vibradores exactamente para esto. Porque disfrutaba de los orgasmos, y no siempre tenía a alguien que me ayudara a tener uno.

Abrí mi cajón y dejé que la anticipación creciera dentro de mí. Mi cuerpo se tensó con ello. Elegí el vibrador que quería usar y me quité la ropa, doblándola y colocándola en el extremo de la cama antes de meterme en ella.

El primer zumbido hizo que la humedad se acumulara entre mis piernas. Las abrí completamente y cerré los ojos, imaginando a Patrick allí conmigo. Hice círculos alrededor de mi pezón con el vibrador, gimiendo sonoramente ante el contacto. Hacía mucho tiempo que no hacía esto estando sola en casa y necesitaba desahogarme.

Sabiendo que no tardaría mucho en volar, llevé el vibrador a mi clítoris. Mantuve la presión ligera, la vibración lo suficientemente suave para provocarme y elevarme poco a poco. Presioné un poco más fuerte, mi cuerpo sacudiéndose con el temblor que me recorrió.

—Patrick —susurré en la casa silenciosa—. Oh, joder.

Llevé suavemente mi vibrador hasta mi entrada y lo presioné hacia dentro hasta que golpeó mi punto G y me hizo gritar. Lo retiré, follándome con él hasta que me deshice y necesité la liberación.

—Sí —gruñí. Introduje el juguete dentro de mí con fuerza, dejando que mi cuerpo lo mantuviera en su lugar mientras la vibración externa estimulaba mi clítoris y me hacía elevarme, gritar y correrme.

Jadeaba en mi cama, con el vibrador enviando réplicas a través de mí, y supe que aún no había terminado. Quería a Patrick, pero hasta que pudiera tenerlo, quería sentir manos sobre mí. Deslicé mis dedos por mis húmedos pliegues y de vuelta a mi clítoris, frotando rápida y fuertemente hasta que todo me hizo volar una vez más. Gritando su nombre y chillando lo suficientemente alto como para que me doliera la garganta, me corrí una y otra vez hasta que mi cuerpo quedó exprimido y dolorido.

Me quedé tumbada unos minutos más, sabiendo que si tuviera una pareja allí conmigo, no habría terminado. Mis músculos estaban doloridos, pero mi cuerpo seguía tenso con la necesidad de correrme. No podía hacerlo otra vez. Pero con suerte, esos no serían los últimos orgasmos que tendría ese día.

Una fina capa de sudor cubría mi cuerpo, así que me metí en la ducha para limpiarla. Me puse unas bragas limpias y me volví a poner la ropa que llevaba antes, luego regresé al trabajo, sin importarme no haber comido nada. De todas formas, no tenía mucha hambre de comida.

Patrick estaba fuera cuando regresé. Estaba sentado en el banco y parecía que esperaba a alguien.

—¿Qué tal tu comida? —preguntó, poniéndose de pie cuando me acerqué.

—Bien. ¿Y la tuya?

Levantó la mano y se encogió de hombros. —No tan buena como si no hubiera estado solo, pero tengo una imaginación muy activa. Pensar que estabas haciendo lo mismo que yo me hizo perder la cabeza por completo. Lo que significa que aún tuve tiempo para comprar comida. ¿Tienes hambre?

Mi cabeza dio vueltas con su confesión, y luego volvió a girar cuando cambió de tema a la comida.

—¿Qué?

—¿Comida? ¿Tienes hambre? Normalmente los orgasmos me dan hambre. Pensé que a ti te pasaría lo mismo.

Mi estómago rugió respondiendo por mí, y él sonrió.

Me entregó una bolsa. —Que lo disfrutes.

Cogí la bolsa y me quedé boquiabierta mientras se alejaba, sonriendo como si no acabara de darme ganas de volver a casa otra vez.

Y llevármelo conmigo esta vez.

11

PATRICK

Alejarme de Goldie fue casi imposible. Tanto antes como después de la comida. Pero sabía que esperar solo haría las cosas mejores. Quería hacer las cosas bien con ella. Eso no significaba fingir que no sabía exactamente lo que estaba haciendo o tomarle un poco el pelo. Pero también significaba cuidar de ella de otras formas.

El resto del día fue dolorosamente lento. Me lo esperaba, pero cuando miré el móvil y finalmente era hora de salir, casi lloré de alivio. Quedaban menos de dos horas para nuestra cita.

Pasé por el despacho de Goldie de camino a la salida. Estaba mirando fijamente la pantalla del ordenador como si contuviera todas las respuestas del mundo.

—¿Te vas pronto?

Dio un respingo al oír mi voz y se enderezó. Forzó una sonrisa. Odiaba cuando forzaba cualquier cosa conmigo. Quería que fuera ella misma.

—Sí. Solo estoy terminando algunas cosas. Necesito hablar con Paul.

Asentí. —Entiendo. ¿Te recojo a las seis y media?

Asintió y volvió a concentrarse en el ordenador.

Quería preguntarle qué le interesaba tanto, pero si ella no compartía la información voluntariamente, no era asunto mío.

Cuando llegué a casa, estaba inquieto de nuevo. La anticipación me estaba afectando. También el pensamiento de Goldie escabulléndose durante la comida para aliviar su anticipación.

Me até las zapatillas y me puse los auriculares, subiendo el volumen de mi lista de reproducción favorita para correr. No era lo mismo que tener a Goldie para sumergirme en ella, pero una buena carrera ayudaría.

Antes de salir, hice algunos estiramientos para aflojar los músculos. No había estado corriendo mucho. Tenía los músculos tensos y sabía que después de correr estaría dolorido. Pero necesitaba la distracción.

Salí corriendo por mi calle y giré por otra, manteniéndome en aceras y zonas residenciales. Correr en la carretera no era algo que me gustara, pero correr en las aceras podía causar tantos problemas como en la calzada.

Esquivé a una familia que llevaba a su hijo en un carrito y a algunas personas paseando perros. Hice el recorrido, llegando a la segunda mitad de mi carrera cuando mis músculos comenzaron a doler. Era un buen dolor. El tipo de dolor que me recordaba que estaba vivo y listo para cualquier cosa.

Cuando llegué a casa, estaba hecho polvo y agotado pero me sentía bien. Me fui desnudando mientras atravesaba el apartamento, echando la ropa sudada en el cesto antes de meterme bajo el chorro fresco de la ducha.

Aspiré una bocanada de aire, la impresión del agua fresca me hizo sentir vivo de nuevo. Incliné la cabeza bajo el chorro y dejé que corriera por mi espalda hasta que ya no se sentía tan fría.

Con los ojos cerrados, pensé en la expresión de Goldie cuando regresó del almuerzo. Satisfecha pero nerviosa porque yo sabía lo que había estado haciendo. Sorprendida pero feliz de que le hubiera traído comida. Continuaba asombrándome y haciéndome querer hacer cosas por ella. Nunca había estado tan enganchado a una mujer, especialmente a una que apenas me hacía caso. No podría explicarlo aunque lo intentara, pero Goldie era diferente. Había visto una faceta distinta de ella al trabajar juntos. Era guapa, pero había mucho más en ella que me hacía quererla en mi vida.

Envolví mi polla con la mano mientras pensaba en ella. La forma en que se reía y cómo se veía cuando estaba seria. Su amor por Cala MacKellar y su preocupación por todos los que trabajábamos para ella. Protegía a las personas de su círculo.

Me acaricié imaginándomela tocándose a sí misma. Las imágenes inundaron mi mente y endurecieron mi polla hasta un límite doloroso. Quería verla, tocarla y saborearla, conocer los sonidos que hacía y la forma en que le gustaba que la follaran. No lo descubriría en nuestra primera cita, pero esperaba que tuviéramos muchas más y llegaría a conocer todo sobre ella.

Mis huevos se tensaron, y gruñí al liberarme, gimiendo su nombre mientras me dejaba llevar y me corría por toda la pared de la ducha. Apoyé una mano contra la pared, apenas logrando sostenerme antes de que mis rodillas flaquearan.

—Joder —siseé. Esa mujer era potente, y ni siquiera estaba allí.

Terminé mi ducha y caminé hacia mi dormitorio mientras me secaba el pelo. El restaurante que elegí para nuestra cita era agradable, pero no demasiado elegante. Era el tipo de lugar donde podías llevar vaqueros o corbata y encajar. Elegí unos pantalones de color caqui y un polo azul celeste. Me pasé un peine por el pelo y me aseguré de que no se me fuera a descontrolar, luego miré la hora.

Mi apartamento estaba limpio y ordenado. Había algunos platos en el fregadero de la mañana, y el lavavajillas necesitaba ser vaciado. No tenía intención de traer a Goldie a casa conmigo después de nuestra cita, pero había una parte de mí que esperaba que ella lo pidiera. No lo haría, y yo lo sabía, pero mi polla se levantó ante la idea de estar dentro de ella.

Me dije a mí mismo que estaba limpiando porque había que hacerlo de todos modos y tenía tiempo. También me dije que de ninguna manera iba a invitarla a mi casa. Ambas eran mentiras. Estaba pensando en ello. Lo anhelaba. Pero si iba a demostrarle que me tomaba en serio algo más que solo sexo, necesitaba mostrárselo.

El trayecto a su casa fue rápido, como cualquier trayecto en Cala MacKellar. Antes de que pudiera salir completamente del todoterreno, ella ya estaba saliendo por la puerta principal.

—Iba a llamar a la puerta.

Ella hizo un gesto con la mano. —No había razón para eso. Puedo caminar hasta un coche yo solita.

Asentí y me apresuré a su lado para abrirle la puerta. Me miró como si estuviera loco, pero vi cómo se le curvaban los labios mientras se sentaba.

Corrí alrededor y arranqué mi todoterreno, luego salí de su entrada. Entonces se volvió incómodo.

No sabía qué decirle. En el trabajo, hablábamos de trabajo. Flirteábamos, pero había un entendimiento sutil de que seguía siendo trabajo. Incluso después de besarla hace unos días, seguíamos teniendo esa neblina sobre nosotros que decía que yo trabajaba para ella.

Salir en una cita era diferente. No teníamos que hacer

todo el proceso de conocernos. Yo la conocía. Ella me conocía. No éramos desconocidos.

Pero lo éramos.

El restaurante estaba lleno cuando llegamos después de un trayecto corto y casi silencioso. Se reunió conmigo delante del todoterreno y me sonrió.

Todo iba a estar bien. Lo superaríamos. Íbamos a divertirnos.

—¿Por qué es esto tan raro? —preguntó mientras estudiábamos los menús.

Me reí. —También he estado intentando averiguarlo.

—No salgo mucho, pero siento que no sé qué decir. Y nunca me siento así en el trabajo.

—Pero allí hablamos de trabajo. Aquí es diferente. Cuéntame de Paul. ¿Cómo le va en el colegio? ¿Está preparado para los exámenes?

Ella asintió. —Siempre está preparado. Nunca tengo que preocuparme por sus notas. Está pensando en tomar algunas clases universitarias en verano.

—¿Puede hacer eso? —Según tenía entendido, solo estaba en primero de secundaria. Sabía que los chicos mayores tomaban clases universitarias, pero no niños tan jóvenes.

—Ya está tomando clases de nivel de segundo y tercero. Está hablando de graduarse un año antes.

—Vaya. Eso es increíble. ¿Verdad?

Soltó una risa y se encogió de hombros. —Hay veces que lo pienso, y hay veces que no. Puede tener problemas para conectar con otros chicos de su edad. Por eso estaba tan contenta cuando empezó a salir con Sam, la hija de Valentina. Sam es una buena chica, pero también es más extrovertida y ha ayudado a Paul a ser un poco más sociable.

—Nunca habría imaginado que tu hijo no fuera sociable. Siempre pareces estar rodeada de gente.

Sonrió. Una de esas sonrisas auténticas que me hacían sentir como si hubiera ganado algo.

Un camarero se acercó y tomó nuestros pedidos de bebidas. Nos informó de los platos especiales y dijo que volvería a tomar nuestros pedidos para la cena cuando trajera las bebidas.

—¿Has estado aquí antes? —preguntó Goldie mientras miraba su menú otra vez.

—No. Arthur y Sharon sí han estado. Ambos dijeron que todo está bueno.

—¿Cómo le va a Arthur trabajando para Hudson?

—Bien. Una vez que superó todo el tema de la entrevista y lo de Hudson y Anna. No iba a aceptar el trabajo hasta conocer todos esos detalles.

Goldie se rio. —No le culpo. Hudson se comportó como un capullo cuando pensó que la había perdido. Me alegra que lo hayan solucionado.

—Sí.

El silencio cayó entre nosotros de nuevo. No sabía qué decir. El camarero volvió con nuestras bebidas y tomó nuestros pedidos, luego nos quedamos mirándonos una vez más.

—Entonces, ¿eres cercano a tu familia? —preguntó ella.

Di un sorbo a mi bebida y asentí. —Sí lo soy. Mi padre murió cuando tenía siete años, así que siempre hemos sido solo mi madre, Arthur y yo. Por supuesto, ahora Sharon y los niños forman parte del cuadro, y los quiero, y también está Dick.

Se atragantó con su bebida. —¿Perdona?

Hice una mueca. —El novio de mi madre.

—¿Se llama Dick, o es como tú le llamas?

Resoplé. —Ambas cosas, supongo.

—¿Por qué no te cae bien?

—No es parte de la familia, ¿sabes? Llevan saliendo aproximadamente un año y se comporta como si fuera uno de nosotros.

—¿Y no lo es?

Gruñí. —No. No lo es. Pero no quiero hablar de Dick esta noche. ¿Qué hiciste cuando llegaste a casa del trabajo? Veo que te has cambiado de ropa.

—Tú también. Arqueó una ceja y me sonrió.

La sangre se me calentó ante las imágenes que seguían pasando por mi mente. —Sí. Salí a correr y luego me deshice del estrés a la antigua usanza.

Sus ojos se agrandaron. Se lamió los labios. Tomó aire con una respiración que le elevó el pecho. La blusa roja que llevaba se apretó contra sus pechos y le perfiló los pezones lo suficiente para que viera lo duros que estaban antes de que exhalara profundamente y volvieran a ocultarse de mi vista.

—Patrick —suspiró.

—No tenemos que fingir que no nos atraemos, Goldie. He sido muy claro sobre cuánto te deseo. Aunque no quieras oírlo, es la verdad. Y antes de nuestra cita, me masturbé pensando en ti porque si no lo hubiera hecho, quizás te habría llevado a mi casa en vez de traerte aquí para cenar.

Inhaló bruscamente ante mi confesión. —¿Así que la cena es un preámbulo?

Negué con la cabeza. —La cena es porque quiero pasar tiempo contigo. Conocerte fuera del trabajo. Descubrir qué te hace vibrar.

—¿Nada de sexo esta noche?

—Dios, me estás matando. Alargué la mano por encima de la mesa y capturé la suya. Deslicé mi pulgar sobre el pulso acelerado en su muñeca. Sus pupilas se dilataron. Su respiración se aceleró. Se inclinó más hacia mí. —No hay nada que desee más que sacarte de aquí y pasar la noche aprendiendo cada centímetro de tu cuerpo. Desnudarte completamente y tumbarte en mi cama y verte tocarte como lo hiciste en tu descanso para comer hoy. Follarte hasta que ninguno de los dos pueda respirar o ver con claridad, y luego volver a tenerte. He estado soñando con el día en que aceptaras tener una cita conmigo, y fantaseando con el día en que pudiera tocarte. Pero sé que piensas que esto no es real para mí. Así que no. Nada de sexo esta noche. Pero eso no significa que no esté abierto a deslizar mi mano por debajo de esa falda que llevas y descubrir lo mojada que estás.

Ella jadeó y se removió en su asiento. —Eres peligroso.

Sonreí. —Solo porque sé lo que quiero.

Se mordió el labio y me miró a través de sus pestañas. Iba a arrepentirme de mi decisión de no acostarme con ella, pero cuando finalmente llegara el día en que lo hiciera, habría valido la pena la espera.

EL RESTO de la cena fue bien. Definitivamente rompimos el hielo una vez que dejé claro que no íbamos a acostarnos. Hablamos, reímos y nos provocamos mutuamente. Compartí mi cena con ella, dándole de comer de mi tenedor y siguiendo cada bocado con un beso.

Fue sensual, sexy y frustrante como el demonio. Pero fue todo lo que esperaba de una primera cita con ella.

Intentó pagar la cena, pero me negué rotundamente y entregué mi tarjeta.

—Gracias —dijo en voz baja—. Sabes que no soy de esas mujeres que esperan que el hombre pague. Especialmente sabiendo cuánto dinero ganas.

—Bueno, yo no soy de esos hombres que piensan que la persona invitada debe ser responsable de la cuenta. Si no pudiera pagar la cena, no te habría invitado o habría elegido un lugar diferente.

—Gracias.

Tuve la sensación de que había más en su agradecimiento de lo que estaba diciendo, pero no iba a presionarla.

Cuando salimos, el aire fresco de la noche era demasiado tentador como para no disfrutarlo un poco más. —¿Quieres dar un paseo? —pregunté.

Asintió. —Suena bien.

La mayoría de los pueblos a lo largo del río Saint Lawrence tenían aceras y eran fáciles de recorrer. Aunque no estábamos en Cala MacKellar, sabía que podríamos caminar durante un rato, quizás incluso terminar cerca del agua.

Tomé su mano en la mía y comencé a andar por la acera que pasaba frente al restaurante. Estuvimos en silencio durante unos minutos, dejando que la noche fuera nuestro ruido de fondo mientras la comida se asentaba.

—No he sido justa contigo —dijo después de un rato.

—¿Qué quieres decir?

—He puesto muchos de mis propios problemas sobre ti, y eso no estuvo bien.

—¿Qué tipo de problemas?

—Mi divorcio y mi propio plan de vida. Me lo he pasado muy bien esta noche.

—La noche aún no ha terminado del todo. Y espero que me permitas invitarte a salir de nuevo.

—Quizás la próxima vez debería invitarte yo a ti —dijo ella, apretándome la mano.

—¿Ah, sí? ¿Eso significa que estás en esto?

—Significa que me gustas, Patrick. Te mantuve a distancia porque no quería salir herida, pero me gustas.

—No tengo intención de hacerte daño.

—Lo sé. Pero también sé que la mayoría de las personas no inician una relación con esa intención.

—Vaya, ¿así que ahora estamos en una relación?

Ella se rio y me dio un golpecito con el hombro.

Nos detuve en la acera y me giré para mirarla de frente.

La sonrisa se desvaneció de su rostro cuando alcé la mano y le acuné la mandíbula. Pasé el pulgar por la piel sensible de su cuello. Ella se estremeció.

—Eres tan hermosa —susurré.

—Siempre me estás halagando.

—Porque sé que no te ves a ti misma como yo te veo.

—¿Cómo me ves? —Su voz apenas superaba un susurro, como si temiera mi respuesta.

—Te veo como una mujer fuerte e independiente. Alguien capaz de hacer cualquier cosa que se proponga. Alguien que se preocupa profundamente por las personas de su círculo y que hará lo que sea para protegerlas. Pero alguien que raramente permite que otros se preocupen por ella. Estás llena de pasión, ya sea por Cala MacKellar, por tu hijo o por la vida misma, irradia de ti. Y cuando desatas esa pasión en alguien o algo, se extiende mucho más allá de lo que crees y resulta embriagadora para todos los que te rodean.

Ella soltó una pequeña risa. —No todo el mundo vería todas esas cosas como algo bueno.

—No, pero tú sabes quién eres. No estás dispuesta a fingir ser otra persona para hacer felices a los demás. Eres perfectamente imperfecta a tu manera.

—Gracias. Eso creo.

—Es definitivamente un cumplido. Verte entusiasmada por algo me resulta muy excitante.

—La mayoría de la gente piensa que soy mandona.

—Eres la jefa, pero eso no significa que seas mandona. La mayoría de la gente dice que alguien es mandón cuando no está dispuesto a escuchar lo que tienen que decir. Tú eres respetuosa y considerada con los demás. Eres una jefa increíble. Y eres una mujer maravillosa.

—Gracias.

—Voy a besarte otra vez, Goldie. ¿Estás de acuerdo?

—Sí —suspiró ella.

Ella me encontró a medio camino, tan ansiosa por otro beso como yo. Su cuerpo temblaba contra el mío. Mi mano descansaba en su cadera. Intentaba ser consciente de dónde estábamos, pero después de unos segundos con mis labios sobre esa mujer me perdí por completo otra vez.

Me aparté y respiré profundamente mientras la miraba.

—Vámonos de aquí.

—Sí, por favor —dijo ella con una sonrisa que me llegó directamente a la entrepierna. Y al corazón.

12

No podíamos volver a mi todoterreno lo suficientemente rápido. Me sentía como un adolescente otra vez, robando besos a la chica que me gustaba. Intentando esconderme antes de que alguien nos pillara. En aquella época, aunque era joven, entendía de alguna manera que la gente no lo comprendería. Ella había sido mi niñera, la chica que se quedaba conmigo después del colegio cuando mi madre trabajaba y Arthur tenía otras actividades. Allie era una vecina, y después de dos años cuidándome tras la escuela, se convirtió en mi amor platónico.

Dos años después, se convirtió en mi primera novia. Ella estaba en su último año, y yo en mi primero de instituto. Nos escondíamos porque sabíamos que la gente pensaría que era extraño que ella hubiera sido mi niñera, pero no nos importaba.

Nuestra relación terminó cuando ella se graduó y se fue a la universidad, pero me enseñó una valiosa lección. No dejes que nadie fuera de la relación la defina.

Mientras me apresuraba de vuelta a mi todoterreno con

la mano de Goldie en la mía, desesperado por estar a solas con ella, recordé aquella lección. Lo que ocurriera entre Goldie y yo era asunto nuestro. Nadie más tenía voz ni voto.

—Hacía mucho tiempo que no corría tan rápido —jadeo mientras nos acomodábamos en el vehículo.

Sonreí y arranqué el motor. Todas mis normas sobre no acostarme con ella en la primera cita estaban volando por la ventana. La deseaba. Más de lo que había deseado a cualquier otra mujer en mi vida. No podía contenerme, aunque tuviéramos veinte minutos de trayecto hasta Cala MacKellar.

—Conduciré rápido —le prometí, saliendo del aparcamiento y acelerando por la calle. Puse mi mano en su muslo, sintiendo un pulso cuando ella se inclinó hacia mí, haciendo que mi mano se deslizara entre sus muslos—. Estás jugando a un juego peligroso.

—¿Quién ha dicho que estoy jugando?

—Necesito que sepas que esto no es como había planeado que fuera esta noche —le dije. Mi mano subió un poco más, sus muslos separándose para mis dedos errantes.

—Es exactamente como yo había planeado que fuera esta noche.

—¿Ah, sí?

Asintió con la cabeza—. Sé lo loca que es mi vida, Patrick. Sé que no soy la mujer más deseable del planeta. Entiendo lo que esto es. No va a durar para siempre. Por todo eso, no me estoy conteniendo. Me gustas. Hay momentos en que es demasiado, pero disfruto pasando tiempo contigo. El alcalde Levine está buscando una razón para despedirme, y espero que esto no sea esa razón, pero...

—No. Ni hablar. Esto es consensuado. Es algo mutuo. No me siento presionada ni forzada. Sé que puedo decirte que no en cualquier momento. En realidad, siento que casi ocurre lo contrario. Como si yo te estuviera forzando a ti.

—No lo haces —declaró ella—. Para nada. Confío en ti. Y estoy entrando en esto con los ojos bien abiertos.

—¿Y tus piernas? —bromeé.

Ella las separó un poco más. —Eso también.

Mi mano se deslizó hasta arriba, encontrando su cálido centro y sus bragas húmedas. Gemí y presioné un dedo contra su cuerpo.

—Patrick —gimió ella.

—Me está matando no estar dentro de ti ya —admití. Aparté sus bragas a un lado y deslicé la punta de mi dedo a lo largo de su entrada.

Ella gimió y se movió hacia adelante para darme mejor acceso. —Por favor.

Introduje un dedo en ella, apretando los dientes al sentir su cuerpo. Era difícil concentrarse en la carretera con la mujer con la que había estado fantaseando durante un año, húmeda y dispuesta en mi coche. —Estás tan mojada.

—He estado pensando en ti todo el día. No fue suficiente cuando volví a casa.

—Nunca será suficiente. —Esta confesión se me escapó. Una noche, un mes, para siempre, nunca sería suficiente con Goldie. Quería una vida con ella. Muchas vidas.

—Se siente tan bien. —Movió sus caderas para seguir el ritmo lento que yo estaba marcando entre sus muslos—. Creo que podría correrme así.

—Joder, eso espero. —Añadí un segundo dedo y empujé un poco más fuerte, haciéndola jadear—. Ojalá pudiera verte.

—La próxima vez.

—Te tomo la palabra. Aparté más sus bragas y pasé mi pulgar por su clítoris. Ella gimió e inclinó su asiento hacia atrás, dándome aún más acceso. —Joder.

Mi polla palpitaba detrás de la cremallera. Nunca había masturbado a una mujer mientras conducía. Era erótico en todos los sentidos. Tenía que mantener la atención en la carretera, aunque lo único que quería era llevarla al límite y verla deshacerse. Reduje la velocidad para tomar una curva, y ella gimió frustrada.

—Quizás tenga que parar, admití.

—No. Sigue conduciendo. No quiero que tardemos más en llegar a tu casa.

Pisé el acelerador y presioné su clítoris al mismo tiempo, acercándonos más rápido. Ella jadeaba, levantando sus caderas cada vez que introducía mis dedos en ella. Se estaba acercando al orgasmo, y yo rezaba por no correrme en los pantalones.

—Dios, eres preciosa, susurré, lanzándole una mirada. Su falda estaba subida hasta la cintura, sus bragas blancas apartadas a un lado. Mi mano enterrada entre sus piernas. Su camisa roja se había desplazado, tensándose sobre sus pechos. Sus ojos estaban cerrados, su boca entreabierta en forma de O. Se agarraba a los lados del asiento, preparándose mientras ascendía hacia el éxtasis.

—Oh, Dios, gimió.

—Déjate ir para mí, Goldie, le supliqué. Ignoré su petición anterior y aparqué para poder verla desmoronarse.

Se tensó, luego se echó hacia delante, su orgasmo tensando todo su cuerpo. Gritó, gimió y me suplicó que nunca dejara de hacerla sentir así.

Si ella supiera.

Mi polla latía, desesperada por entrar en acción. Nunca había visto nada más hermoso que Goldie dejándose llevar y deshacerse. Era impresionante. Y quería ver eso una y otra vez.

—Creo que nunca me he corrido tan fuerte, admitió cuando se calmó lo suficiente para respirar profundamente. —Vaya.

—Vaya tú también. Eso ha sido precioso.

Retiré suavemente la mano de entre sus muslos y me lamí los dedos. Ella me observaba, sus pupilas dilatándose con cada dedo que chupaba.

—Nunca pensé que eso pudiera ser tan sexy —susurró ella.

—Tú eres sexy.

Ella sonrió. —Y te has detenido.

—Tenía que mirar. No voy a disculparme. Si me lo hubiera perdido, nunca me lo habría perdonado.

—Entonces será mejor que conduzcas rápido o te devolveré el favor aquí mismo. Y no soy lo bastante delgada para que eso sea fácil.

—Joder —gemí. La idea de que Goldie me la chupara bastaba para acabar con mis esperanzas de poder contenerme. Pisé el acelerador, lanzándonos hacia atrás contra los asientos.

Mantuve ambas manos en el volante y conduje como un loco. Goldie se arregló la ropa para que pudiéramos salir del vehículo sin llamar la atención.

Llegamos a mi apartamento en tiempo récord. Metí el vehículo en el aparcamiento de golpe y alcancé la manilla para salir justo cuando su teléfono vibró.

Me miró y luego sacó su teléfono. —Es Paul.

Justo así, supe que nuestra noche había terminado. Su hijo siempre sería lo primero. Sabía que así era como debía ser, y no me molestaba. Pero el momento que eligió el chico no era el más favorable para mí.

—Mierda —susurró Goldie. —Necesito ir a casa.

—Vale —dije sin dudar. Arranqué el coche y me dispuse a ponerlo en marcha atrás.

Me detuvo con una mano en el brazo. —Lo siento. Realmente quería entrar.

Me giré hacia ella y acuné su mejilla. —Paul es lo primero. Es tu hijo. No importa lo que esté pasando, siempre debes estar disponible para él. Nunca te pediría que cambiaras eso. Es parte de lo que te hace una persona increíble.

—No estás enfadado —dijo. Su voz delataba su sorpresa.

—No. Ni un poco. Decepcionado, claro. Pero no enfadado. Nunca me enfadaría cuando estás poniendo a tu hijo por delante de cualquier otra cosa. Es lo que esperaría de cualquier padre.

—Serás un buen padre algún día.

Forcé una sonrisa para ella y asentí. Era lo que siempre hacía. Antes solía decirle la verdad a la gente, pero nadie me creía cuando decía que no quería tener hijos. Admitir eso hacía que me miraran de forma diferente, así que dejé de decirlo. Ahora, simplemente sonrío y asiento cuando alguien dice algo sobre mis futuros hijos que nunca existirán.

Saqué el coche del aparcamiento y me dirigí hacia la casa de Goldie. Ella le envió un mensaje a Paul por el camino, manteniendo el móvil en la mano y su atención en él hasta que aparqué en su entrada.

—Siento que nuestra noche haya terminado así —dijo ella.

—Yo no. He podido verte deshacerte, y reviviré ese momento durante el resto de la noche. Quizás durante el resto de mi vida.

Ella se rio. —Eres muy bueno para mi ego.

—Tú eres muy buena para mi repertorio de fantasías.

Soltó una risa sorprendida y se inclinó sobre la consola. —Gracias. Y la próxima vez, yo pago y tú te corres.

—Quizás tenga que tomarte la palabra —susurré. Le acaricié la mandíbula y acorté la distancia entre nosotros. Quería volverla loca con un beso, pero ella tenía que ir a ver a Paul, así que lo mantuve suave, aunque no menos potente.

Cuando finalmente se echó hacia atrás, estábamos jadeando y las ventanillas estaban empañadas. Ella se rio. —Me haces sentir la mitad de mi edad.

—La edad solo es un número —le dije.

—Eso es algo que solo dicen los jóvenes.

—No te diriges a la tumba todavía, Goldie. Aún te quedan muchos años por delante.

—Creo que me has quitado algunos con ese orgasmo de antes.

Me reí. —Qué va. Los orgasmos te hacen más joven, no mayor. Creo que has ganado unos años con ese. La próxima vez necesitas dos."

Ella gimió. —Podrías matarme."

—Muerte por orgasmos. ¿Cómo sabías que esa es mi fantasía definitiva?"

Se rio y se inclinó para besarme una vez más. Se apartó demasiado pronto y sonrió. —Gracias por esta noche."

—Gracias a ti. Espero que todo esté bien con Paul."

Asintió, su rostro tornándose serio al mencionarlo. —Lo estará. Solo es drama con su padre."

Mantuve mi cara y mi cuerpo neutrales. Enfadarme por culpa de su ex marido no serviría de nada. Me encantaría tener la oportunidad de decirle exactamente lo que pensaba de él y de cómo trataba a su familia, pero no era mi lugar. No cuando apenas estaba en el panorama.

Así que la besé para despedirme y esperé hasta que entró, luego me fui a casa y reviví cada momento de nuestra cita hasta que no pude contenerme y grité su nombre cuando me corrí. Solo.

No supe nada de Goldie al día siguiente, que era día libre para ambos. Quería ponerme en contacto, pero no estaba seguro de si darle un orgasmo significaba que podía enviarle un mensaje preguntando cómo estaba su hijo.

El jueves, ambos volvimos a la oficina. Como siempre,

ella no estaba cuando llegué. Revisé los correos electrónicos y comprobé el buzón de voz, asegurándome de saber qué necesitaba ser confirmado para el día y preparé los planes en los que estábamos trabajando para los eventos de agosto. Todo el verano estaba planificado, pero algunos invitados aún no habían confirmado.

Cuando oí llegar a Goldie, mi pulso se aceleró. Una sonrisa se dibujó en mi cara. No podía esperar a verla, lo que me hacía sentir como un cachorro enamorado, pero lo había estado durante un año. Ahora, podía besar a la mujer que me hacía sentir así.

—¿Qué tal su día libre, jefa?" preguntó Eve a Goldie mientras yo salía de mi despacho.

—Bien. No tan relajante como esperaba."

Eve se rio. —Y yo pensando que me ibas a decir que tuviste una cita ardiente el martes por la noche y que pasaste todo el día de ayer atada a un poste de la cama. Era la única razón que podía imaginar por la que no llamaste para informar.—

Goldie resopló con risa. —No a todo lo anterior. Mi ex quiere que Paul vaya a visitarle durante el verano, y Paul no está interesado en pasar tiempo con su padre y su padrastro. Fue un poco caótico el martes por la noche, y Charles me acusó de intentar alejar a Paul de él, así que ayer pasé el día hablando con mi abogado y asegurándome de que no estaba violando nuestros acuerdos al no obligar a Paul a ir a ver a su padre.—

—Vaya,— dijo Eve.

—Sí. Pero estará bien. Paul es lo que importa.—

Eve puso al día a Goldie sobre la jornada laboral que se había perdido mientras yo permanecía allí paralizado. Que su ex estuviera causando problemas no era bueno, pero mi cerebro se había quedado atascado en que Goldie dijera que no tenía una cita.

¿Por qué no admitía que habíamos salido? Acordamos que fue consensuado. ¿Le daba vergüenza salir conmigo?

Estaba entrando en espiral y antes de que pudiera largarme de allí, Goldie se dio la vuelta y me vio parado.

—Patrick. No te había visto.—

—Me he dado cuenta.—

—¿Cuánto tiempo llevas ahí?—

—El suficiente para ponerme al día sobre tu día libre.— Forcé una sonrisa y volví a mi despacho.

Goldie me siguió.

Intenté cerrar la puerta, pero ella la empujó antes de que se cerrara del todo. —Patrick,— siseó.

—¿Sí, jefa?—

Ladeó la cabeza y cerró los ojos. —No vuelvas a hacer eso.

—¿Hacer qué?—

—Actúa como si fuéramos desconocidos.

—¿No lo somos? Es decir, acabas de decirle a Eve que no tenías una cita y todo eso sobre los problemas que te está causando Charles.

—¿Se suponía que debía contarle todo lo que pasó entre nosotros?

—No, pero joder. Es decir, podrías haber admitido que cenamos juntos.

—No creo que sea buena idea.

—¿No crees que qué sea buena idea? Me hormigueó el cuello anticipando sus siguientes palabras. Sabía que estaban por venir.

Ella suspiró. —Creo que es mejor mantener en privado lo que está pasando entre nosotros.

—¿No quieres que la gente sepa que estamos saliendo?

—No quiero... que la oficina lo sepa.

—Vemos a esta gente todos los días.

—Lo sé, pero no socializo con ellos. No digo que no me

caigan bien, pero no son personas con las que vaya a compartir los detalles de nuestra cita. ¿Tú sí?

—Quiero contarle a todo el mundo que por fin me has dejado llevarte a una cita.

—Patrick. Su voz sonaba como la de una madre. Esa que dice que cree que estoy siendo ridículo.

—No me trates como si fuera un niño, Goldie —espeté.

—No lo hago.

—En realidad, sí lo haces. Estás haciendo que parezca que soy poco razonable por no querer esconder con quién estoy saliendo. ¿Por qué está mal decírselo a la gente?

—Porque si el alcalde Levine se entera de lo nuestro, puede usarlo para despedirme.

—Yo te invité a salir. Yo fui quien te persiguió. ¿Cómo podría usarlo para despedirte?

—Si hay una manera, la encontrará.

—No si yo no presento una queja contra ti. Y jamás haría eso.

—Es mi superior y tiene el poder para despedirme. No necesita una razón, al menos no una buena. Pero no le gustan las mujeres. No cree que una mujer deba estar al mando. Si se entera de lo nuestro, no tengo duda de que lo usará como algún tipo de prueba de que no soy capaz de manejar este trabajo.

—Entonces, ¿quieres mantener lo nuestro en secreto por tu trabajo?

—Soy madre soltera, Patrick. Tengo una hipoteca y un hijo que va a la universidad. No puedo perder mi trabajo.

Suspiré. —Lo entiendo. Comprendo. Lo mantendré entre nosotros hasta que me digas que te sientes cómoda con que todos lo sepan.

—Eso no significa que no puedas contárselo a tus amigos. O a tu familia. Paul no lo sabe, pero Valentina sí. Y mis otras amigas. Solo no quiero que nos convirtamos en el cotilleo de la oficina.

—Supongo que eso significa que no puedo besarte entonces. Me acerqué más a ella.

Ella dio un paso atrás. —Definitivamente no.

—Y no puedo sentarme junto a ti en las reuniones y averiguar si estás tan mojada como la otra noche después de nuestra cita.

—Vas a hacer que cuestione todas mis reglas.

Me reí suavemente. —Bien. Porque planeo romper todas tus reglas.

Ella suspiró. —Necesito ir a mi despacho ahora.

—¿Seguro que no necesitas ir a casa?

Me miró con enfado y se alejó, dejándome riéndome y tan excitado como ella.

No VI a Goldie durante el resto de la mañana. Arthur me pidió que nos viéramos para comer, y Goldie estaba con la cabeza agachada en su escritorio cuando pasé por su oficina.

—Voy a O'Kelleys. ¿Quieres que te traiga algo?

—Sí, por favor. Sería genial. Una hamburguesa con patatas.

—Entendido.

—¿Vas a comer con tu hermano?

—Sí. Intento ir allí una vez por semana. Cenamos todos los domingos, pero eso es con nuestra madre, Dick y la familia de Arthur, así que procuramos comer juntos durante la semana.

—Es bonito que hagáis eso. Mi hermana y yo apenas hablamos, y mucho menos quedamos para comer juntas.

—Siempre se me olvida que tienes una hermana hasta que la mencionas. Nico también habló de ella.

—¿Conoces a Nico? —preguntó Goldie.

Asentí. —Hudson me invitó a la noche de chicos. ¿Te parece bien?

Parecía un poco alarmada, pero asintió. —Por supuesto. Sí. Que disfrutes de tu comida.

No estaba seguro de qué iba todo aquello, pero de todos modos salí de su oficina. Su actitud seguía en mi mente hasta que llegué a O'Kelleys. Estaba tan concentrado en ella que no me di cuenta de que Dick estaba sentado con Arthur hasta que casi había llegado a la mesa.

—¡Ahí está mi otro muchacho! ¡Gracias por venir! —vociferó Dick.

Lancé una mirada fulminante a mi hermano y tomé asiento entre los dos. —No sabía que ibas a acompañarnos, Dick."

—Cuando mencionasteis que os reunís cada semana, pensé que sería un buen momento para hablar con vosotros dos sin que vuestra madre estuviera presente. —Dick me guiñó un ojo como si compartiéramos algún secreto.

—¿Y por qué necesitarías hablar con nosotros sin que mamá esté presente? —pregunté.

—¿Puedo ofrecerles algo de beber? —preguntó la camarera, interrumpiendo antes de que Dick pudiera explicarse.

—Agua para mí, —le dije.

Dick y Arthur pidieron sus bebidas. Arthur agradeció a la camarera y preguntó si podíamos pedir el almuerzo. Los dos le dijeron lo que querían, luego ella se dirigió a mí. Pedí mi comida y solicité que pusieran la de Goldie en una bolsa para llevar cuando casi hubiéramos terminado.

Cuando la camarera se fue, volví a centrarme en Dick. —¿Qué necesitas decirnos sobre mamá? ¿Está enferma?

—Cielos, no. Ella misma os lo diría. Solo quería hablar con vosotros. De hombre a hombres.

La bilis subió dentro de mí. Sabía adónde iba esto. No estaba seguro de poder quedarme sentado ahí y escuchar.

—Oh, Dios, —susurré.

—Sí, más o menos así me siento yo, —dijo Dick. —Amo a vuestra madre, y no puedo imaginar mi vida sin ella. Sé que nunca reemplazaré a vuestro padre, y tampoco querría hacerlo, pero os considero mis hijos. Y quiero pediros vuestra bendición para casarme con vuestra madre.

Arthur me miró con la boca abierta. La cerró una vez, y luego volvió a quedarse boquiabierto. Yo no estaba mucho mejor.

La camarera regresó con nuestras bebidas, y apenas logramos darle las gracias antes de que se marchara, dejándonos intentando averiguar cómo responder a la pregunta de Dick.

—¿De verdad crees que mamá quiere casarse contigo? —solté finalmente.

—Bueno, eso espero. Es decir, esa es la parte de pedírselo a alguien, ¿no? Ya sabes, decides que los amas y los quieres en tu vida. Pero puede que ellos no sientan lo mismo que tú. Da miedo pedírselo a alguien, pero cuando es correcto, es correcto. ¿Entiendes?

No entendía. No podía seguir nada de lo que estaba diciendo. Y más que eso, no quería que se casara con mi madre.

—Por supuesto que tienes nuestra bendición —dijo Arthur—. Solo queremos que mamá sea feliz. ¿Verdad, Patrick?

Gruñó las últimas dos palabras y me miró fijamente. Le devolví la mirada. ¿Cómo podía aceptar que ese hombre se casara con nuestra madre?

Dick le dio una palmada en la espalda y se levantó, arrastrando a Arthur de su silla para darle un abrazo. Le dio otra palmada, luego lo empujó de vuelta a su asiento y vino a por mí, arrastrándome hacia arriba en un abrazo que me dejó sin aliento. Jadeé buscando aire mientras me empujaba de vuelta a mi sitio y nos sonreía ampliamente.

—Gracias, chicos. Acabáis de convertirme en el hombre más feliz del mundo. Significa muchísimo para mí tener vuestra aprobación.

Intercambiamos una mirada y forzamos sonrisas en nuestras caras mientras nos preguntábamos qué demonios acabábamos de hacer.

13

GOLDIE

Mi estómago rugió mientras miraba el reloj. Patrick estaba tardando más de lo que esperaba en volver de comer. Estaba pensando en enviarle un mensaje justo cuando le escuché decir algo a Eve.

Terminé lo que estaba haciendo y cerré el programa en el que me encontraba. Él entró en mi despacho, dejó la bolsa de comida sobre mi mesa y se giró para marcharse de nuevo.

—¿Estás bien? —pregunté.

—Sí. Genial —forzó una sonrisa y se dirigió de nuevo hacia la puerta.

Me levanté de la silla y rodeé mi mesa antes de que él saliera de mi despacho. —¿Qué ocurre? ¿Tu hermano está bien?

Patrick se rio sin alegría. —Está bien. Todo está bien.

Di un paso atrás ante su tono despectivo. —No te creo. Habla conmigo. ¿Qué está pasando?

Negó con la cabeza. —Preferiría no hacerlo.

Me estremecí. —Um, vale. ¿He hecho algo malo?

Resopló con desdén. —No todo gira alrededor de ti,

Goldie. Tengo otras personas, otras cosas en mi vida además de la mujer que no me considera parte de la suya.

—Patrick, yo nunca—

Levantó la mano para detenerme. —Yo... no puedo hacer esto ahora mismo. Me disculpo, jefa, pero necesito alejarme antes de decir algo de lo que no pueda retractarme.

Me quedé mirando su espalda mientras se alejaba de mí. ¿Jefa? ¿Qué demonios había pasado? Estábamos bien. Creía que estábamos bien. Le expliqué por qué no quería que todos en el trabajo supieran que estábamos saliendo, pero ¿realmente lo entendió? Solo me llamaba *jefa* cuando algo le molestaba.

Mi comida estaba fría cuando por fin dejé de obsesionarme con lo que él estaría pensando y la saqué. Me la comí de todos modos, sabiendo que necesitaba la energía para sobrellevar el resto del día. Y mi noche.

Revisé mi móvil mientras terminaba de comer, esperando algún mensaje de Patrick. En su lugar, encontré un mensaje de Charles.

¿Por qué alejas a Paul de mí? Hablamos de que vendría a visitarme.

Suspiré. No entendía cómo sus mentiras habían herido a nuestro hijo. Me molestaba no haberme dado cuenta de lo egocéntrico que era cuando estábamos juntos. Charles se perdía en cualquier cosa que captara su atención, a menudo hasta el punto de que Paul y yo no lo veíamos ni manteníamos conversaciones reales con él durante días. Se sentaba a cenar pero se quedaba con la mirada perdida como si estuviera en otro lugar.

Cuando finalmente admitió que había estado mintiendo sobre quién era, Paul quedó destrozado. Adoraba a su padre. Eran muy cercanos. Pero Paul estaba tan dolido por las mentiras como yo. Sentía que ya no conocía a su padre. No importaba cuántas veces le dijera que Charles seguía siendo el mismo padre que siempre había tenido, Paul no podía superar el hecho de que Charles había mentido.

Me sentía culpable por pensarlo, pero habría sido más fácil si Charles nunca hubiera admitido que siempre supo que era bisexual. Si nos hubiera dicho que era un descubrimiento reciente. Aun así habría dolido que mi matrimonio terminara, pero no habría sentido que todo fue una ficción. Y Paul no habría sentido que su padre le había engañado.

Fue como cuando descubrió que Papá Noel no existía. Lloró durante un día entero. Nada de lo que dijimos pudo consolarlo hasta que le dije a Paul que creíamos que Papá Noel era parte de todos nosotros, y que la verdadera magia de la Navidad estaba en dar a los demás. Papá Noel encarnaba eso, así que mantuvimos viva la historia para él. Todavía estaba disgustado, pero lo entendió y desde entonces se esforzó por dar a los demás.

Nunca te he alejado de Paul ni lo haré. Tiene quince años. Toma sus propias decisiones.

Puse el móvil boca abajo, pero vibró un segundo después con un nuevo mensaje. Charles otra vez.

Somos sus padres. Sigue siendo menor de edad. Debe escucharnos.

Quizás nosotros debemos escucharle a él. Está herido. No confía en que seas sincero con él ahora mismo. Le he obligado a visitarte antes porque quiero que tengáis una relación, pero ¿cuántas veces te has esforzado por llegar a donde él está? No has vuelto aquí desde que te fuiste. Ni siquiera has intentado venir a verle. Solo te quedas ahí exigiendo que venga a ti. ¿Cómo puede ser eso una relación sana?

Mi presión arterial subió con mis palabras. Llevaban acumulándose dentro de mí durante mucho tiempo, y quizás no era lo mejor que podía decirle, pero necesitaba escucharlas.

Miré fijamente mi teléfono esperando que apareciera un nuevo mensaje. Estaba segura de que iba a ser algo sobre llamar a su abogado. Me estremecí ante la idea. Mi abogado no estaría contento conmigo por ese arrebato.

> Tienes razón. Lo siento. He sido egoísta al crear una vida que quería después de ocultar quién era durante tantos años.

> Me alegro de que hayas encontrado tu felicidad. De verdad. Pero no ves el impacto que ha tenido en Paul.

> O en ti, me imagino.

> Yo no soy importante aquí. Nuestro hijo lo es. Estoy siguiendo adelante después de lo nuestro, pero él no tiene esa opción. Eres el único padre que va a tener jamás, y necesita saber que realmente te importa.

> ¿Estás siguiendo adelante? Vaya.

> ¿Qué significa eso?

> Nada. Te lo prometo. Solo un atisbo de celos que no tengo derecho a sentir. Me alegro por ti, Goldie. De verdad. Debe de ser un hombre increíble.

> Nuestro hijo es un hombre increíble, Charles. Es de quien deberías estar preocupándote.

Tienes razón. No tengo derecho a inmiscuirme en tu vida personal. Te pido disculpas. Y tienes razón respecto a Paul. No he sido un buen padre para él en los últimos años. ¿Crees que estaría bien si voy a visitarlo?

Creo que deberías preguntárselo, pero es una buena idea.

¿Debería ir solo?

Paul nunca ha tenido problemas con Leslie. Paul le cae bien y sabe que es una buena pareja para ti. Eso nunca ha sido parte del problema.

Gracias, Goldie. De verdad desearía que las cosas hubieran sido diferentes para nosotros.

Tenemos un hijo increíble. Esa fue nuestra contribución al mundo como pareja. Ahora podemos crear otras cosas maravillosas para añadir belleza al mundo.

¿Hay alguna posibilidad de que conozca al hombre con el que estás rehaciendo tu vida cuando te visite este verano?

Adiós, Charles.

JAJAJA. Adiós, Goldie. Y gracias.

Sonreí y bloqueé el móvil. Con suerte él se habría puesto en contacto con Paul y este habría aceptado su visita. En cualquier caso, parecía que Charles estaba dispuesto a reconocer que no estaba libre de culpa. Lo cual era definitivamente algo bueno.

Me sumergí de nuevo en el trabajo, asegurando algunos proveedores más para los eventos de finales del verano. El calendario estaba casi completo y también lo estaban los hoteles y posadas locales. Era estupendo verlo, aunque todavía no hubiera descubierto cómo iba a cumplir con el nuevo presupuesto que había impuesto el alcalde Levine.

Con un gemido, saqué el presupuesto de nuevo. Un recorte tan grande era doloroso y no era fácil de gestionar. El año fiscal en Cala MacKellar seguía el año natural, lo que me daba unos meses tranquilos para ser creativa, pero cuando el ochenta por ciento de mi presupuesto se gastaba en verano, no quedaba mucho margen.

Pasé el resto de la tarde enterrada en el presupuesto. Tenía algunas ideas, pero ninguna de ellas resultaba demasiado atractiva. Reducir personal no era una opción, y recortar salarios, incluido el mío, tenía poco atractivo. Redujimos algunos de los eventos, pero como los promocionábamos antes del verano, la gente reservaba viajes a la zona para celebrarlos. No podíamos cancelar eventos sin arriesgarnos a que los turistas cancelaran sus viajes.

Los sonidos de la oficina se filtraron al final del día. Eve avisó que se marchaba, y Theo iba justo detrás de ella. Patrick le pidió a Theo que le esperara y se fue sin dirigirme una palabra.

¿Pero qué demonios?

—¿Te marchas pronto, Goldie? —preguntó Howard, pasando por mi despacho de camino a la salida.

—Justo detrás de usted. ¿Está todo cerrado?

—Todo listo. Que pase una buena noche.

—Usted también, Howard. Gracias.

Apagué el ordenador y recogí mis cosas. Dudé sobre llevarme el ordenador a casa, pero decidí no molestarme con ello. Si Charles se ponía en contacto con Paul, tendríamos algunas cosas que hablar.

Antes de marcharme, comprobé si tenía algún mensaje de Paul en el móvil y vi que tenía un mensaje en En Busca del

Galán de Papel. Casi había olvidado que me había registrado en esa aplicación de citas hace meses. Después de que muchos de mis amigos conocieran a sus parejas allí, me uní. Tras varias citas desastrosas, me planteé eliminar la cuenta por completo. Me emparejaron con hombres que no estaban interesados en salir con una madre soltera, ni en salir con una mujer de mi edad. Cambié la descripción de mi perfil para reflejar quién era, incluyendo un descargo de responsabilidad indicando que ya había pasado la treintena y tenía un hijo adolescente. Mis coincidencias disminuyeron considerablemente.

Cuando abrí la aplicación, vi que tenía tres nuevas coincidencias y dos mensajes. Abrí el primer mensaje y lo eliminé inmediatamente. Que alguien no pudiera enviar fotos de su pene no significaba que no intentara contarte lo maravilloso que era. Puaj. Lo eliminé de mis coincidencias.

El segundo mensaje era de hace semanas, de Amuleto de la suerte. No sé por qué no me había dado cuenta antes.

AMULETO DE LA SUERTE

Hola Mamá mágica. Me crió una madre soltera. Es un trabajo duro. Y no es algo que me asuste, aunque parecía que intentabas que fuera así. Espero recibir noticias tuyas.

Se me encendieron las mejillas. Si hubiera visto su mensaje, le habría respondido. Me sentí mal y dudé si contestar. ¿Era justo para Patrick?

Negué con la cabeza. Patrick y yo apenas estábamos empezando a salir. Podía ser sincera con este chico sobre una relación en la vida real. Y disculparme por ignorar su mensaje.

> Hola Amuleto de la suerte. No sé por qué estoy viendo esto solo ahora, pero lo siento. Asustar a los hombres parece ser mi superpoder, sea intencionado o no. Supongo que tú no te asustas fácilmente.

Cerré la aplicación y guardé el móvil. Comprobaría más tarde si había respondido, pero no contaba con ello.

Paul estaba terminando los deberes cuando llegué a casa. Le pregunté cómo había ido su día y me sorprendí gratamente cuando dijo que Charles le había llamado.

—¿Sí? ¿Qué te ha dicho?

—Se ha disculpado, mamá. ¿Te lo puedes creer?

—Eso está bien. Te debe una disculpa.

—Sí. Ha dicho que últimamente no ha sido un buen padre. Es verdad, pero me he sentido mal. No es como si hubiera querido que esto pasara.

Mis defensas se activaron. Si Charles estaba haciendo sentir culpable a Paul, tendría que darle un buen rapapolvo. Paul no necesitaba ni merecía eso. —No —dije con calma—, pero sigue siendo tu padre y debería pensar en ti y hacer lo posible por estar ahí cuando lo necesites.

—Lo sé. Y ha dicho que siente no estar aquí. Me ha preguntado si él y Leslie pueden venir a visitarnos este verano. Quiere conocer a Sam y ver lo que he hecho con mi habitación y esas cosas. ¿Te parece bien?

—Por supuesto que está bien. Tu padre siempre será bienvenido para visitarte. Y tú siempre serás bienvenido para visitarle.

Asintió, pero su sonrisa flaqueó un poco.

—¿Por qué no quieres ir a verle? No había tenido el valor de preguntar directamente antes. Sabía que había una razón. Con Paul siempre la había.

—Siento que no le conozco ahora mismo. Me llama cada

semana, pero hace tiempo que no hablamos de verdad. Cuando le visito, Leslie siempre está allí, y él también es genial, pero no es mi padre, ¿sabes? Supongo que simplemente le echo de menos.

—Quizás deberías decírselo.

Paul se encogió de hombros. —Probablemente se enfadará.

—Y si lo hace, le dices cómo te hace sentir eso. Que sea tu padre no significa que pueda imponerte cómo deberías sentirte.

—¿Como estás haciendo tú ahora mismo? Paul levantó una ceja castaña, lanzándome esa mirada que su padre solía darme cuando cuestionaba mis consejos contradictorios.

—Haz lo que yo digo y todo eso —le dije con una risa.

—Ajá.

Le alboroté el pelo corto, haciendo que agachara la cabeza aunque no se le moviera. Le besé la coronilla, ganándome de nuevo un sonido frustrado típico de adolescente. —¿Alguna idea para la cena de esta noche?"

—No. Podemos pedir una pizza."

Negué con la cabeza y caminé hacia mi habitación para cambiarme. La pizza era siempre la sugerencia de Paul. El chico quemaba calorías como si fuera su trabajo. Había heredado la complexión delgada de su padre, razón por la que era una estrella en el equipo de campo a través, incluso siendo de primero.

Revisé mi móvil mientras me cambiaba la ropa de trabajo y encontré un nuevo mensaje de Amuleto de la suerte.

AMULETO DE LA SUERTE

> Me alegra saber de ti. Pensé que te había asustado. Pero quiero ser sincero y hacerte saber que he empezado a salir con alguien desde que me puse en contacto contigo la primera vez.

MAMÁ MÁGICA

No intentaste describirme todas las formas en que podrías usar tu apéndice del que me compartirías fotos si te diera mi número, así que no me has asustado todavía. Y lo mismo digo. Estoy viendo a alguien. Aunque no estoy segura de cuánto va a durar.

AMULETO DE LA SUERTE

Oh, vaya. Eso no es bueno. Lo siento.

MAMÁ MÁGICA

Gracias. No tengo muchas esperanzas en las relaciones, así que supongo que me lo esperaba, pero es un poco duro. Especialmente porque ni siquiera estoy segura de qué ha pasado.

AMULETO DE LA SUERTE

¿Por qué crees que se ha acabado entonces?

MAMÁ MÁGICA

Es complicado, pero trabajamos juntos. Hoy salió a comer y volvió enfadado y no me dijo nada durante el resto del día. Quizás estoy siendo demasiado sensible, pero eso no es habitual en mí. Simplemente parece que ya está harto.

AMULETO DE LA SUERTE

Tal vez recibió malas noticias.

MAMÁ MÁGICA

Es posible, pero no quiso hablar conmigo. En fin, lo siento. No debería estar quejándome contigo sobre otra persona. ¿Qué te gusta hacer para divertirte?

AMULETO DE LA SUERTE

Lo siento, pero necesito preguntarte algo. Sé que esto va contra todas las normas y demás, pero ¿eres Goldie?

Di un respingo y tiré el móvil sobre la cama. ¿Cómo sabía quién era?

AMULETO DE LA SUERTE

> Quizás no debería haber preguntado, pero
> suenas mucho como alguien que conozco.
> Si no eres tú, te pido disculpas.

Me quedé mirando el mensaje durante un largo momento y lo medité. Si me conocía, reconocerlo no era gran cosa. A menos que fuera alguien intentando manipularme para llevarme a una mala situación. Como el alcalde Levine. Aunque no tenía sentido que admitiera tan rápido que me conocía.

Tomé aire y tecleé una respuesta.

MAMÁ MÁGICA

> Sí, soy Goldie. ¿Quién eres?

Me mordí la uña y miré fijamente la pantalla.

AMULETO DE LA SUERTE

> Patrick

Me dejé caer en la cama. ¿Qué? ¿Cómo? ¿Por qué?

MAMÁ MÁGICA

> Estoy confundida. ¿Sabías quién era yo
> antes?

AMULETO DE LA SUERTE

No. La aplicación no da ninguna información de identidad. No tenía ni idea hasta que empezaste a hablar. Pensé que era posible cuando vi tu perfil, pero realmente no lo sabía. Incluso había olvidado que te había enviado un mensaje hasta que respondiste hoy. No te culpo realmente después de cómo actué esta tarde, pero esperaba que me dieras un poco de tiempo para asimilar lo que está pasando.

MAMÁ MÁGICA

No hice esto por tu humor. Fue solo una coincidencia extraña. En cuanto a darte tiempo, no me dijiste que necesitabas tiempo. No me dijiste nada. Simplemente te alejaste de mí.

AMULETO DE LA SUERTE

Fue una comida difícil. Necesito procesar todo.

MAMÁ MÁGICA

Vale. Estaré aquí cuando decidas lo que quieres hacer.

AMULETO DE LA SUERTE

A ti. Siempre. Son cosas de familia, pero eso no significa que te desee menos. Por favor, créeme.

MAMÁ MÁGICA

Vale.

AMULETO DE LA SUERTE

¿Puedo invitarte a comer mañana?

MAMÁ MÁGICA

Pensaba que se suponía que yo iba a pagar en nuestra próxima cita.

AMULETO DE LA SUERTE

Entonces puedes invitarme tú a comer.

MAMÁ MÁGICA

Me parece bien. Espero que tengas una buena noche.

AMULETO DE LA SUERTE

Ahora va mejor. Gracias.

MAMÁ MÁGICA

Hasta mañana.

AMULETO DE LA SUERTE

Lo estoy deseando.

Sonreí mientras cerraba la aplicación. No estaba segura de cuáles eran las probabilidades de que me hubieran emparejado con Patrick, pero definitivamente me hizo sentir mejor saber que seguía interesado.

14

PATRICK

No podía dejar de sonreír al día siguiente cuando iba al trabajo. Cuando me emparejaron por primera vez con Mamá mágica en En Busca del Galán de Papel, una parte de mí se preguntó si sería Goldie, pero pensé que las probabilidades no estaban a mi favor. Cuando ella no respondió, me olvidé por completo del asunto.

Pero cuando empezó a hablar, supe que era ella. Y supe que apartarla después de la comida con Dick y Arthur estuvo mal. Tenía que hablar con ella e intentar explicarle. Intenté ponerme en contacto con Arthur, pero me ignoró. Tenía que proteger a mi madre, lo que significaba evitar que acabase con un tipo que no era bueno para ella.

Goldie entró corriendo justo a tiempo para nuestra reunión de la mañana. Definitivamente parecía agitada, y tan pronto como empezó nuestra reunión, supe por qué.

—El espectáculo para el fin de semana ha cancelado. Recibí el mensaje anoche —dijo.

—¿Es en serio? —preguntó Eve.

Goldie asintió. —Les he llamado esta mañana. Su guitarrista se ha roto la mano. Es mala suerte. Tenemos que ver si podemos encontrar otro grupo para que toque.

—¿Eran estos chicos cabezas de cartel importantes? —preguntó Theo.

—Cabezas de cartel, sí, pero no eran grandes —aclaré. Yo fui quien encontró la banda y los contrató—. Son de Boston y organizaron su propia pequeña gira por el nordeste. Son buenos. Tienen mucho talento. ¿Podrán reprogramarlo para más adelante en verano?

—No están seguros de cuánto tiempo pasará antes de que el guitarrista pueda volver a tocar. Parece que no es una fractura grave, pero podría requerir más tiempo de recuperación que una persona normal debido a lo mucho que utiliza las manos. —Goldie parecía que iba a derrumbarse en cualquier momento.

—Lo solucionaremos —le aseguré—. Haré algunas llamadas y consultaré con algunas de las bandas y cantantes con los que ya hemos estado en contacto. Había algunos que querían venir, pero ya habíamos cubierto los puestos. Quizás alguno de ellos tenga un hueco este fin de semana.

Goldie asintió mientras me ponía de pie, dando por terminada la reunión. Salí antes que los demás, con el móvil ya en la mano mientras buscaba entre los números para encontrar a alguien que pudiera cubrir el hueco a última hora.

Una hora, media docena de llamadas telefónicas y algunas serias negociaciones después, teníamos el hueco cubierto. La banda era de Siracusa y se suponía que tenían el fin de semana libre después de haber pasado el último mes de gira. Habían respondido a peticiones anteriores, pero para cuando eligieron un fin de semana, ya estaba reservado con otros eventos. Estaban deseando tener la oportunidad de venir a Cala MacKellar, aunque fuera justo después de un viaje y justo antes de uno nuevo.

Tomé la información sobre la banda, junto con el contrato que ya habían firmado y me habían enviado por correo electrónico, y me dirigí a la oficina de Goldie.

Estaba hablando por teléfono cuando me detuve en su puerta. Me hizo un gesto para que entrara, así que tomé asiento frente a su escritorio mientras terminaba su llamada. Después de un minuto, colgó y arqueó las cejas mirándome.

—He conseguido una banda —dije sin preámbulos.

—Oh, gracias a Dios. Pensaba que íbamos a tener un gran problema.

Negué con la cabeza. —Todo solucionado. El contrato está firmado y todo. Estamos bien.

—Muchísimas gracias. El alcalde ya se había enterado de la cancelación y me estaba amenazando. Esto me salva el culo.

—Y qué buen culo tienes.

Dejó escapar una risa sorprendida. —Eres demasiado.

—Ni de lejos. Así que, mmm, sobre lo de ayer...

—Sí, ¿cuáles eran las probabilidades de que nos emparejaran?

Iba a contarle lo de Dick, pero si quería hablar sobre nosotros, podía seguirle la corriente. —Bueno, aparentemente bastantes. Trabajamos bien juntos, tanto en el trabajo como fuera de él.

—Solo hemos tenido una cita.

—Cierto, pero la cita dos está muy, muy cerca. Y espero poder convencerte para que aceptes la cita tres la semana que viene.

—¿Esperando hasta la semana que viene? ¿Estás haciéndote el interesante?

Resoplé. —Para nada. Solo sé que los fines de semana no son realmente opciones para nada durante el verano. Estoy apostando a que estarás dispuesta a salir durante la semana otra vez en lugar de rechazarme el fin de semana."

—Hombre listo.

—Te conozco, Goldie. Sé muchas cosas sobre ti."

—Sí, me conoces, susurró ella. —Gracias por ayudarme con esto hoy."

—Es mi trabajo. Espero que sepas que hago mi trabajo porque me gusta, no porque seas mi jefa."

—Nunca he dudado de eso. Me considero afortunada de tener un equipo tan increíble. Todos trabajamos muy bien juntos."

—¿Y por eso no quieres que sepan lo nuestro?"

Ella asintió y se mordió el interior del labio. —Me preocupa que Levine me despida, y sé que lo haría. No creo que nadie vaya a contárselo, pero si se hace de conocimiento público, se enterará."

—Lo entiendo.

—¿Estás seguro? Porque ayer estabas enfadado. Pensé que estábamos bien, pero después de la comida...

—Eso no tenía nada que ver contigo, la interrumpí.

—¿No? Entrecerró los ojos y ladeó la cabeza.

—No.

Se quedó en silencio durante un minuto, estudiándome. —Malas noticias. Dijiste en nuestros mensajes de anoche que quizás él había recibido malas noticias. ¿Recibiste tú malas noticias?"

Suspiré profundamente. —Más o menos. El novio de mi madre nos preguntó a Arthur y a mí si le daríamos nuestra bendición para pedirle matrimonio a mamá."

Arqueó las cejas. —Vaya. Ese es... Dick. Y no te cae bien."

—No es que no me caiga bien, es que simplemente no es el adecuado para mi madre."

—Lo siento, Patrick. ¿Le dijiste que no estabas de acuerdo?

Negué con la cabeza. —No tuve oportunidad de decir nada. Arthur respondió que sí por los dos, y no supe cómo negarme. Pensaba que estaba de mi lado. Y ahora no contesta a mis mensajes. Incluso fui a O'Kelley's anoche, pero se marchó temprano del trabajo."

—Te está evitando.

—Sí. Pero nada de eso tiene que ver contigo. Te pido disculpas por hacerte sentir que era culpa tuya."

Ella negó con la cabeza, sus ondas rubias cayendo sobre sus hombros. —Está bien. Me alegra saberlo. Y siento que estés en una situación tan complicada."

—Ya buscaré una solución. Me levanté y cerré mi tableta. —¿A qué hora quieres salir a comer?"

—¿A las doce?"

—Me parece bien."

Ella sonrió mientras yo me daba la vuelta y salía de su despacho. Las doce no podían llegar lo suficientemente rápido.

Goldie era preciosa cuando se reía. No ocurría a menudo en el trabajo, pero al sacarla de la oficina, su luz brillaba un poco más. Era guapísima.

—No me puedo creer que hicieras eso —dijo, intentando calmar la risa que aún borboteaba en su interior.

—No fui un buen niño. Mi padre y yo éramos muy cercanos, y cuando murió, me aproveché un poco de que mi madre estaba sobrecargada de trabajo y agotada todo el tiempo. Saltarse las clases cuando estaba en quinto curso fue lo que menos le preocupó. Incluso cuando me pillaron y eché la culpa al perro que no teníamos."

—Espera un momento, ¿ni siquiera tenías perro? ¿Le dijiste a la escuela que estabas en casa porque tu perro estaba enfermo y ni siquiera tenías perro?

—Ya te dije que no era un buen chico —contesté con una risa.

Goldie se rio de nuevo. —Me alegra mucho saber que has cambiado.

—¿Quién ha dicho que he cambiado?

—Bueno, nunca has llamado al trabajo porque tu perro inexistente estaba enfermo.

—Tengo otras motivaciones para ir al trabajo estos días. La escuela no era ni de lejos tan divertida.

Sus mejillas se sonrojaron. Bajó la barbilla.

Sonreí y esperé a que volviera a levantar la mirada. Cuando lo hizo, dije: —Mi profesora de quinto de primaria no era ni de lejos tan sexy como mi jefa.

Sus mejillas se oscurecieron aún más. Se mordió el labio. Mi polla se endureció. Maldita sea, esta mujer. No tenía ni idea del efecto que causaba en mí.

—Quisiera darte las gracias, pero mi profesora de quinto era una señora muy mayor que odiaba a los niños y llevaba dando clases toda la vida y era miserable, así que el listón estaba muy bajo.

Me reí. —Mi profesora de quinto era guapa. Era agradable, dulce y muy positiva.

—Vaya, me estoy poniendo un poco celosa.

Recorrí su figura con la mirada y negué con la cabeza. —Créeme, no tienes nada de qué estar celosa.

Sus ojos se abrieron ante mi tono. Tomó aire rápidamente. Me miró a los ojos mientras sus labios se entreabrían. —Me haces sentir como si tuviera la mitad de mi edad y la mitad de mi tamaño.

—No te desearía tanto si fueras cualquiera de las dos cosas. Eres exactamente con quien quiero estar aquí ahora mismo.

Sus labios se curvaron en las comisuras. —Gracias.—

—Lo digo en serio, Goldie. Seguiré diciéndotelo hasta que me creas.

—Empiezo a entenderlo.

—Bien. Entonces, ¿cuándo podemos repetirlo? Preferiblemente de noche, cuando pueda besarte hasta dejarte sin sentido y aprovecharme de ti.

Ella se rio suavemente y negó con la cabeza. —Solo te aprovechas de mí si digo que no, y hasta ahora no he dicho que no.

—Bien. Entonces di que sí otra vez y déjame invitarte a salir la semana que viene.

—Vale.

—¿Martes y jueves?

—¿Dos noches?

—Sí. Si estás aceptando salir, voy a aprovecharme y conseguir dos noches contigo.

—Pensaba que los jueves tenías noche de chicos.

Extendí la mano por encima de la mesa para coger la suya y deslicé mi pulgar sobre su muñeca. —Si de verdad crees que preferiría estar con ellos antes que contigo, no he sido claro con mis intenciones. No son para nada honorables, pero serán muy divertidas.

Ella se rio, entrecortándosele la respiración cuando apreté mi agarre en su muñeca.

—Quiero ir despacio contigo, pero no estoy seguro de tener la fuerza suficiente —admití—. Te deseo tanto, Goldie.

—No quiero que vayas despacio.

—¿Por qué no vienes a mi casa a cenar el martes? —pregunté.

Respiró hondo y asintió. —Me gustaría mucho.

—Bien. A mí también.

LOS EVENTOS planificados para junio eran relativamente tranquilos comparados con el fin de semana del Memorial Day o julio y agosto, pero junio seguía siendo un mes ajetreado. La banda llegó a la ciudad sin ningún problema, y todo iba avanzando bien. Como era un fin de semana más tranquilo en cuanto a eventos, nadie tenía que trabajar, aunque todos estábamos disponibles si fuera necesario.

Mi madre insistió en asistir a todos y cada uno de los eventos para apoyarme. Cuando mencioné que tenía el fin de semana libre, insistió en que le diera un tour privado de lo que estaba pasando y se negó a escucharme cuando le dije que no había nada que no fuera público. Así que estaba pasando mi tarde del sábado con mamá, Dick, Arthur, Sharon y los niños.

Aunque no me quejaba. Los niños correteaban y se divertían en el parque. Los tres querían que les pintaran la cara, y luego lloriquearon cuando casi inmediatamente se la frotaron. Sharon puso los ojos en blanco y los llevó de vuelta para retoques. Junto con la mitad de los otros niños de la ciudad.

Dick fue a buscar comida, dejándonos a mamá, Arthur y a mí solos durante unos minutos. Todavía no había hablado con mi hermano desde nuestra comida, pero obviamente no podía hacerlo delante de mamá.

—Dick me ha pedido que me case con él —dijo mamá una vez que los demás se habían ido.

—¿Qué le has dicho? —preguntó Arthur.

Ella nos miró alternativamente. Sonrió y enlazó sus brazos con los nuestros y comenzó a caminar. —Me dijo que había hablado con vosotros.

—Lo hizo —respondió Arthur por nosotros. Otra vez.

—Y que dijisteis que solo queríais que yo fuera feliz.

—Así es, mamá. Eso es lo que nos importa —dijo Arthur.

Mamá le sonrió. —Gracias, cariño. —Se volvió hacia mí. —No es propio de ti no tener nada que decir.

Me encogí de hombros. —Arthur lo está diciendo todo.—

Ella se rio suavemente. —Lo que significa que no quieres decirme lo que piensas. Porque no te cae bien Dick.—

Casi me eché a reír a carcajadas por su comentario involuntario, pero me contuve. —No es que no me caiga bien, mamá. Solo que no sé si es el adecuado para ti.—

Asintió. —Lo entiendo. Es muy diferente a tu padre.—

—Sí. En todos los sentidos.—

—Es cierto. Es ruidoso y siempre se mete en todo. No sabe cuándo dejar de hablar o cuándo reservarse sus opiniones. Y siempre está dándoles cosas a los niños a escondidas cuando le decimos que no lo haga.

—¿Ves? Exactamente.— Lo entendía.

—La vida habría sido tan diferente si tu padre no hubiera muerto. Deseo eso todo el tiempo, pero no es la realidad. No va a volver.—

—Lo sé, mamá— dije. Todavía sentía una punzada en el pecho cuando pensaba en mi padre. No tenía muchos recuerdos de él. Más bien sensaciones que estaban vinculadas a recuerdos que se habían desvanecido con los años. Lo que sabía era que adoraba a mi madre, a Arthur y a mí. Vivía por nosotros. Y cuando murió, casi destruyó a mi madre.

—Dick me estuvo pidiendo salir durante mucho tiempo antes de que aceptara. Es el tipo de hombre que te va desgastando.—

—¿Y quieres estar con alguien así? ¿Con alguien que tiene que convencerte para salir con él?—

Se encogió de hombros. —No estaba dispuesta a ver quién era en realidad. Me resistía a dejar entrar a alguien en mi vida.—

—Bueno, ahora ha venido para quedarse.—

—Quizás no. Todavía no le he dado una respuesta. Quería hablar con vosotros. Averiguar lo que realmente pensabais.— Apretó su agarre en nuestros brazos.

—Si te hace feliz, eso es lo que importa, mamá —dijo Arthur diplomáticamente—. No tenemos derecho a elegir tu felicidad por ti. Ya no somos niños. Tienes tu propia vida.

Ella apoyó la cabeza en su hombro y dijo: —Gracias, Arthur. Eso significa mucho.

Sentí la presión de la verdad cayendo sobre mí. Podía decirle cómo me sentía, o podía retirarme y esconderme tras mi hermano. Si admitía la verdad, Dick desaparecería. Eso era lo mejor para todos.

—Yo...

—Hola a todos —dijo Goldie desde un lado—. Soy Goldie. Os vi a los tres y quería saludar.

Por mucho que me alegrara verla, el momento era pésimo. Aun así, me obligué a sonreírle y a presentarle a mi madre y a mi hermano. —Goldie, esta es mi madre, Teri, y mi hermano, Arthur. ¿Ya os habíais conocido?

—No —dijo Arthur, soltando a mamá para abrazar a Goldie—. Llevo meses queriendo conocerte. Gracias, de nuevo, por pasar mi currículum a Hudson.

Goldie se rio. —De nada. Me alegro de que todo saliera bien. Hudson es una persona increíble.

—Lo es. Es un jefe estupendo. Lo cual tengo entendido que tenéis en común. Mi hermanito no deja de alabarte constantemente.

Me ardían las mejillas. Forcé una sonrisa agria que nadie se creyó.

—Ah, así que tú eres esa Goldie —dijo mamá—. Patrick siempre está hablando de ti. Te adora. Em, trabajar para ti. —Mamá hizo una mueca mientras me miraba, lo que no engañó absolutamente a nadie.

—Gracias —dijo Goldie—. Este es mi hijo, Paul. —Agarró del brazo a un chico alto que estaba a pocos metros.

Nunca habría adivinado que era su hijo. Tenía el pelo y los ojos oscuros. Todo en él era diferente, excepto su altura.

Pero entonces sonrió, y vi a Goldie en él. —Hola. Encantado de conoceros.

—Encantada de conocerte, Paul. Eres tan alto —dijo mamá—. ¿Cuántos años tienes?

—Quince. Paul parecía bastante incómodo con el interrogatorio. Y con estar allí en general.

—Está horrorizado de estar aquí conmigo. Porque se supone que los adolescentes no tienen padres. Simplemente aparecieron de la nada, sin que nadie los cuidara durante la primera década y pico de sus vidas —Goldie puso los ojos en blanco mirando a su hijo.

—Los míos eran igual —dijo mamá—. Cambiará cuando sean un poco mayores. Arthur todavía es bastante independiente, pero Patrick es mi niño de mamá.

—¡Mamá! —solté. Lo último que necesitaba era que Goldie pensara que no era mi propio hombre.

—Oh —mamá jadeó, como si recordara con quién estaba hablando—. Solo quería decir que ya no le preocupa que yo esté cerca. Ya no finge no conocerme estos días.

—¿Quién es esta preciosidad? —dijo Dick, acercándose desde atrás y gritando lo suficientemente fuerte como para que la mitad de las cabezas del parque se giraran.

—Soy Goldie. Y este es mi hijo, Paul. Patrick trabaja para mí en el departamento de turismo —Goldie sonrió y esperó a que Dick se presentara.

Dick fue a por todas y envolvió a Goldie en un abrazo.— Vaya, es un placer conocerte por fin —Se apartó, con las bebidas que había traído aún en sus manos—. Espero no haberte manchado la ropa. Es que estaba tan emocionado. Patrick habla de ti todo el tiempo.

Arthur soltó una risita. Mamá dio un paso adelante y apartó a Dick de Goldie. Goldie me lanzó una mirada, y yo asentí, confirmando que era exactamente quien ella pensaba que era.

—Patrick es un hombre maravilloso —dijo Goldie.

—Lo es —dijo Sharon, uniéndose a nuestro pequeño grupo con las manos llenas de niños—. Soy Sharon. La mujer de Arthur.

Arthur extendió los brazos hacia Katie, la niña de dos años, y ella fue con él de buena gana.

—Encantada de conoceros. Soy Goldie, y este es Paul. —Goldie sonrió a mis sobrinos, ninguno de los cuales le prestaba atención. Henry fue directo hacia Dick, y Nicholas, el de cuatro años, se agarró a la pierna de Sharon.

—¿Eres Goldie? ¿La Goldie de Patrick? —preguntó Sharon, con una sonrisa amplia y brillante. Hasta que se dio cuenta de lo que había dicho—. —Quiero decir—

—¿La Goldie de Patrick? ¿Qué significa eso, mamá? —preguntó Paul.

—Patrick y yo trabajamos juntos, por eso conocen mi nombre. Es todo lo que quiere decir, cariño. —Goldie sonrió a su hijo, ignorándonos por un momento.

Paul se encogió de hombros. —Vale. Raro, pero vale. ¿Puedo ir a buscar a Sam ahora?

—Sí, ve a buscar a Sam. Mándame un mensaje si vais a algún sitio que no sea el parque.

—Vale. Adiós. —Paul desapareció entre la multitud, apenas saludando con la mano antes de marcharse.

—Adolescentes —dijo Goldie con las mejillas encendidas.

—Así son ellos —dijo mamá—. —¿Por qué no vienes con nosotros? Patrick iba a darnos hoy el tour entre bastidores.

Puse los ojos en blanco y negué con la cabeza cuando Goldie me lanzó una mirada interrogativa.

—Seguro que será maravilloso, pero en realidad he quedado con una amiga. Su hija es la novia de mi hijo, así que vamos a fingir que no los estamos espiando juntas.

Mamá se rio. —Buen plan.

—Te has buscado una chica lista, Patrick. Me cae bien —gritó Dick.

Asentí y le lancé a Goldie una mirada de disculpa. Ella me devolvió la sonrisa.

—Bueno, ha sido un placer conoceros a todos. Seguro que nos veremos por aquí. Disfrutad de vuestro tour entre bastidores.

Abrí los ojos como platos mirándola, pero ella solo me sonrió y me guiñó un ojo antes de seguir a Paul entre la multitud y desaparecer.

—Entiendo por qué estás enamorado de ella —dijo mamá—. Es muy agradable.

—Y también es agradable a la vista —añadió Dick.

Puse los ojos en blanco. Que me maten ahora. Estaba de acuerdo con Dick.

15

GOLDIE

Acababa de contarle a Valentina sobre mi encuentro con la familia de Patrick cuando llamamos a la puerta de Novios Literarios Ilimitados para el club de lectura la noche siguiente. Valentina, bendita sea, entendió por qué estaba tan alterada y chilló: —¿Te llamaron *su* Goldie?

—Vaya —dijo Finley al abrir la puerta—. ¿Quién te llamó su Goldie?

—Toda la familia de Patrick —respondió Valentina por mí—. Los conoció a todos ayer.

—Supongo que tu cita fue bien si todos te llaman suya —dijo Finley con un movimiento de hombros.

—Si por bien entiendes que se pusieron cachondos durante el viaje de vuelta a casa después de cenar, entonces sí —le dijo Valentina.

—¡Valentina! —siseé.

—¿Quién está hablando de ponerse cachondos? Necesito oír esa historia —gritó Elise desde el fondo de la librería.

—Goldie y Patrick tuvieron una cita realmente buena —dijo Valentina mientras caminábamos hacia atrás para reunirnos con las demás.

Elise, Blake, Melody, Willow, Piper, Sofia y Haley ya estaban allí. Todas nos saludamos antes de que volvieran a abalanzarse sobre mí.

—¿Estamos hablando del tipo de buena realmente buena? —preguntó Elise.

—Elise —la reprendió Finley.

—Oh, por favor —dijo Elise—, ninguna de vosotras se sorprende de que esté preguntando. Cuéntamelo todo, Goldie. No te dejes ni un solo detalle.

—Actúas como si no hubieras tenido sexo en años. ¿Qué está pasando? —le preguntó Willow a Elise.

—Me gusta el sexo. Mucho. Y no hay nada malo en disfrutarlo con mi marido, o desear que mis amigas tengan mucho. Han pasado —Elise miró su teléfono— dos horas desde que he tenido sexo.

—No necesitaba saber eso —dijo Anna mientras se unía a nosotras. Trabajaba con Finley y tenía sus propias llaves. Justo detrás de ella estaban Trinity y Laura.

—¿Cuánto tiempo ha pasado para ti? —le preguntó Elise.

Las mejillas rojas de Anna dejaban claro que no hacía mucho tiempo.

—Me alegro por ti —dijo Elise, ofreciendo su puño para chocar.

Anna le devolvió el gesto y negó con la cabeza. —¿Cómo he caído tan bajo como tú?

Elise soltó una carcajada. —Es un lugar estupendo donde los orgasmos abundan y los hombres viven para complacer. Espero que Hudson esté a la altura.

—Lo está —respondió Anna sin dudar.

—Madre mía, chica. Qué bien —Elise asintió con aprobación antes de dirigir su mirada hacia mí. —Ahora, volviendo a ti. ¿Qué nivel de picante estamos hablando? ¿Sexo en el coche o algo más?

—No tuvimos sexo en el coche —contesté.

—Vale, entonces algo más. ¿Quieres que adivine? Quiero decir, hay...

—Dios mío, que alguien la detenga —dijo Melody, estirando el brazo para taparle la boca a Elise mientras se reía.

—Siempre pensé que serían los hombres los que hablarían de sexo todo el tiempo. Nunca esperé que fuera tan intenso en un grupo de mujeres —comentó Haley.

—Está claro que has estado con las mujeres equivocadas —Elise se dio unos golpecitos en la barbilla. —Por supuesto, tampoco has elegido buenos candidatos entre los hombres —Elise miró a Valentina e hizo una mueca. —Lo siento, Valentina.

Valentina negó con la cabeza. —No hay nada que sentir. He decidido seguir adelante con mi vida.

—¿Poniéndote debajo de alguien? —preguntó Willow.

—¡Sí! —Elise le chocó los cinco.

Negué con la cabeza, pero esperaba que Valentina respondiera a la pregunta. Ella merecía cosas buenas en su vida. Un buen hombre y pasarlo bien.

—Nada de hombres. He estado con Dawson casi toda mi vida. Brantley nos presentó en nuestro primer año de universidad. Hemos estado juntos desde los dieciocho. No he salido con nadie desde entonces. Necesito un descanso. —Valentina suspiró y se encogió de hombros, pero su labio tembló un poco. Era la única indicación de que estaba teniendo más problemas con el fin de su matrimonio de lo que estaba dispuesta a admitir.

—Pues bien por ti. Puedo darte algunas recomendaciones de vibradores si los necesitas —dijo Willow.

Valentina resopló. —He estado casada con un hombre que se acostaba con otra persona durante más de un año. Estoy más que servida en el departamento de vibradores.

—Tías, os quiero —dijo Elise. —Este es mi lugar feliz. Bueno, uno de ellos. El otro es...

—¡No! —gritaron todas a la vez.

Elise se rio con fuerza y negó con la cabeza. —Me conocéis demasiado bien. Vale, Goldie. Todavía no nos has hablado de Patrick. ¿Qué tal de caliente fue el viaje a casa?

—No fue tan malo —esquivé la pregunta. Las quería a todas, pero no estaba acostumbrada a compartir todos los detalles de mi vida sexual con nadie. Ni siquiera Valentina y Anna lo sabían todo, y eran mis mejores amigas.

—Dale un respiro, Elise. No todo el mundo quiere compartirlo todo —dijo Blake.

—No eres nada divertida —dijo Elise. Se inclinó hacia mí. —¿Un poco de acción por debajo de la falda o por encima de la camiseta?

—Por debajo —dije.

Elise asintió con aprobación. —Bien por ti. Aunque según se dice, Valentina y Willow pueden compartir recomendaciones de vibradores si lo necesitas.

—También estoy servida en ese aspecto. Pero espero poder dar un descanso a mis pilas uno de estos días —confesé.

—¡Me encanta! ¡Sí! Todas deberíamos dar un descanso a las pilas de vez en cuando. Vale, ahora que sabemos lo de la parte sucia, ¿de qué estabais hablando cuando habéis entrado? —preguntó Elise. Miró alternativamente a Valentina y a mí.

—Goldie conoció ayer a toda su familia. La llamaron su Goldie —dijo Valentina.

—¿Eso es un problema? —preguntó Finley—. —Quiero decir, todo ese rollo de posesión me resulta un poco desagradable, pero espero que solo se refirieran a que vosotros dos estáis juntos. ¿No quieres que la gente lo sepa?

—No, no es eso. O sea, no, no quiero contárselo a todo el mundo en el trabajo, pero sabía que su familia estaba al tanto de que estábamos saliendo. Me sorprendió cómo se dirigieron a mí. En lugar de su jefa o incluso alguien con quien trabaja, era simplemente *suya*. —Me encogí de hombros, intentando explicar lo raro que me hacía sentir. Y lo extraño que era que no me molestara tanto como sentía que debería haberme molestado.

—¿Crees que ellos lo ven a él como el jefe en cambio? —preguntó Piper.

Me encogí de hombros. —No estoy segura. Y en parte no me preocupa eso. Lo que me llamó la atención es que parecía que me conocían. Como si supieran mucho sobre mí. Más de lo que sabrían si solo fuera su jefa.

—Piensas que ha estado hablando de ti —dijo Anna—. —¿Quieres que intente averiguar algo a través de Arthur?

Negué con la cabeza. —No, no quiero que sea más raro de lo que ya es. Supongo que no es gran cosa, pero solo hemos tenido dos citas. Una fue simplemente para comer. Y parecía que estaban insinuando que lleva hablando de mí mucho más tiempo.

—Dijiste que lleva tonteando contigo desde siempre. Casi desde que lo contrataste —dijo Laura.

Asentí. —Es verdad. Pero es extraño. No sé.

—Creo que todas las veces que pensaste que estaba bromeando, no lo estaba. Parece que le gustas de verdad. Mucho. Y tú has estado huyendo mientras él intentaba que te fijaras en él —dijo Anna.

¿Podría tener razón? Encajaba, pero ¿era posible? Y si lo era, ¿qué significaba eso? Las cosas con Patrick eran divertidas. Disfrutábamos pasando tiempo juntos. ¿Era posible que él fuera tan serio?

—O quizás me equivoco —soltó Anna de repente. Forzó

una sonrisa que no creí—. —Vosotros os lo estáis pasando bien. No necesitas preocuparte de que él vaya en serio. Está bien.

La miré a ella y luego examiné al resto. —¿Qué está pasando?

—Te estás obsesionando —respondió Trinity por todas—. —Anna ha visto que estabas empezando a darle vueltas. Está intentando retractarse para que no te asustes porque Patrick está más implicado en esto que tú.

—¿Crees que lo es? —grité.

Trinity asintió y me dio unas palmaditas en la mano. —Creo que te gusta mucho más de lo que quieres admitir. Yo he pasado por eso. Lo difícil es que los dos tenéis que encontrar una manera de ser sinceros el uno con el otro. Si no podéis serlo, no importa lo serios que seáis, no va a funcionar.

Tomé una bocanada de aire que no parecía suficiente. Todos me estaban mirando, lo que solo hizo que mis pulmones se sintieran más oprimidos. Solté el aire y, bendita sea, Blake le preguntó a Piper cómo estaba Zoey. Zoey no había venido mucho al club de lectura desde que tuvo a su bebé, el tercero en su ajetreado hogar.

Los demás hablaban a mi alrededor mientras yo intentaba entender lo que estaba pasando. Si Patrick iba en serio, ¿le estaba yo dando falsas esperanzas? ¿O yo también iba en serio con él?

Pero quizá la pregunta más importante era si podía arriesgarme a dejarle entrar sin saber si me iba a destrozar.

TODAVÍA ESTABA INTENTANDO ENCONTRAR respuestas a esas preguntas el martes por la noche cuando llamé a la puerta de Patrick. Vivía en un edificio reconvertido en la zona norte de la ciudad. Tenía ocho apartamentos, según los buzones del vestíbulo. Él estaba en el segundo piso, apartamento D.

Me abrió la puerta un minuto después, descalzo, con pantalones cortos y un polo, y una brillante sonrisa. Se inclinó para besarme la mejilla antes de hacerme entrar. —Hola.

No pude evitar devolverle la sonrisa. —Hola.

Las comisuras de sus ojos se arrugaron detrás de sus gafas cuando su sonrisa se ensanchó. —Me alegro de que hayas venido.

—Yo también. Era una respuesta sincera. Estaba contenta de estar allí. Aunque seguía intentando averiguar hacia dónde iban las cosas, estaba disfrutando del tiempo que pasábamos juntos. Me dije a mí misma que no necesitaba todas las respuestas sobre el futuro ahora mismo.

—La cena debería estar lista pronto. ¿Quieres una copa de vino o algo de beber?

—Solo agua, por favor. No me gusta beber cuando tengo que conducir.

Asintió y me guió hacia la cocina.

Su apartamento estaba ordenado. No había zapatos en la entrada, sino que estaban perfectamente colocados en un armario del vestíbulo que abrió para que dejara mis cosas. Tenía un gancho para las llaves y una pequeña cesta en el armario donde guardaba su cartera. El resto del apartamento era pequeño, pero estaba limpio y olía increíblemente bien. Las velas ardían por todo el espacio abierto que combinaba sala de estar, comedor y cocina. Una puerta al fondo llevaba a un dormitorio, y otra puerta cerrada debía ser el baño.

Llenó un vaso con agua de una jarra de la nevera y me lo dio. —No pensé en preguntarte si tienes alguna alergia alimentaria o cosas que realmente no te gusten.

Negué con la cabeza. —Soy bastante democrática con la

comida. Disfruto de la ensalada tanto como del chocolate. Hice una pausa. —Bueno, quizás no tanto.

Sacudió la cabeza y se acercó a mí. Me rodeó con un brazo y se inclinó. Sus labios presionaron ligeramente mi cuello, luego su lengua se deslizó por mi piel acalorada. —Eres preciosa, Goldie. Apenas puedo mantener mis manos quietas ahora mismo porque te debo una cena antes de volvernos locos en mi cama, pero nunca dudes de lo impresionante que eres.

Sus palabras rasposas pulsaron cada fibra de mi cuerpo como si le pertenecieran. Me estremecí entre sus brazos, resistiendo el impulso de suplicarle que se olvidara de la cena y pasara directamente al postre. El postre siempre era la mejor parte de la comida de todos modos.

Me besó de nuevo en la mandíbula, luego dio un paso atrás para aclarar su mente y me sonrió. Era unos centímetros más alto que yo descalzo. Mirarle hacia arriba era diferente, ya que normalmente usaba tacones en el trabajo. Me gustaba. Me gustaba la sensación de que pudiera protegerme, aunque nunca admitiría que me encantaba la idea de que alguien cuidara de mí.

—Bien, tenemos risotto con gambas y espárragos. Los espárragos estaban demasiado buenos para resistirse. Espero que esté bien.

—Suena delicioso. Huele delicioso.

Cerró los ojos y sonrió. Cuando los abrió de nuevo, su mirada me atravesó directamente e iluminó todo mi ser.

La intensidad de aquello hizo que mi respiración vacilara. Mi pulso se aceleró, mi corazón se saltó un latido. No podía recordar la última vez que alguien me había mirado así. Probablemente nunca. Era embriagador. ¿Quién necesitaba vino cuando tenía a un hombre que me miraba como si yo fuera todo lo que necesitaba para sobrevivir?

La necesidad de definir lo que estábamos haciendo me

presionaba, pero me resistí. No quería estropear las cosas. No estaba preparada para eso. Quería más tiempo con él. Más tiempo para disfrutar de la vida exactamente como era.

—Vale, antes de que pierda la cabeza, vamos a comer. Me dio una sonrisa tímida que era a la vez juvenil y devastadoramente provocativa.

—Suena bien.

Me entregó un pesado plato de gres y me indicó que me adelantara hacia la humeante sartén en la cocina. Llené mi plato sin pensar en cómo me veía con apetito. Este era Patrick. Me conocía. Me había visto comer más de unas cuantas veces. Y no estaba dispuesta a fingir que no disfrutaba de una buena comida.

Nos sentamos uno frente al otro en la mesa, atacando nuestra comida. Gemí. —Dios mío, esto está buenísimo.

Se rio suavemente. —Gracias.

Devoramos nuestra comida, la conversación fluyendo fácilmente desde el trabajo hasta el verano y nuestra infancia. Me reí con una historia que Patrick me contó sobre cómo se metió en problemas con Arthur.

—Arthur era agradable. Toda tu familia lo era.

Patrick gimió. —Dios mío, eran tan vergonzosos.

—Eran encantadores.

—Ya me estaba preparando para verte salir corriendo en dirección contraria. Fueron un poco... insistentes.

Me reí. —Claramente te quieren mucho.

—El amor es una palabra muy difusa con ellos.

—Tienes suerte de tenerlos.

—Gracias. Están locos y son abrumadores, pero los quiero.

—¿Incluso a Dick? —pregunté con una sonrisa.

Se rio. —¿Estás intentando que diga que amo a Dick?

Solté una carcajada, casi atragantándome con la comida

que acababa de meter en mi boca. —Eso es algo delicado de decir después de mi divorcio.

Hizo una mueca. —No debería haber dicho eso. Lo siento.

Negué con la cabeza. —No. En realidad solo estaba bromeando.

Sonrió. —Dick finalmente le pidió matrimonio a mi madre.

—Vaya. Eso es grande. De su parte. Un gran... Dick.

Soltó una risita. —Eso ha sido bueno. Y malo. Puaj. No estoy dispuesto a pensar en eso.

Me reí entre dientes. —Perdona. Entonces, ¿qué dijo tu madre?

—Está pensándoselo. De eso estábamos hablando cuando nos viste el sábado. Nos preguntaba qué opinábamos sobre que Dick le hubiera pedido matrimonio.

—¿Y qué le dijiste? Sentía empatía por su madre como madre soltera, pero también conocía a Patrick. No era el tipo de persona que desconfiaría de que su madre se involucrase con alguien a menos que hubiera un motivo para su vacilación.

—No dije nada.

Esperé a que continuara. Cuando no lo hizo, pregunté: —¿Qué quieres decir con que no dijiste nada?

Se encogió de hombros. —Nos lo contó, y Arthur repitió lo que había dicho antes, que quiere que ella sea feliz. Lo que no es realmente una respuesta. Ella nos presionó para contestar, pero antes de que pudiera decir algo, te acercaste.

—Lo siento. Si hubiera tenido alguna idea de que estabais en medio de eso, yo—

—No, no hagas eso. Extendió la mano y tomó la mía. —No quiero que te sientas mal. No había forma de que lo supieras.

—Entonces, ¿qué le habrías dicho si yo no os hubiera interrumpido?

Suspiró profundamente. —No lo sé.

Le apreté la mano. —¿No lo sabes?

Me dio una sonrisa que decía que no quería admitirlo. —Quiero a mi madre. Ha sido la única constante en mi vida. Arthur se casó y tuvo hijos, así que muchas veces solo hemos sido mamá y yo. Ella y Dick empezaron a verse poco después de que yo comenzara a trabajar para ti. Ni siquiera estoy seguro de si le quiere o si simplemente es conveniente.

—¿Realmente crees que tu madre se casaría con alguien a quien no quisiera?

—No lo sé. Supongo que no. Pero ¿por qué nos preguntaría a nosotros? Si está tan segura de él, ¿por qué tendríamos derecho a opinar?

Tomé aire y me tomé mi tiempo antes de responderle. —Creo que sabe que esto tiene un impacto en tu vida. Si odias a Dick, tensará la relación que tienes con tu madre. Ella no quiere perderte.

—Supongo. Tal vez.

—También podría necesitar una excusa. Quizás quiere decir que no y no sabe muy bien cómo hacerlo.

—¿Tú crees?

Me encogí de hombros. —No lo sé. Solo la conocí por un minuto. Pero como madre, sé que lo más importante en nuestro mundo son nuestros hijos.

Sonrió y asintió lentamente. —¿Sabes? Realmente no quería pasar toda nuestra cita hablando de mi familia.

—Y de Dick.

Resopló. —Bueno, quizás un poco de eso, pero no de ese Dick.

—¿Ah, no?

Asintió y se levantó, tirando de mi mano hasta que estuve

de pie con él. Me guio hacia sus brazos y selló sus labios sobre los míos.

Todos los pensamientos sobre su familia se esfumaron cuando rozó la comisura de mis labios y yo me abrí a él. Suspiré, y él gimió. Sus manos ahuecaron mi trasero y me atrajeron contra él. Lo suficientemente cerca como para sentir su erección creciendo entre nosotros.

Se apartó y me apartó el pelo de la cara. —¿Deberíamos llevar esto a la otra habitación?

16

PATRICK

Contuve la respiración mientras esperaba su respuesta. Cuando asintió, pensé que me iba a desmayar de alivio.

Me había preguntado durante un año cómo sería besarla. También me había imaginado viéndola en mi cama. Estaba a punto de conseguir mi deseo. Y de repente, el momento se hizo mucho más grande en mi cabeza y empecé a entrar en pánico.

Llegamos a mi habitación, y me giré para mirarla. No parecía ansiosa o insegura. Me sonrió, y todo mi nerviosismo se disipó como si ella le hubiera prendido fuego. Me incliné hacia ella, extendiendo mi mano sobre su espalda para tocar tanto de ella como pudiera de una sola vez.

Una vez más me mostró por qué estaba tan cautivado por ella y tomó el control. Inclinó la cabeza y deslizó su lengua en mi boca, gimiendo cuando mis manos bajaron para agarrar su trasero. Se arqueó contra mí, frotándose contra mi cuerpo y volviéndome loco de deseo.

La necesitaba como nunca había necesitado a una mujer en mi vida. Mi primera vez fue lujuria, deseo y hormonas adolescentes. Cada otra mujer con la que había estado fue impulsada por cosas similares. Pero con Goldie en mi habitación, pronto en mi cama, era mucho más. Todas esas cosas estaban ahí, pero no iba a terminar con ella después de esta noche. No iba a terminar con ella nunca. La quería en mi vida para siempre. La necesitaba en mi vida.

Pero era lo suficientemente inteligente para saber que no podía admitírselo. Ni ahora. Ni en un futuro próximo.

Nos guio hacia la cama y se apartó de nuestro beso para agarrar el borde de su camiseta. La fue subiendo lentamente, manteniendo mi mirada hasta que la prenda interrumpió nuestra conexión, y dejé que mi mirada se deslizara hacia la piel expuesta.

Era impresionante. Una suave piel cremosa expuesta para mí. Un sexy sujetador de satén rosa sostenía sus pechos apenas contenidos como si estuvieran en una bandeja, listos para que yo los devorase. Movió sus brazos para cubrir su vientre, pero los agarré y los mantuve separados mientras me arrodillaba.

Besé la suavidad de su vientre, lamiendo y succionando su piel. Adorándola y tratando de decirle sin palabras cuánto la deseaba. Amaba su cuerpo. Las curvas que ella intentaba esconder y que me excitaban tanto que casi me tragaba la lengua a diario. Pero esta noche... esta noche podía tocarla, saborearla y provocarla. Podía hacer lo que quisiera con ella. Tenía permiso, y no iba a desperdiciar ni un segundo.

Sus manos se deslizaron en mi pelo, tirando hacia atrás para que pudiera encontrar mi mirada. Sus párpados estaban pesados de lujuria pero brillantes de deseo. Lamí su ombligo mientras me observaba, sus labios separándose de placer.

—Quiero saborear cada centímetro de ti, Goldie — confesé en voz baja.

—Por favor.

No necesitaba pedírmelo. Le bajé la cremallera de los

pantalones pirata y se los deslicé por las piernas. Ella separó los pies para que los pantalones pudieran pasar entre sus muslos. Una vez que los pantalones estaban en el suelo, le deslicé una mano por los muslos. Tembló ante mi contacto.

Besé el borde de sus bragas rosas. Pasé mi lengua por su piel, separándole los muslos con mis manos. Su respiración se entrecortó al inhalar.

—Patrick.

No respondí, eligiendo posar mis labios sobre ella. Inhalé profundamente, absorbiendo el aroma de su deseo dentro de mí. La lamí a través de sus bragas, haciéndola gemir. Sus caderas se movían siguiendo mis movimientos, y luego gimoteó.

—Por favor.

Enganché mis dedos en los bordes de sus bragas y las aparté, dejando que mi lengua tocara su piel al mismo tiempo que lo hacía el aire. Ella jadeó, se sacudió y gimió.

Apartó de una patada los pantalones y las bragas. Le separé más los muslos y la lamí. Se alejó de mí, lo que me hizo entrar en pánico por un segundo, hasta que se sentó en el borde de mi cama.

—No creo que pueda mantenerme en pie mientras haces eso.

—No creo que pueda soportarlo si me pides que pare.

Ella negó con la cabeza. —Por favor, no pares.

Sonreí y gateé hacia ella. Me observaba con los ojos muy abiertos. Estaba tan duro que apenas me contenían los pantalones cortos. Puede que no durase lo suficiente como para penetrarla, pero sería el orgasmo más satisfactorio de mi vida si me corría con los labios sobre esta mujer.

Se desabrochó el sujetador y lo tiró a un lado mientras yo le separaba bien los muslos. Ya había una mancha húmeda en mi cama. Más flujo se derramaba de su interior. Me incliné y lo lamí, presionando mi lengua contra su entrada.

Ella suspiró profundamente, su cuerpo temblando con el alivio. Levanté la vista por encima de su vientre y vi sus manos cubriendo sus pechos. Dios mío. Me puse aún más duro. Iba a hacerme daño a mí mismo.

Mantuve mi lengua en ella mientras me liberaba de mis pantalones cortos. Con la cremallera bajada pero los bóxers puestos, mi miembro podía respirar. Luego regresé a lo que quería estar haciendo. Volver loca a mi mujer.

Lamí entre sus pliegues, su vello haciéndome cosquillas en la cara mientras lo hacía. Me encantaba que no cambiara por mí. Que me dejara ver a la verdadera ella. No me habría importado si se afeitaba o depilaba, pero verla al natural era tremendamente excitante. Era auténtica y me estaba dejando entrar.

Su clítoris estaba hinchado y sensible cuando pasé mi lengua por él. Dio un respingo al contacto, apretando sus pezones con fuerza y levantando sus pechos. Quería hacer que durara para ella, pero yo era un cabrón impaciente y egoísta que necesitaba verla llegar al orgasmo. Fustigué su clítoris sin descanso, observándola jugar con sus pechos todo el tiempo. Tiraba de sus pezones y balanceaba sus senos, dejándolos rebotar con cada golpe de mi lengua.

Antes de que se corriera, introduje un dedo profundamente en ella. Eso fue todo lo que necesitó para perder el control y dejarse ir. Se tensó alrededor de mi dedo y follaba mi cara. Sus pechos estaban estirados con fuerza, y su rostro se retorció en una agonía perfecta. Gimió fuertemente, como si le sorprendiera y deleitara al mismo tiempo.

No me conformé con uno solo. Su canal palpitaba alrededor de mi dedo, así que añadí un segundo para dilatarla y continué. No pasó mucho tiempo antes de que estuviera jadeando y suplicándome que la hiciera correrse de nuevo.

La follé con fuerza con mis dedos, metiéndolos profundamente. Chupé su clítoris. Mi cuerpo luchaba contra mí, intentando liberar mi orgasmo junto con el suyo, pero reprimí la necesidad de correrme y me concentré en Goldie hasta que se dejó llevar.

—¡Patrick! —gritó.

Joder, mi nombre en sus labios me volvía loco. Mientras ella perdía la cabeza, yo perdía la cordura. Agarré su mano y la coloqué entre sus muslos para que pudiera seguir estimulándose un poco más. Me quité la ropa lo más rápido que pude y cogí un condón de la nueva caja que había puesto en mi mesita de noche ese mismo día. Gracias a Dios tuve la previsión de abrir la caja. Me puse el condón y volví a ella, solo para darme cuenta de que me estaba observando.

—Te necesito —gimoteó.

Sus dedos pellizcaban su clítoris, su canal goteando. Una mano seguía en su pecho, acariciando su pezón.

—Lo siento, pero esto va a terminar demasiado rápido. Eres mucho mejor que todas las fantasías que he tenido contigo.

—¿Has fantaseado conmigo? —Sonaba sorprendida, como si no pensara que esto fuera importante para mí.

—Joder, sí, Goldie. Muchísimas, muchísimas veces. Nunca pensé que te vería en mi cama, lista y esperándome después de dos orgasmos.

Ella se rio suavemente y se lamió los labios. —Y ahora que estoy aquí, ¿qué vas a hacer conmigo?

Mi polla se endureció ante sus palabras provocativas. —Joder. Te necesito. Me moví hacia ella, sin darle oportunidad de responder antes de embestir contra su cuerpo.

Gimió y enroscó sus piernas alrededor de mí, arqueando la espalda. —Oh, Dios, sí. Tócame mientras me follas. Por favor.

Presioné mi pulgar contra su clítoris, deseando sentirla correrse con mi polla dentro. Ya estaba a punto después de observarla, y sabía que sentirla me llevaría directamente al puto límite, pero lo necesitaba.

—Tetas. Cógete las tetas, gruñí.

Ella las acarició de nuevo, frotando sus pezones entre el dedo y el pulgar. Gimió y embistió contra mí. —Oh, Dios.

La follé más fuerte, más rápido. Estaba perdiendo el control, pero ella estaba ahí conmigo. Se contraía a mi alrededor mientras nuestros cuerpos chocaban. Mi pulgar se deslizaba sobre su húmedo clítoris. Su pelo se pegaba a su cuello y sus ojos se cerraron. La observé, memorizando cada segundo. Recordaría este momento para siempre, viéndola deshacerse conmigo dentro de ella por primera vez.

Se tensó, moviéndose con mis embestidas mientras la follaba. Entonces se corrió, su interior succionándome mientras sus piernas luchaban por expulsarme. Se agarró fuerte los pechos, sus uñas clavándose en sus pezones.

Y yo estaba justo ahí con ella, el orgasmo mareándome después de contenerme durante tanto tiempo. Grité su nombre, estallando dentro de ella y preguntándome cómo iba a volver a ser el mismo.

Ella se estremecía a mi alrededor mientras ambos luchábamos por respirar. Sus labios se curvaron en una sonrisa antes de abrir los ojos. —Ha sido increíble.

Me reí entrecortadamente. —De acuerdo.

Compartimos una sonrisa cómplice mientras nuestros cuerpos intentaban recordar cómo funcionar de nuevo. Mi polla seguía dura y lista para otra ronda, pero ella se removió y supe que necesitaba levantarse.

Di un paso atrás y la ayudé a ponerse en pie. Antes de que pudiera apresurarse hacia el baño, atraje su cuerpo desnudo contra el mío y la besé intensamente. Echaba de menos tener mis labios sobre los suyos. Ella respondió a mi beso con entusiasmo, jadeando de nuevo cuando finalmente nos separamos.

Sonrió y se movió a mi alrededor hacia el baño. Cerró la puerta entre nosotros, y salí del hechizo en el que estaba sumido.

Acabo de acostarme con Goldie Spear. Acabo de hacer que la mujer que amo grite mi nombre. Acabo de correrme dentro de ella. Joder.

Y estaba listo para hacerlo todo de nuevo. Pero sabía que la noche casi había terminado. La cena se había acabado y ella tenía que volver a casa antes de que se hiciera demasiado tarde. Miré el reloj. Sí. Ya pasaban de las nueve.

El váter se descargó y el agua corrió en el lavabo. No estaba seguro de lo que se suponía que debía hacer, así que tiré el condón en la cocina y luego me puse los pantalones cortos.

Salió del baño y miró alrededor. Me vio en la cocina y sonrió. —Debería irme ya."

Asentí. —Me imaginé que tendrías que irte cuando vi la hora. Vístete mientras preparo el postre para llevar."

—¿Hay postre?"

—Por supuesto que hay postre. Además de ti, quiero decir."

Sus mejillas se sonrojaron. El rubor se extendió por su cuello y sus pechos. Mi polla se levantó ante aquella visión.

—Quieto, chico —siseé.

Goldie no me oyó y volvió a mi habitación. Se inclinó para recoger su ropa, y casi me corrí en ese mismo instante. La próxima vez, necesitaba tenerla así. Joder. La próxima vez necesitaba toda una vida. Pero iba a tomar lo que pudiera conseguir de ella.

Abrí la nevera y saqué la tarta de crema de fresa que había comprado esa tarde en la pastelería Cove. Valentina estaba allí y me dirigió una sonrisa cómplice cuando me entregó la tarta. No le dije nada, pero ella sabía para quién la compraba.

Probablemente incluso sabía que las fresas eran la fruta favorita de Goldie.

—Tiene una pinta increíble —suspiró Goldie justo a mi lado.

Asentí. —Lo hizo Valentina. Sé que te encantan las fresas.

—Me encantan —susurró—. —Gracias.

Le entregué la tarta entera.

—¿No quieres un poco?

Negué con la cabeza. —Disfruto mucho más sabiendo que a ti te encantará. ¿A Paul también le gustan las fresas?

Sonrió. —Sí. Le encantará esto. Pero me siento culpable.

—¿Por qué te sentirías culpable? Compré eso porque sabía que te gustaría.

—¿Pero tú no vas a comer nada?

La atraje hacia mí y le lamí el contorno de la oreja. —Ya he tenido mi postre. Y estaba delicioso.

Se estremeció contra mí. —Se te da muy bien eso.

—¿El qué?

—Hacer que me sienta como si fuera la única mujer en el mundo que deseas.

—Lo eres —admití.

Se apartó y sonrió con tristeza. —Gracias. Y gracias por la tarta. Creo que aún te debo una cita.

—Y estaré encantado de que me invites cuando quieras.

—El jueves, ¿verdad?

Asentí, más que satisfecho porque lo recordara. —No puedo esperar.

Ella me observó durante un largo momento y luego dijo: —Yo tampoco.

La besé una vez más en la puerta, deteniéndome solo cuando casi se le cae el pastel. Nos dimos las buenas noches, y la observé hasta que bajó las escaleras y desapareció de mi vista antes de cerrar la puerta.

Sonreí mientras limpiaba la cocina y cuando me metí en

la cama esa noche. Todavía olía a ella. Era el mejor tipo de tortura.

EL JUEVES por la mañana recibí un mensaje de mi madre preguntándome si podía reunirme con ella en Just Tacos para comer. Antes de salir, hablé con Goldie y le comuniqué adónde iba. Me dijo que me divirtiera y que ella había traído comida cuando le pregunté si quería que le llevase algo.

Goldie y yo no habíamos hablado mucho desde nuestra cita, pero las miradas secretas eran suficientes para mí por ahora. Todavía me costaba no contarles a nuestros compañeros de trabajo sobre nosotros, pero estaba respetando su decisión y me lo guardaba para mí.

Mamá aún no estaba allí cuando llegué, así que pedí para los dos y cogí una mesa en el restaurante que se llenaba rápidamente. Ella llegó justo cuando pronunciaron mi nombre.

—Quédate en la mesa mientras recojo la comida —le dije mientras le besaba la mejilla y pasaba rápidamente junto a ella.

Dejé la bandeja y volví a buscar nuestras bebidas. Cuando finalmente regresé, mamá había identificado qué comida era suya y había dispuesto todo para nosotros. —No pretendía que me invitaras a comer —dijo.

Negué con la cabeza. —Es lo mínimo que puedo hacer. ¿Cómo estás?

Se encogió de hombros. —Estoy bien, supongo.

Sentí un hormigueo en el cuello. —¿Qué ocurre?

—Rechacé a Dick.

—¿En serio? —intenté no sonreír.

—Lo hice.

—¿Por qué? Pensaba que realmente te gustaba. Algo no encajaba en todo esto.

—Le quiero, pero si voy a casarme con él, tiene que encajar en la familia.

—Tú tampoco crees que lo haga. Lo siento, mamá. Esperaba que lo hiciera, pero tiene una personalidad demasiado fuerte.

Asintió y mordisqueó el borde de su taco. —Por eso acepté salir con él en primer lugar. Me pidió salir tantas veces, pero no estaba segura. Pero nunca se rindió. Otro hombre lo habría hecho.

—Tienes derecho a decir que no, la defendí.

—Lo sé. Pero tenía miedo. No he salido mucho desde que murió tu padre. Realmente no conocía a Dick, pero cuando no arrugó la nariz ante mi rechazo y en su lugar se quedó y llegó a conocerme, supe que era diferente.

No me gustaba el tono de su voz. Tampoco me gustaba cómo me hacían sentir sus palabras. Dick era el enemigo. Era el tipo que había llegado de repente e intentado cambiarla. No era el héroe.

—La persistencia no es razón para casarse con alguien, argumenté.

—No, definitivamente no lo es. Pero él no era así de manera desagradable. Simplemente estaba seguro de que quería estar conmigo. Me dijo que se estaba enamorando de mí mientras nos hacíamos amigos. Cuando finalmente tuvimos nuestra primera cita, fue como si hubiéramos estado juntos siempre.

—¿Y qué hay de papá?

Extendió la mano por encima de la mesa y dio unas palmaditas a la mía. —Él habría querido que todos fuéramos felices. Lo hablamos antes de que muriera. Era algo puramente hipotético, pero me dijo que quería que volviera a salir con alguien si alguna vez le pasaba algo. Después de que muriera, no podía obligarme a hacerlo. No podía imaginar que nadie más me hiciera sentir como él lo hacía. Pero Dick tiene muchas de las mismas cualidades que tu padre.

—¿Como cuáles? me burlé. No podía verlo. No recordaba muy bien a mi padre, pero sabía que no se parecía en nada a Dick.

—Dick quiere a los hijos de Arthur de la misma manera que papá os quería a vosotros. Haría cualquier cosa por ellos. Y me saca de mi zona de confort. Me hace sentir más segura y valiente. Tu padre hacía lo mismo, siempre halagándome.

—Vale, pero hay mucho más que solo eso.

—Por supuesto. Es como tu relación con Goldie. Es un sentimiento que inicia las cosas, pero eventualmente crece hasta ser algo más. Es saber que esta persona es alguien sin la que no quieres pasar tu vida.

—Entonces, ¿por qué dijiste que no? pregunté, con la garganta apretándose.

Me miró y sonrió con tristeza. —No podía imaginar mi vida sin ti, Patrick. Sé que no te cae bien Dick. Arthur lo tolera un poco mejor porque los niños lo adoran, pero a ti no te gusta nada. No podía aceptar casarme con él sabiendo que vosotros estaríais tan descontentos.

—Es tu vida, mamá, protesté. Mis defensas se alzaron y me enfadé. —No puedes culparme por tus decisiones.

—No lo hago, cariño. En absoluto. Tomé mi propia decisión.

—Bien. Entonces supongo que me alegro por ti.

Me miró fijamente durante un largo momento. Era esa mirada que me dedicaba cuando era niño y pensaba que estaba mintiendo sobre algo. La que me hacía revolverme en mi asiento y querer confesar todos mis secretos, incluso cuando no tenía ninguno.

—¿Y cómo van las cosas con Goldie? preguntó después de un minuto.

—Bien, respondí, feliz de estar en terreno más seguro. —Tenemos otra cita esta noche.

—Esas son buenas noticias. Dile que le mando saludos. Creo que es buena para ti. Te saca un poco de tu zona de confort. Espero que tú también seas bueno para ella. Fuiste persistente con ella. Sé que eso significa que es especial para ti.

—Lo es, dije, sin saber por qué sus palabras me hacían sentir tan incómodo. —Es muy especial.

—Entonces tienes que hacer todo lo posible para no dejarla escapar. Asegúrate de que sepa lo que sientes. No la dejes ir. Las especiales no aparecen todos los días.

Asentí. —Tienes razón. No lo hacen.

Mamá sonrió y terminó sus tacos. Hablamos sobre Arthur y los niños. Estaba preocupada por cómo decirles que Dick ya no pasaría más por allí, y le aseguré que encontraría la manera de explicárselo.

Cuando nos marchamos, me abrazó un poco más fuerte de lo habitual y me pidió que la llamara mañana para contarle cómo había ido mi cita con Goldie. La vi alejarse en coche con una sensación de malestar en el estómago y una profunda certeza de que mi madre no estaba bien.

Y todo era culpa mía.

17

GOLDIE

Salí del trabajo el jueves por la tarde más tarde de lo que esperaba. Quería llegar a casa y pasar algo de tiempo con Paul antes de mi cita con Patrick, pero el alcalde Levine llamó para confirmar los próximos eventos del pueblo. Marqué todos los que le había mencionado para poder verificarlos con los proveedores y reiterarles que nadie fuera de mi oficina haría cambios. Todo eso hizo que saliera tarde del trabajo.

Entré a toda prisa y me apresuré a mi habitación. Consideré cambiarme, pero no tenía tiempo. Dejé mi bolsa del ordenador sobre la cama y volví al salón donde Paul estaba viendo la tele.

—¿Ya has terminado los deberes?

—Sí. Los profesores no nos están dando nada nuevo. Todo es simplemente repaso para los exámenes.

—¿Estás preparado para los exámenes?

Resopló. —Sí. Estaba preparado para los exámenes hace un mes.

—Bien.

—¿Qué vamos a cenar?

—Em, voy a salir a cenar.

—¿Otra vez? ¿Vas a salir con Patrick?

—¿Cómo conoces a Patrick?

Puso los ojos en blanco. —Le conocí el fin de semana, y has hablado mucho de él durante el último año. Pensé que estabais saliendo desde hace mucho tiempo.

—No, no estábamos.

—¿Pero ahora sí?

Asentí y me senté a su lado en el sofá. —Sí. ¿Estás bien con eso?

Se encogió de hombros. —No me molesta. Deberías estar feliz, mamá. Parecía un tío guay."

—Apenas hablaste con él.

—Quizás, pero era amable. Sonreía cuando te miraba.

—¿Lo hacía? Mis mejillas se encendieron.

Paul asintió. —Le gustas mucho. Lo cual es bueno porque tendría que darle una paliza si no fuera amable contigo.

—Ese lenguaje, le regañé.

—Darle una zurra.

Solté una risa. —Mejor. Y gracias.

—¿Eso significa que es amable contigo?

Asentí. —Lo es. Es buena persona.

—Bien. Entonces espero que te diviertas esta noche.

Sonreí y me quedé mirándole mientras veía la tele. Me sentía tonta preguntando a mi hijo sobre citas, pero él era la persona más importante en mi mundo. —¿Crees que es demasiado joven para mí?

—¿Patrick? ¿Es menor de dieciocho?

—¡Por supuesto que no!

—Entonces no.

—Pero es catorce años menor que yo.

—¿Y?

Le miré como si no lo estuviera pillando.

—Mamá, los hombres salen con mujeres que tienen la

mitad de su edad constantemente. Él no tiene la mitad de tu edad, pero si la tuviera, estaría bien. La edad no es tan importante. No cuando eres adulto.

—¿Y si él quiere hijos? No me interesa tener más hijos. Ni siquiera estoy segura de que pudiera.

—¿Él quiere hijos?

—No lo sé.

—Entonces quizás deberías preguntarle antes de descartarte una relación por algo que ni siquiera podría ser un problema.

Miré a mi hijo durante un largo momento. —¿Cuándo te volviste tan listo?

—Siempre he sido listo, mamá.

Sonreí. —Sí, siempre lo has sido. Y estás creciendo. No quiero perderme eso.

—No te lo estás perdiendo. Sé que estás ahí para mí. Aunque no siempre quiera que lo estés.

Me reí. —Bien. Y gracias por el consejo.

—Solo no me preguntes sobre sexo. No quiero saberlo.

—Más te vale no saber nada de sexo todavía.

Negó con la cabeza.

No me gustó esa respuesta ambigua. —Paul.

—He dado clase de educación sexual.

—¡Paul!

—No, mamá, no sé nada de sexo por experiencia personal.

—Bien. Mantengámoslo así hasta que tengas mi edad.

Resopló.

—Al menos déjame fingir.

Sonrió. —Vale, mamá.

Le abracé y le besé en la cabeza antes de hacerle saber que había sobras en la nevera y que le había transferido dinero a su cuenta por si quería pedir comida. Asintió y volvió a su programa.

Unos minutos después, salía por la puerta, sintiéndome apresurada y un poco culpable por no pasar más tiempo con Paul. El verano iba a estar muy ocupado, y se me acababan los veranos con él en casa. Después de la temporada alta de verano, necesitaba tomarme un tiempo libre para estar con él.

No quería esperar tanto para pasar tiempo con él. El final del curso se acercaba. Necesitaba revisar mi agenda y encontrar un día que pudiera tomarme libre ahora. Se lo debía a mi hijo.

Aparqué frente al apartamento de Patrick y saqué el móvil. Quería marcar un día para pasar con Paul antes de que se me olvidara. Todavía estaba mirando el teléfono cuando la puerta del copiloto se abrió.

—¡Ah!

—Hola —dijo Patrick.

—Me has asustado.

—Lo siento. Te vi sentada aquí y me preguntaba si habías cambiado de opinión sobre ir a cenar.

Negué con la cabeza y bloqueé la tarde siguiente. Era el último día de clase para Paul, medio día. Los exámenes serían la semana siguiente, pero sería agradable tener un poco de tiempo juntos.

—¿Estás bien? —preguntó Patrick.

—¿Quieres tener hijos? —solté de golpe. No había planeado hacerle esa pregunta, pero me salió sin más.

—Eh, ¿qué? —Se rio.

Volví a meter el teléfono en el bolso y encontré su mirada.

—No quiero más hijos. Tengo uno, y es maravilloso, y justo estaba programando un día libre para poder pasar tiempo con él, pero no quiero empezar de nuevo con bebés. No quería más hijos cuando tuve a Paul. Estoy contenta solo con uno, pero tú eres joven. Tienes mucho tiempo si quieres tener hijos. Y no quiero que mi edad o mi falta de deseo te frene. No quiero que esto se convierta en algo que nos separe dentro de cinco años porque me guardes rencor por no querer más hijos y no habértelo dicho. Por eso quería preguntártelo ahora, porque si tú quieres hijos, y yo no quiero hijos, entonces sé que esto no funcionará y podemos acordar ahora mismo que sea divertido y sencillo, y cuando decidamos que se está volviendo demasiado serio o lo que sea, seguimos adelante, pero si no quieres hijos..."

—Si no quiero hijos, ¿qué?" susurró él.

Inspiré hondo y me permití tener un poco más de esa esperanza a la que me aferré cuando empezamos a hablar de salir. Esperanza que me hizo pensar que quizás esto podría funcionar. Quizás no tenía que tener miedo. Quizás merecía tener en mi vida a un hombre que me mirara como lo hacía Patrick. Como si mis siguientes palabras significaran la diferencia entre conseguir todo lo que quería y no.

—Si no quieres hijos, entonces no lo sé. Pero no quiero que me digas que no quieres hijos si realmente los quieres. No quiero que renuncies a algo que deseas. Yo-"

—Te quiero a ti, Goldie. Y no se lo digo a mucha gente, pero no quiero hijos."

Tomé aire para hablar, pero él levantó la mano.

—Puedes creerme o no. La mayoría no lo hace. Nunca he querido hijos. No porque odie a los niños ni nada de eso, sino porque nunca me he visto como padre. Adoro a mi sobrina y sobrinos. Me encantan los niños. Pero no es el camino que quiero para mi vida."

—¿Qué quieres entonces?"

—Quiero hacer un trabajo del que pueda estar orgulloso. Quiero disfrutar de mi empleo. Quiero tener la libertad de viajar si me apetece y jubilarme cuando sea lo suficientemente joven para disfrutar de mi vida. Mi padre murió cuando yo tenía solo siete años. Nunca pudo jubilarse. Mi madre ha trabajado sin parar desde entonces para mantenernos a Arthur y a mí, y ahora a ella misma. Vivo en un piso porque no quiero preocuparme por una hipoteca grande o impuestos elevados. Quiero llevarte a cenar a sitios bonitos y comprar cosas agradables y amar mi vida. Y no digo que los hijos arruinarían todo eso, simplemente que nunca han formado parte del futuro que imaginé para mí."

—¿Y no lo dices solo por decir?"

Negó con la cabeza. —No es así. Cuando nació mi sobrino mayor, mi madre me preguntó cuándo le iba a dar nietos, y le dije que nunca. Discutió conmigo, así que no lo digo a menudo, pero es la verdad. Me gusta poder mimarlos y hacer cosas por mi madre. Me gusta poder trabajar en algo que realmente disfruto y que me resulta satisfactorio sin preocuparme por cuánto dinero gano."

Mis mejillas se sonrojaron. Sabía lo que él ganaba, y siempre deseaba poder darle más. —Lo siento por eso.

—No quiero que lo sientas. No necesito más de lo que gano. No digo que rechazaría un aumento, solo que estoy cómodo. Tengo todo lo que quiero y necesito. Especialmente ahora que te tengo en mi vida de esta manera.

Inspiré profundamente y asentí. Esa esperanza se estaba asentando y poniéndose cómoda. —Gracias.

Se inclinó sobre la consola y me besó suavemente, sus labios apenas rozando los míos antes de apartarse y sonreír. —Gracias por confiar en mi respuesta y no juzgarme por ella.

—Creo que mucha gente tiene hijos sin quererlos realmente porque es lo que hace la mayoría de la gente.

—Hay mucha presión para tener hijos. Mi madre está convencida de que cambiaré de opinión algún día.

—¿Crees que lo harás?

Negó con la cabeza. —No. Esto ha terminado algunas relaciones en mi pasado, pero estamos en la misma página, así que espero que sea algo bueno.

—Yo también lo creo —admití.

—Bien. Entonces, ¿seguimos con lo de la cena? ¿Quieres que conduzca yo o prefieres conducir tú ya que estamos en tu vehículo?

—Conduciré yo, si te parece bien.

—Por supuesto. No tengo ningún problema con que tú tengas el control.

Mis mejillas se acaloraron al oír el tono sensual de su voz, y me pregunté si se sentiría igual en el dormitorio. Salí del aparcamiento y giré hacia el sur en dirección al restaurante. Hablamos sobre el trabajo y Paul mientras conducía. Cuando nos sentamos, le pregunté cómo le había ido la comida con su madre. Se me había olvidado preguntarle antes y no le había visto antes de que se marchara del trabajo esa tarde.

—Bien —dijo.

—¿Entonces por qué suenas como si no lo hubiera sido?

Se encogió de hombros. —Le dijo a Dick que no quería casarse con él.—

—¿Eso ya no es algo bueno? Pensaba que era lo que esperabas que dijera.

Asintió. —Sí, pero se siente fatal.—

—Ella tomó la decisión. Tú no le dijiste que lo rechazara.

—Lo sé, pero dijo que le dijo que no porque sabe que a mí realmente no me cae bien.

—Eso no es justo para ti.

—No pasa nada. Dijo lo mismo que tú, que ella tomó la decisión. Está bien.

—Pero te está molestando.

—Es que parecía decepcionada. Como si no quisiera decirle que no, pero sintiera que tenía que hacerlo por mí.

—A veces no podemos ver cuando algo no va bien. Con mi matrimonio, sabía que no estábamos en un buen momento, pero no sabía que él iba a pedirme el divorcio. Pensaba que lo solucionaríamos. Valentina dijo que sentía lo mismo. Estaba frustrada con Dawson y con todos los viajes que hacía por trabajo, pero no sabía con seguridad que le estaba siendo infiel. No siempre queremos ver la verdad, pero las personas que nos rodean tienen una perspectiva diferente. Si ves a Dick de una manera que ella no, quizás esté decepcionada por haber pasado algo por alto.

Patrick asintió. —Quizás.—

—¿Deberíamos irnos? No tenemos que quedarnos aquí si prefieres no estar fuera.

—No —dijo con firmeza—. —Quiero estar contigo.

—Podemos volver a tu casa.

El camarero se acercó y preguntó si estábamos listos para pedir. Alcé las cejas mirando a Patrick y él asintió.

—Estamos listos. Me miró. —Nos quedamos.

LA CENA FUE INCREÍBLE. Patrick dejó de preocuparse por su madre, y reímos, hablamos y nos besamos. Nos marchamos con el estómago lleno y sonriendo.

Patrick apoyó la mano en mi muslo durante el trayecto de vuelta a su casa. No me provocó mientras conducía, pero su mano era un recordatorio constante de que le deseaba. Y después de nuestra conversación anterior, estaba menos preocupada sobre hacia dónde iban las cosas entre nosotros.

—¿Quieres entrar? —preguntó cuando aparqué frente a su edificio.

—Sí —respondí. —Pero no estoy segura de que deba.

—¿Quieres volver a casa con Paul?

Negué con la cabeza. —No es solo eso. Me gustas. Y es más que solo sexo. Disfruto hablando contigo y pasando tiempo juntos.

—Yo también disfruto de eso.

—No esperaba eso.

Se río. —¿Pensabas que nos acostaríamos un par de veces y te lo sacarías del sistema?

—En realidad, pensaba que tú lo harías. Y era una red de seguridad para mí. No me encariñaría demasiado contigo si sabía que las cosas terminarían.

—¿Y ahora?

Me encogí de hombros. —Ahora me estoy encariñando.

Se inclinó sobre la consola otra vez, deteniéndose cuando sus labios estaban a un suspiro de los míos. Sus ojos estaban dilatados pero claros. —Yo me encariñé hace mucho tiempo, Goldie. No hay red de seguridad para mí.

—¿Qué quieres decir? ¿Estás diciendo...?

—No voy a decirlo ahora mismo. Sé que no estás preparada para escuchar esas palabras. Pero creo que no necesitas oírlas para saber que son verdad.

Aspiré bruscamente y lo atraje hacia mí con ese aliento. Él capturó mi exhalación con un beso exigente que me llenó de todas las cosas que no estaba diciendo. Amor. Deseo. Pasión. Para siempre.

Nos besamos hasta que las ventanillas se empañaron y la consola entre nosotros estuvo a punto de ser arrancada del coche, luego salimos precipitadamente de los asientos y corrimos al interior, apenas manteniendo las manos quietas antes de que Patrick cerrara la puerta de golpe tras nosotros.

Tiró de mi falda, la cremallera chirriando mientras la bajaba. El único otro sonido en su apartamento era nuestra respiración entrecortada. Se arrodilló frente a mí y me empujó contra la puerta, chupando mi clítoris a través de mis bragas.

Jadeé en busca de aire y sujeté su cabeza en su sitio. Separó mis muslos bruscamente y apartó mis bragas a un lado antes de succionar mi ardiente carne.

—Córrete para mí —susurró contra mi centro—. Justo así. Como si no pudieras esperar a que lleguemos al dormitorio antes de correrte en mi cara. No puedes esperar a que me quite la ropa. Córrete, Goldie.

Su súplica susurrada fue puntuada por su lengua acariciando mi clítoris, mi entrada y mis pliegues. Estaba a mitad de camino cuando introdujo dos dedos en mí y succionó mi clítoris en su boca. No pasó mucho tiempo antes de que estuviera sosteniendo mi peso mientras mis rodillas cedían y mi orgasmo se apoderaba de mí.

—Joder, eso ha sido muy caliente —jadeó. Sus dedos seguían dentro de mí, mi cuerpo desplomado sobre el suyo. Estaba de rodillas conmigo apenas contenida en su regazo—. Necesito más de eso. Te necesito toda. Sé que esto no es solo sexo, Goldie. Nunca lo ha sido para mí. Pero ahora mismo, necesito follarte. Necesito estar dentro de ti cuando te corras otra vez. Quiero tocarte y saborearte y sentirte en mi polla. Por favor, Goldie.

—Sí —susurré. No podía negarme. Quería lo mismo. Lo necesitaba tanto como él.

Me ayudó a ponerme de pie y me siguió, su mano deslizándose fuera de entre mis piernas. Gemí ante la pérdida pero fui recompensada con su otra mano en mi pecho.

Me desabotonó la camisa mientras tropezábamos camino a su dormitorio. Mi falda estaba en algún lugar cerca de la puerta, y mi camisa estaba en algún punto entre allí y el dormitorio. Mis bragas y mi sujetador fueron descartados tan pronto como entramos en su habitación.

Pasó junto a mí hacia la mesita de noche, quitándose la ropa mientras abría el cajón. Lo detuve antes de que rasgara el preservativo y me arrodillé frente a él.

—Joder —gimió, mirándome arrodillada—. No tienes por qué hacerlo.

—También quiero saborearte.

Cerró los ojos y se estremeció. Envolví su polla con mi mano, encantada de que tuviera una longitud media pero fuera gruesa. Cuando me penetraba, lo sentía contra mis paredes. Y no era tan largo como para hacerme daño cuando se dejaba llevar y me follaba con fuerza. Era perfecto para mí.

Lamí la punta de su polla, y él se sacudió. Levanté la mirada y descubrí que me observaba, con los ojos vidriosos y llenos de deseo. Me lo metí en la boca, dejando que llegara hasta el fondo de mi garganta antes de retroceder y gemir. Salado y almizclado y Patrick. Mis muslos se humedecieron mientras lo chupaba, moviendo mi cabeza adelante y atrás.

Sus manos se deslizaron por mi pelo, apartándolo de mi cara e inclinando mi barbilla para que encontrara su mirada. Lo vi justo ahí. La palabra de cuatro letras que aún no estaba dispuesto a decir.

18

Había una parte de mí que quería que lo dijera, pero él tenía razón. No estaba preparada para oírlo. Pero lo veía. En la forma en que me tocaba. En la forma en que me apoyaba. En la forma en que hacía todo por mí.

Dios mío. Estaba a punto de correrme solo de pensarlo. El simple hecho de pensar que Patrick se preocupaba tanto por mí era tremendamente excitante. Tanto que no estaba segura de poder contenerme sin actuar.

Deslicé la mano entre mis piernas. Mis mejillas se encendieron cuando la mirada de Patrick siguió mi mano. Sus ojos se agrandaron y sus pupilas se dilataron aún más, el azul casi completamente devorado por el negro.

Su miembro se hinchó en mi boca, y él se echó hacia atrás.—Tienes que parar. Joder, Goldie, necesito estar dentro de ti. Verte así es...

—No debería haber...

—No. Joder, no. No digas eso. Nunca tienes que parar conmigo. Quiero que hagas lo que te haga sentir bien. Me levantó de un tirón y me besó con fuerza. Su lengua pulsaba dentro de mi boca y todo su cuerpo vibraba con la misma necesidad. Me abrazó tan fuerte que nuestros corazones se sincronizaron y latieron juntos.

Se apartó con un suspiro y cogió el preservativo que había dejado en la mesilla. Se lo puso y se tumbó en la cama, tendiendo la mano hacia mí.—Úsame. Satisfácete conmigo. Tú tienes el control esta noche, preciosa. Fóllame como necesites.

Se me cortó la respiración. Era la jefa en el trabajo, pero en el dormitorio, rara vez tomaba el mando. No estaba segura de cómo hacerlo, pero con la confianza que Patrick tenía en mí, estaba dispuesta a intentarlo.

Me subí a la cama con él y me puse a horcajadas sobre sus caderas. Él sujetó su miembro mientras yo me colocaba encima. Introdujo un dedo dentro de mí antes de guiarme hacia su miembro. Gemimos al unísono cuando me hundí sobre él.

—Eres tan hermosa—susurró. Su mirada recorrió mi cuerpo, y su miembro palpitó mientras me observaba.

Me levanté sobre mis rodillas y volví a hundirme, acostumbrándome a la sensación de tenerlo dentro. Estaba húmeda y lista, pero estar arriba era diferente. Y no me disgustaba.

Empecé despacio, dejando que mi cuerpo se ajustara a su anchura antes de acelerar. Él no intentó controlarme en absoluto, simplemente deslizaba las yemas de sus dedos por mi cuerpo. De los pezones a mi clítoris, a mi clavícula y bajando hasta mis caderas. Mi respiración se entrecortó y mi pulso se aceleró con sus caricias provocadoras.

—Úsame, Goldie. Tócate. Quiero verte. Muéstrame lo que haces cuando piensas en mí.

Cerré los ojos, bloqueando la visión de él, y dejé que mi mente divagara. La sensación de su grueso miembro dentro de mí era casi suficiente para llevarme al límite, pero también me gustaba jugar con mi clítoris. Deslicé una mano allí y pasé suavemente mi dedo por encima. Di un respingo cuando él añadió su mano a la mía, pero no intentó tomar el control.

Mi cuerpo estaba resbaladizo y lo usé para deslizarme sobre mi clítoris, cada vez más rápido mientras mis caderas bombeaban su miembro más profundamente dentro de mí. Él gimió y embistió hacia arriba con mis movimientos, añadiendo a la fantasía y al momento erótico.

—Patrick.

—Estoy aquí mismo, Goldie. Justo aquí. Córrete para mí, preciosa.

Mis dedos volaban más rápido, mis caderas moviéndose instintivamente sobre él. Abrí los ojos y encontré su mirada, y la forma en que me miró me llevó al límite. —Oh, Dios. Patrick, sí.

Él arremetió con fuerza, follándome mientras yo gritaba. Su cuerpo se tensó, contrayéndose mientras yo llegaba al orgasmo. Sus dedos pellizcaron mi clítoris, tirando ligeramente de él, y alcancé otra cima. Él vino conmigo, gritando mientras se corría.

Me derrumbé sobre él, mi cuerpo débil por el esfuerzo aunque todavía se estremecía pidiendo más. Mis manos quedaron atrapadas entre nosotros, la suya aún jugueteando con mi clítoris mientras bajaba de la cima más alta en la que había estado jamás.

—Eso ha sido increíble —susurró. Me besó el cuello—. Dime que estás dispuesta a hacer esto de nuevo alguna vez.

—Cuando tú quieras.

Se río. —Ten cuidado con lo que prometes. Definitivamente te tomaré la palabra.

Me reí con él y separé nuestros cuerpos para liberar mi mano y la suya. —Nunca había hecho esto antes.

—¿Hecho qué?

—Estar encima. Tocarme con alguien mirando así.

Me besó con fuerza, su lengua sellando todas las promesas que hizo con sus labios. —Gracias por compartir eso conmigo. Por estar dispuesta a ser vulnerable.

—No sé qué tienes que me hace tirar la precaución por la ventana.

—Sé exactamente a qué te refieres —dijo. Ahí estaba otra vez. Esa palabra no pronunciada.

No sé por qué no lo noté antes, pero estaba ahí entre nosotros. Llevaba ahí un tiempo. Yo aún no había llegado a ese punto, pero podía verme yendo hacia allí. Enamorándome de él y dejando de preocuparme por la red de seguridad que quería mantener entre nosotros.

Patrick era diferente. No era lo que esperaba. Sabía quién era de una manera que yo todavía estaba descubriendo. Pero no quería cuestionarlo. Lo quería en mi vida. No estaba segura de si duraría, si sería para siempre, pero quería la oportunidad de averiguarlo.

—Estás pensando demasiado ahí —dijo suavemente—. ¿Debería preocuparme?

Negué con la cabeza. —Ni un poco.

Me sonrió. —Bien.

Recogimos y nos tomamos el pelo un poco más antes de que me dijera que me fuera a casa y soñara con él. Cuando le dije que él también debería soñar conmigo, respondió: —Siempre lo hago.

Nos despedimos con un beso y me fui a casa a ver a mi hijo. Paul ya estaba dormido cuando llegué, así que me escabullí a su habitación para darle las buenas noches y luego me fui a mi cuarto y me preparé para acostarme.

Por la mañana, me desperté con una sonrisa en la cara y un latido entre los muslos. Definitivamente había soñado con Patrick. Toda la noche.

Los eventos del fin de semana iban según lo previsto, así que me pareció bien salir temprano el viernes. Mediados de junio era una época más tranquila, pero aún teníamos cosas que hacer. Cuando acabaran las clases en una semana y llegara el Cuatro de Julio, tendríamos eventos más grandes, pero por ahora, todo estaba tranquilo.

Trabajé unas horas por la mañana y le dejé las cosas a Patrick para la tarde antes de irme a recoger a Paul del colegio. Él estaba esperando con algunos amigos cuando me puse en la fila con todos los demás padres que recogían a sus hijos temprano ese día de media jornada.

Vio mi coche y se lo señaló a sus amigos. Saludaron con la mano, y Paul se apresuró a acercarse.

—¿Qué van a hacer tus amigos hoy? —pregunté, sintiéndome culpable por apartarlo de un día que podría haber pasado con ellos. No se me había ocurrido que pudiera tener planes.

—Solo pasar el rato. Estaban hablando de ir al centro, pero realmente no tenían nada concreto en mente.

—Debería haberte preguntado si era un buen día para que pasáramos tiempo juntos. ¿Preferirías estar con ellos?

Negó con la cabeza. —No, estoy bien. ¿Dónde vamos a comer?

—Tú eliges. Hoy decides tú.

—¿Es un día genial?— Me había estado pidiendo un día genial durante años. Siempre decía que no, pero parecía un buen día para una aventura.

—¿Sabes qué? Creo que sí lo es.

—Espera, ¿qué? ¿Hablas en serio?

Me encogí de hombros. —Claro, ¿por qué no? Pero hay reglas, incluso en un día genial.

Puso los ojos en blanco. —¿Cuáles son las reglas?

—No va a ser un día para gastar dinero en cosas. No vamos a comprar videojuegos y todas esas cosas que te digo que no te compraré cualquier otro día. Hoy se trata de experiencias y diversión, no de más cosas.

Asintió. —Me parece bien.

—Y puedo vetar cualquier cosa que sea demasiado cara o peligrosa.

—No eres nada divertida.

—Podemos simplemente no tener un día genial.

—Eres la madre más divertida del mundo.

Me reí y salí del aparcamiento. —¿Adónde vamos?

—Al Cracked.

—Vamos allí todo el tiempo. Puedes ir donde quieras y ¿eso es lo que eliges?

—Sí. Porque hoy no puedes decirme que no puedo pedir las tostadas francesas con todos los complementos.

Gemí. Tenía razón. Siempre decía que no a eso porque era azúcar en un plato. Habría sido mejor si simplemente hubiera pedido un cuenco de azúcar. No podía negar que tenía muy buena pinta, pero solo de pensar en la cantidad de comida me sentía mal.

—Lo prometiste —argumentó Paul antes de que pudiera decir nada.

—Tienes razón. Tostadas francesas con extra de todo. Quizás yo también pida una.

Paul se rio. —Sí, claro. Vas a pedir una tortilla de claras, café y una tostada de masa madre.

Le lancé una mirada fulminante. —Tal vez debería cambiar un poco mi rutina.

—Lo creeré cuando lo vea —hundió la nariz en su móvil mientras yo conducía hasta Cracked. Todavía no estaba muy concurrido, pero las calles sí. Acabé aparcando a unas pocas manzanas y caminamos hasta Cracked.

Blake estaba trabajando y nos llevó a una mesa en su sección. —¿Café para empezar? ¿Y agua?

—Por favor —dije automáticamente.

—Te lo dije —comentó Paul mientras abría su menú.

—Me gusta el café.

—¿A quién no? Vuelvo enseguida para tomar vuestros pedidos —Blake me guiñó un ojo antes de alejarse.

—Vas a estar con un subidón de azúcar el resto del día —le dije a Paul.

Asintió. —Sí. Va a ser genial.

Me reí y negué con la cabeza. También era muy probable que se fuera a correr en una hora o dos y quemara todas las calorías que estaba a punto de consumir.

—Café y agua. ¿Estáis listos para pedir? —preguntó Blake.

Paul le dijo cuál de las tostadas francesas cargadas quería mientras yo estudiaba el menú. No estaba segura de poder soportar todo el azúcar de las tostadas francesas cargadas, pero probar algo nuevo era una buena idea. Los gofres con fresas me llamaron la atención y me recordaron a la tarta que Patrick me compró.

—¿Goldie? ¿Tortilla de claras?—preguntó Blake, esperando mi respuesta antes de anotar mi pedido.

—En realidad, voy a tomar los gofres de fresa.

—Buena elección. Son fantásticos. ¿Bacon o salchichas?

—Bacon. Y nata montada extra.

Blake sonrió. —Mi tipo de comida. Vosotros dos vais a estar preparados para el resto del día.

—Estamos teniendo un día de diversión—le dijo Paul. —Mamá ha aceptado.

—¿Qué es un día de diversión?—preguntó Blake.

—Es cuando tengo que decir sí a todo lo que él quiera hacer. Dentro de lo razonable, claro.

—Lo de dentro de lo razonable lo estropea un poco, ¿no? —preguntó Blake.

—Eso es lo que digo yo—dijo Paul.

Me reí de los dos. —No voy a comprarle un coche nuevo ni nada por el estilo. A eso me refiero.

—¿Entonces me comprarás una moto?

Puse los ojos en blanco mientras Blake y Paul se reían.

—Creo que nos limitaremos a actividades. Hacer cosas divertidas que no hacemos habitualmente.

—Eso también suena divertido. Si necesitáis un barco, avisadme. Ian no usa el suyo hoy.

—¿Un barco?—preguntó Paul. —¿Podemos salir en barco?

—¿Sabes conducir un barco?

—No, pero tú sabes conducir un coche. ¿Qué tan diferente puede ser?—rebatió Paul.

—Creo que quedarnos en tierra firme sería lo mejor —le dije a Blake.

Ella asintió y sonrió mientras se iba para hacer nuestros pedidos.

—Entonces, ¿qué quieres hacer hoy que no requiera un barco que no sabemos conducir o un vehículo que no te permiten conducir? —pregunté.

—Sam dijo que quizás todos irían al cine hoy. El Teatro MacKellar abre temprano hoy porque es media jornada.

—Eso sería divertido. ¿Qué están proyectando en el cine?

Paul se encogió de hombros. —No lo sé. Puedo preguntarle a Sam. Creo que va a estar con su madre y su hermana. Todas han estado pasando mucho tiempo juntas.

—Eso es bueno para ellas. ¿Ha tenido noticias de su padre?

Terminó de escribir su mensaje y luego negó con la cabeza. —El tipo es un imbécil. No la ha llamado ni una sola vez.

—Vaya. Eso es realmente malo.

—Sí. Su móvil vibró y lo miró. —Ah, dice que van a la sesión de la una. No recuerda qué película es, pero estarán allí para esa.

—Me parece bien. Veré si Anna y sus chicos quieren reunirse con nosotros allí también.

Paul asintió.

Saqué mi móvil y envié un mensaje a Anna y Valentina, informándoles sobre la película y nuestros planes de colarnos en la tarde de Valentina.

> Paul me ha convencido de un día de diversión. Necesito refuerzos en forma de algo para matar unas horas. Quiere quedar con la familia Hayes en el cine a la una. Valentina, ¿te parece bien? Y Anna, ¿quieres unirte a nosotros?

VALENTINA

> Sam me acaba de contar. Con ganas de veros. Necesito tiempo con adultos. ¿Venden vino en el cine?

> Suena bien. Y sí, tienen vino.

ANNA

> Sí al vino y al tiempo con vosotros. Estaremos allí. Joey no ha trabajado hoy y también quería ir al cine. Tengo la sensación de que va a ser un día muy concurrido. Quizá deberíamos llegar pronto para conseguir entradas y asientos.

VALENTINA

> Bueno saberlo. Gracias. Haremos eso. Nos vemos entonces. Quien llegue primero, que guarde asientos.

> Buena idea. Nos vemos pronto.

ANNA

> Lo temía, pero ahora estoy emocionada. Me alegro de que nos hayas contactado, Goldie.

Guardé el móvil mientras Blake colocaba los platos delante de nosotros. El mío estaba repleto de nata montada y cubierto de fresas. Solo con mirarlo me rugió el estómago. Luego miré el plato de Paul.

—Eso es enorme —dije.

La sonrisa en su cara era casi tan grande como las tostadas francesas. —Va a estar buenísimo.

—Puedo oler el azúcar desde aquí.

Blake se rio. —Deberías probarlo alguna vez. Está realmente bueno. Lo suficientemente dulce como para hacerte enfermar si no tienes cuidado, pero delicioso. ¿Necesitáis algo más?

Negamos con la cabeza y nos lanzamos a nuestros almuerzos.

Mis gofres estaban ligeros, esponjosos y perfectos. La nata montada y las fresas añadían un toque de decadencia que los llevaba a otro nivel.

—¿Quieres probar? —preguntó Paul. Sostuvo su tenedor para que yo pudiera dar un pequeño bocado a sus torrijas.

Sonreí. —Me conoces demasiado bien.

Me pasó el tenedor. Me llevé el bocado a la boca y le devolví el tenedor mientras masticaba.

Fue como una explosión de sabor. Mejor de lo que esperaba. El crujido dulce del cereal era sorprendente y delicioso. La suavidad de la torrija por debajo contrastaba muy bien. Y la dulzura general era potente pero equilibrada de una manera que no esperaba.

—Está realmente bueno. Muy bueno —dije finalmente.

—¿Ves? Deberías dejarme pedirlo más a menudo.

—Ajá. Ya veremos. ¿Quieres probar mi gofre?

—Sí. —Paul se sirvió un buen bocado y asintió mientras masticaba—. Está increíble. No tan bueno como la tarta, pero bueno.

—Estoy de acuerdo.

Terminamos nuestra comida, hablando sobre los exámenes,

el verano y la visita de Charles dentro de unas semanas mientras comíamos. Cuando terminamos y pagamos, decidimos dirigirnos al cine ya que esperábamos que estuviera lleno.

La cola ya daba la vuelta a la manzana cuando llegamos. Valentina y sus amigas estaban más cerca de la entrada y les dijeron a todos los que estaban detrás que ellas comprarían nuestras entradas de todas formas, así que nos adelantamos para esperar con ellas.

—Estaba a punto de enviaros un mensaje. Esta cola es una locura —dijo Valentina.

Mi teléfono vibró. Lo saqué y vi un mensaje de Anna.

ANNA

Intentando aparcar. ¿Ya hay alguien?

En la cola con Valentina. Os compraremos las entradas. ¿3?

ANNA

Sí, 3. Gracias. Parece que vamos a tener que andar un poco.

VALENTINA

¿No deberías tener aparcamiento para empleados o algo así? Trabajas para MacKellar Investments.

ANNA

¡JAJAJA! Tengo que preguntar sobre eso. He encontrado sitio. Voy caminando hacia allí ahora.

Al principio de la cola. Todavía no dejan entrar a nadie.

ANNA

¡Os vemos!

Me di la vuelta y los vi caminando por delante de todos los que esperaban en la cola. Nos saludamos con la mano justo cuando la puerta del teatro se abrió para dejar entrar a la gente.

—¡Daos prisa! —gritamos.

Anna y los chicos aceleraron y llegaron hasta nosotras antes de que entráramos al teatro.

—Yo compraré las entradas para que sea una sola transacción —les dije.

—Buena idea. La próxima vez invito yo —dijo Valentina.

—Yo también. Ya lo arreglaremos —asintió Anna.

Asentí y pasé mi tarjeta. Era bueno tener amigos como ellos.

Valentina se ofreció a comprar aperitivos y Anna dijo que traería las bebidas. No entendía cómo Paul seguía teniendo hambre, pero aceptó ambas ofertas. Llevé a los cinco niños al cine para buscar asientos.

Valentina y Anna se unieron a nosotros unos minutos después, y los niños rápidamente nos abandonaron para hablar con sus amigos.

—Qué bueno saber que les importamos —dijo Anna.

—¿Verdad? Creo que están emocionados por estar fuera del colegio. Aunque tengan exámenes —dijo Valentina.

—Estoy de acuerdo. También es agradable para mí. Estoy deseando que acabe este año. Ha sido uno de locos —dijo Anna.

—Sí, tienes una vida diferente a la de hace un año —le dije a Anna.

Sonrió. —Así es. Y es maravilloso. Nunca hubiera imaginado que Hudson Grant sería el hombre para mí, pero tengo suerte de tenerlo."

—Él tiene suerte de tenerte a ti —dijo Valentina. —Y yo estoy feliz de estar soltera.

—¿Cuándo se finaliza tu divorcio? —pregunté.

—Probablemente pronto. Mi abogado dijo que tal vez para finales de mes. Él no está peleando por nada y yo tampoco. Los dos tenemos bastante claro lo que queremos. Lo más difícil es que las niñas se están quedando fuera de todo esto. —Valentina miró hacia donde sus hijas hablaban con amigos.

—¿A qué te refieres? —preguntó Anna.

—Dawson no se ha puesto en contacto con ninguna de ellas. Ha desaparecido por completo. La única vez que sé algo de él es a través de su abogado. No me llama a mí ni a ellas, y cuando intentan contactarle, no responde. —Valentina parecía más dolida que enfadada.

—Vaya. El divorcio es difícil, pero no tiene por qué serlo tanto. Aunque mi ex tampoco fue un camino de rosas. Joey y Matty no saben nada de Nick. No desde hace años. —Anna negó con la cabeza.

—Simplemente no lo entiendo. No comprendo cómo alguien puede mirar a esas niñas que tenemos y no querer formar parte de sus vidas. —A Valentina se le humedecieron los ojos. Rápidamente se los secó y sorbió, pero estaba claramente disgustada por sus hijas.

Y no la culpaba. Yo sentía lo mismo. Charles mantenía contacto con Paul, pero no estaba tan presente como solía estarlo. Supongo que era mejor que lo que los otros niños estaban pasando, pero era una faena que todas hubiésemos elegido a hombres que no se molestaban en ser padres a tiempo completo.

—Hudson es el doble de padre de lo que Nick jamás fue. Encontrarás a alguien que sea mejor para tus niñas que Dawson. Alguien que les enseñe cómo esperar ser tratadas — dijo Anna. Le dio unas palmaditas en el brazo a Valentina.

Valentina asintió. —Con el tiempo. Aún no estoy preparada para salir con nadie, pero si alguna vez lo estoy, lo haré con los ojos bien abiertos.

—Sí, así será. Y encontrarás al adecuado para todas vosotras. —Anna apoyó su cabeza en el hombro de Valentina. Ambas asintieron.

—Solo estoy feliz de que nos tengamos las unas a las otras. Me sentí muy sola cuando pasé por mi divorcio. Me alegra que podamos estar aquí para ti —le dije a Valentina.

—Yo también. No sé qué haría sin vosotras. Gracias.

—Cuando quieras —dijo Anna.

—Siempre —respondí yo.

Era bueno tener amigas.

19

PATRICK

Revisé mi teléfono por décima vez el domingo por la tarde. Seguía sin noticias de Goldie. Le había estado enviando mensajes durante todo el día para asegurarme de que todo iba según lo planeado y no había recibido respuesta. Me ofrecí a ayudar, pero después de tomarse medio día libre el viernes, ella insistió en que el resto de nosotros nos tomáramos el fin de semana libre. Era un pequeño evento, restaurantes locales y diversión para los niños. Se suponía que terminaría al principio de la tarde. Entonces, ¿por qué no respondía a mis mensajes?

—Tío Patrick, ¡mira! —gritó Henry, captando mi atención.

Guardé mi teléfono y forcé una sonrisa en mi cara. —Estoy mirando.

Henry repitió sus acciones para mí mientras los otros adultos en la habitación me miraban a mí en lugar de al niño de seis años que nos estaba entreteniendo. Les lancé una mirada severa cuando Henry no estaba mirando, y luego aplaudí a mi sobrino.

—¿Ha estado bien? —preguntó.

—Absolutamente. Ha sido increíble.

Henry sonrió radiante y luego se volvió hacia mamá. —¿Dónde está el abuelo Dick? Quiero enseñarle.

Si no la hubiera estado observando, habría pasado por alto la forma en que el rostro de mi madre se crispó antes de forzar una sonrisa en sus labios. —Hoy no ha podido venir, cariño.

—¿Otra vez? Tampoco estuvo aquí la última vez. ¿Vendrá a verme más tarde esta semana? Nunca deja de vernos. Incluso cuando está conduciendo, siempre se pasa por aquí cuando llega a casa. —La cara de Henry estaba seria. En su mundo, el abuelo Dick era alguien con quien podía contar.

Miré rápidamente a Arthur. No sabía que Dick visitaba a los niños después de un viaje. Arthur asintió, confirmando lo que su hijo había dicho. ¿Cómo es que yo no sabía eso?

—Ven a sentarte conmigo —dijo mamá a Henry—. Todos vosotros, niños. Necesito hablar con vosotros.

Henry lideró el camino con una sonrisa en su rostro. Estaba esperando una historia emocionante, algo sobre el viaje de Dick. Mamá siempre compartía fotos con ellos y les contaba sobre dónde estaba Dick. Eso era lo que esperaban.

—¿Dónde abuelo Dick? —preguntó Nicholas, de cuatro años.

—Papá Dick está de viaje ahora mismo —dijo mamá con cuidado—. Está conduciendo a través del país. Va a ir hasta Nueva York, luego a Pensilvania, y bajará a Virginia Occidental, después terminará en Kentucky. Luego irá a Indiana y Misuri, después se mantendrá en el borde de Iowa hasta Dakota del Sur y Dakota del Norte. Después irá hacia el oeste de nuevo y conducirá a través de Montana. Pasará por la parte estrecha de Idaho y entrará en el estado de Washington.

—Vaya —dijo Henry, como si pudiera imaginárselo realmente.

Yo sí podía imaginármelo. Era el viaje más largo que Dick

había hecho desde que le conocí. Se suponía que iba a reducir la marcha y quedarse más en casa.

—Va a llegar hasta el océano Pacífico, después irá un poco hacia el sur a Oregón y volverá hacia aquí.

—Es un viaje muy largo —dije.

Mamá asintió y mantuvo su atención en los niños. —Es el viaje más largo que Dick ha hecho en mucho tiempo. Quería ver un poco el país. Alejarse durante un tiempo.

—¿Por qué no fuiste con él, abuela? —preguntó Henry.

—Porque Dick y yo ya no estamos juntos.

—Poque él de viaje —dijo Nicholas.

—Sí, y porque hemos decidido no pasar más tiempo juntos. Pero papá Dick dijo que os sigue queriendo a todos. Y espera que esté bien que os visite cuando regrese, pero va a hacer algunos viajes más largos. No estará aquí tanto.

—¿Por qué no? —Henry seguía sin entenderlo.

Nicholas y Katie asintieron, sin comprender lo que mamá estaba diciendo, pero Henry sabía lo suficiente para entender que las cosas eran diferentes.

—Pensaba que él quería estar aquí —dijo Henry.

—Así es. Y volverá de visita. Siempre estará ahí para vosotros. Puedes llamarle cuando quieras, Henry.

—Quiero que esté aquí. Me hace reír —Henry hizo pucheros.

—A mí también me hace reír —susurró mamá.

—Entonces, ¿por qué no está aquí? —exclamó Henry.

—¿Por qué no tomamos un poco de postre? —sugirió Sharon. Su voz sonaba alta y falsamente animada, sin engañar a nadie mayor de siete años.

—¡Postre! —gritó Katie, levantando los brazos y saltando del regazo de mamá para seguir a Sharon hasta la cocina.

Nicholas iba justo detrás de su hermana, atraído por la promesa de algo dulce. Pero Henry no se dejaba engañar. —¿Puedo llamar ahora mismo a Papa Dick?

—Le llamaremos mañana —prometió Arthur.

—¿Por qué no está aquí?

—Tiene que trabajar —dijo Arthur. Se levantó y cogió a su hijo mayor, abrazándolo con fuerza mientras le hablaba en voz baja mientras lo llevaba a la cocina para tomar el postre con sus hermanos.

Observé a mi madre. Miraba fijamente a Henry, su rostro descomponiéndose lentamente a medida que él se alejaba. —Sabía que iba a ser difícil decírselo —susurró mamá.

—Lo entenderá con el tiempo —le dije. Me moví para sentarme junto a ella en el sofá. —Nunca es fácil. Yo solo era un poco mayor que él cuando papá murió, y pensaba que volvería pronto. Me llevó tiempo comprenderlo realmente.

—Es un niño inteligente. Lo entenderá con el tiempo. Solo que va a ser difícil ya que Dick no estará aquí con todos nosotros. Me preguntó si me parecería bien que siguiera visitando a los niños. No pude decirle que no. Sé que pone a Arthur y a Sharon en una situación complicada, pero no iba a decir que Dick no pudiera llamar. Si no están de acuerdo, que se lo digan ellos. Simplemente no pude apartarlo de esos niños. Los quiere tanto.

Mamá se secó una lágrima de la mejilla y me sonrió. Se me partió el corazón. No recordaba la última vez que la vi llorar. Probablemente cuando murió mi padre, pero no lo recordaba. En aquel entonces, tuvo que ser fuerte por Arthur y por mí. Me contó en los años posteriores que tuvo que hacer de madre y padre para nosotros cuando necesitábamos a nuestro padre. Pero esta vez, Dick seguía por aquí. Era el único abuelo que los hijos de Arthur conocían por nuestro lado de la familia. Los padres de Sharon participaban en sus vidas, pero Papa Dick era quien se ponía a jugar con los niños en el suelo, según decía Arthur.

—Seguirá viéndolos —le dije, sabiendo que era cierto.

Dick siempre cumplía su palabra. No defraudaría a esos niños.

Asintió y sorbió por la nariz. —Lo sé. Pero sé que no es lo mismo para nadie.—

—Encontrarán una nueva normalidad—dije.

—¿Quiénes?—preguntó Arthur, uniéndose a nosotros desde la cocina. Los niños parecían contentos con el postre que Sharon les había servido.

—Dick preguntó si podía llamaros y seguir viniendo a ver a los niños. No pude decirle que no. Espero que eso no os ponga en una situación difícil—explicó mamá.

Arthur negó con la cabeza. —A los niños les encanta cuando viene de visita. Henry me va a estar preguntando todos los días cuándo volverá. Por supuesto, Nicholas va a estar preguntando qué les va a traer.—

Mamá se rió suavemente. —Siempre se divertía eligiendo algo especial para cada niño. Se negaba a volver a casa hasta que les encontraba un regalo.—

No sabía nada de eso sobre Dick. Nunca me gustó para mi madre, pero había mucho más en él de lo que yo conocía. Era un abuelo para los hijos de Arthur. Los mimaba de una manera que yo nunca conocí. Y mamá estaba miserable sin él.

—Seguirá por aquí. Ya nos ha llamado para hablar con nosotros—dijo Arthur.

—Bien. Antes de irse, me dijo que se pondría en contacto con vosotros. Solo espero que esté seguro en este viaje. Hace mucho tiempo que no hace un viaje así. Prefiere los más cortos, donde puede volver a casa en una o dos noches.—

—¿Por qué hizo un viaje tan largo?—pregunté.

Mamá se emocionó de nuevo. —Dijo que necesitaba estar lejos por un tiempo. Supongo que pensaba que le diría que sí, y le destrozó cuando no lo hice. No podía enfrentarse a ninguno de nosotros ahora mismo.—

—Siempre será bienvenido aquí—dijo Arthur. —Sharon le ha estado enviando mensajes para saber dónde está.—

—¿Está bien?—preguntó mamá rápidamente.

Arthur asintió. —Está bien, mamá. Te habría avisado si no fuera así.—

—¡Abuela!—gritó Henry desde la cocina.

Mamá se esforzó por levantarse. —Voy.

La observé caminar hacia los niños mientras se secaba las lágrimas. Su voz sonaba alegre y feliz cuando entró en la cocina y los vio.

—Está jodidamente miserable —gruñó Arthur.

—¿Por qué le dijo que no? —le espeté.

—Por ti, mocoso mimado.

—¿Qué? —No podía hablar en serio.

—No te cae bien Dick. Lo has dejado claro. Crees que no es bueno para mamá. Ella le rechazó por ti. Todo esto es culpa tuya —siseó Arthur.

—¿De qué hablas? A ti tampoco te cae bien —susurré.

Arthur negó con la cabeza y me miró fijamente. —No es papá. Nunca será papá. Pero mamá le quiere. Mis hijos le quieren. Dick es un buen hombre. Puede que no sea mi persona favorita en el planeta, pero eso no significa que quiera que desaparezca de nuestras vidas. Haría cualquier cosa por mamá y cualquier cosa por nosotros.

—¿Por qué no me contaste todo esto antes? ¿Por qué no dijiste nada cuando preguntó si podía casarse con mamá?

—Lo hice —espetó Arthur. —Dije que podía preguntarle. Te impedí decirle que no. Intenté intervenir cada vez que mamá decía algo. Pero ella lo sabía. Sabía que no te caía bien y que no estarías de acuerdo con que se casara con él sin importar cuántas veces yo dijera que estaba bien por mi parte. Tú tienes la culpa de todo esto.

—La obligó a salir con él. Le pidió salir durante meses antes de que dijera que sí. Se metió en nuestra familia y siempre está sobando a mamá. Es ruidoso y molesto. ¿Por qué querríamos que se case con ella?

Arthur soltó una risa sin humor. —Hablas en serio, ¿verdad? Dios, eres tan obtuso. No la obligó a salir con él. Llegó a conocerla cuando ella dijo que no. Y ella dijo que no por ti. Por su hijo adulto que no debería tener voz en sus relaciones porque ya no es un niño. Por su hijo adulto que hizo la misma puta cosa con su propia jefa y la presionó para salir con él durante meses hasta que finalmente aceptó.

—No pude... No podía rebatir ese punto porque tenía razón. Le hice lo mismo a Goldie. La presioné. Él ni siquiera sabía hasta qué punto la presioné, pero lo hice. Se lo puse casi imposible para que me dijera que no. Incluso después de que me dijera que no, seguí presionando hasta que dijo que sí. Me comporté como un niño, enfurruñándome cuando no aceptó salir conmigo después de haberla presionado tanto.

No solo era como Dick. Era peor. Estaba juzgando al hombre por cosas que yo había hecho. Cosas que consideraba aceptables para mí.

Y arruiné la relación de mi madre porque me comporté como un crío. Estaba celoso y terco, y creía saber lo que era bueno para ella. Nunca me molesté en preguntarle qué quería ella o por qué él la hacía feliz.

—Mierda —murmuré.

—Por fin —gruñó Arthur—. ¿Ya estás viendo la verdad?

Me quité las gafas y me froté el puente de la nariz. —Sí, la veo. Soy un idiota y un imbécil.

—Por decirlo suavemente.

Asentí. —Tienes razón. Nunca le di una oportunidad a Dick. Decidí hace mucho tiempo que no era lo suficientemente bueno para ella y me negué a considerar que estaba equivocado. Que ella era lo bastante inteligente para tomar sus propias decisiones. Y ahora él se ha ido.

—Va a volver. Pero tienes que arreglar esto. Ella le dijo que no queríamos que se casara con él.

—¿Lo hizo?

Arthur asintió. —Dick me preguntó sobre ello. Dijo que sentía haber precipitado las cosas con nosotros y no habernos dado la oportunidad de decirle que no cuando habló con nosotros. Le dije que ese no era el caso y que a mí me parecía bien que estuvieran juntos.

—¿Me dejaste por los suelos? —solté.

—Joder, sí, lo hice. Porque tú eres quien ha causado esto. Y porque quería que Dick supiera que era bienvenido en mi casa. Quería que supiera que podía ver a mis hijos, esos pequeños que le adoran. No voy a alejarlo de ellos porque seas un capullo egoísta y mimado.

Me estremecí. Tenía razón. Una vez más, estaba intentando culpar a otra persona por mi metedura de pata. No podía seguir así. Tenía que arreglar las cosas con Dick y tenía que reconciliarle con mi madre. No era justo para ninguno de ellos que yo no estuviera dispuesto a ver a Dick como el hombre que era.

—Lo siento —le dije a Arthur.

Negó con la cabeza. —No soy yo a quien tienes que pedir disculpas. Tienes que disculparte con Dick, con mamá y con mis hijos.

Asentí. —Lo haré. Pero primero necesito hablar con Dick. Se merece la mayor disculpa de todas.

—Sí, así es. Tal vez deberías llamarle esta noche. Está en un hotel y puede hablar. Y quizás pueda librarse del resto de su viaje y volver a casa pronto.

Asentí de nuevo. Arthur tenía razón. Necesitaba llamar a Dick cuanto antes, y necesitaba convencerle de que volviera a casa. Porque era mejor para nuestra madre, para toda nuestra familia, de lo que nunca había pensado. Y ella se lo merecía. Se merecía a alguien que la amara, que la cuidara y que siempre estuviera ahí para ella.

Y ese hombre era Dick. Que Dios me ayude.

PUSE mis excusas y me fui de la cena. No le dije a mamá ni a los niños que iba a ponerme en contacto con Dick. No quería hacerles albergar esperanzas de que pudiera arreglarlo todo. No cuando no estaba seguro de poder hacerlo.

Tenía dos mensajes de Goldie cuando llegué a casa, pero los ignoré y llamé primero a Dick. Odiaba hacer eso, pero sabía que Goldie lo entendería.

El teléfono sonó tres veces antes de que Dick contestara con un muy confundido: —¿Diga?

—Hola Dick, soy Patrick.

—¿Está bien su madre? ¿Los niños? Su voz sonaba inmediatamente preocupada.

—Sí, todos están bien.

—Vale. Vale. Bien.

No iba a facilitarme la llamada. No es que le culpara. —Quería hablar con usted sobre mi madre.

—No estoy seguro de que haya nada que debamos decir sobre ella.

—Hay algunas cosas que necesito decir. La primera es que lo siento.

—¿Cómo dice?

—He sido un idiota contigo. No te he dado una oportunidad justa. Lo siento por eso.

—Vaya, maldita sea. Eso es lo último que esperaba oír de ti.

Solté una risa ahogada. —Y también lo siento por eso. No estaba dispuesto a verte como realmente eres. Te juzgué porque no eras mi padre. Y nunca deberías haber intentado serlo.

Dick suspiró profundamente. —Cuando conocí a tu madre, pensé que era la mujer más hermosa que había visto jamás. Le pedí una cita, y me dijo que no podía porque su hijo la necesitaba. Asumí que su hijo era joven, un adolescente. Cuando me dijo que tenías veinticinco años, me reí. Pensé que era una excusa para no salir conmigo.

Fruncí el ceño mirando el teléfono.

—Me dijo que estabas buscando trabajo y que estabas estresado por ello. Le pregunté más sobre ti, y empezamos a hablar. Cuando conseguiste tu trabajo, estaba tan orgullosa de ti. No paraba de hablar de ti. Y luego comenzaste a trabajar, y tu tiempo ya no era tan libre. Ella tenía menos novedades sobre ti porque te veía con menos frecuencia. Tenía más tiempo libre. Estaba dispuesta a salir a cenar conmigo porque tú no estabas allí.

—Yo no la abandoné —protesté.

—No, hijo, no lo hiciste. Conseguiste una vida. Y ella estaba feliz por ti. Sabía que te encantaba tu trabajo. Estaba un poco preocupada de que te enamoraras de Goldie, pero quería que fueras feliz. Las primeras veces que salimos a comer, todo de lo que hablaba era de ti, de Arthur y de los niños.

Murmuré algo incoherente.

—Empezó a llamarme después de un mes más o menos. Creo que estaba sola por primera vez en su vida y le gustaba tener a alguien con quien hablar. Nunca la presioné para tener más que una amistad, pero no oculté mi interés por ella. Podía ver que vosotros erais su mundo. Admito que sentía un poco de envidia por eso, no por ella, sino porque yo quería lo mismo. La primera vez que nos besamos, le dije que necesitábamos ir más despacio. Quería que se asegurara de que no me estaba utilizando como un reemplazo para ti. No de una manera extraña, pero ella ya no estaba tan ocupada contigo.

Tenía razón. Cuando empecé a trabajar para Goldie, dejé de cenar con mamá con tanta frecuencia. Trabajaba los fines de semana y por las noches, y cuando no estaba trabajando, pensaba en Goldie e intentaba averiguar cómo convencerla para que saliera conmigo.

—Tomamos las cosas con calma. Llegamos a conocernos. Sé que no te caigo bien, hijo, y no puedo cambiar quién soy, pero amo a tu madre. Ella será el mayor arrepentimiento de mi vida.

—No quiero que ese sea el caso —le dije.

—Tu madre te quiere, Patrick. Haría cualquier cosa por ti. Incluso renunciar a lo que ella desea. No te digo esto para hacerte sentir mal, es simplemente la verdad. Tal vez no quería casarse conmigo y tú eras una excusa fácil, pero no creo que sea el caso. Ella te eligió por encima de sí misma.

—Y se equivocó al hacer eso.

Dick se rio suavemente, la risa más silenciosa que jamás le había escuchado. —No soy tu padre. No soy padre de nadie. No sé lo que es entregarse por otra persona. Pero lo que he aprendido de tu madre es que eso es exactamente lo que haces cuando eres padre. Pones a tus hijos por delante de ti mismo en cada ocasión.

—Me equivoqué contigo, Dick. Debería haberla apoyado. Tú eres la persona que ella necesita elegir ahora.

—No me cargues con eso. Ella nunca me elegirá. No mientras tú no quieras que lo haga. Y yo no quiero que me elija a mí. Quiero que tome la decisión que sea correcta para ella. Si me quiere y desea pasar el resto de su vida conmigo, estaré feliz de hacerlo. Eso es lo que quiero. Pero no quiero que me elija solo porque soy una opción. Quiero que se elija a sí misma.

—Yo también quiero eso —susurré. Tenía razón. Y era

mejor hombre que yo, sin duda. Definitivamente podría aprender algunas cosas de él. —Gracias por querer a mi madre.

—Siempre la querré. Depende de ella si quiere que la quiera desde aquí o desde allá.

—Voy a arreglar esto, Dick. Te lo prometo.

—Ya veremos, Patrick. Ya veremos. Que pases buena noche, hijo.

Colgó, dejándome mirando mi teléfono. Todo lo que había dicho era cierto. Solo necesitaba madurar de una vez por todas y arreglarlo.

Necesitaba hablar con mi madre, pero eso tendría que esperar. Volví a los mensajes que Goldie me había enviado, esperando buenas noticias sobre el día. Mi corazón se hundió.

> Justo terminando ahora. Un desastre completo. Betty ha traído una freidora. Un fuego de grasa ha enviado a un empleado al hospital. Dos puestos se han quemado.

Una hora después, envió un segundo mensaje.

> Llegaré tarde por la mañana. El alcalde Levine ha insistido en que esté en su despacho a primera hora. Con suerte iré después de eso. Me voy a la cama ahora. Día estresante. Espero que el tuyo haya sido mejor.

Goldie iba a ser despedida. Mierda.

20

GOLDIE

Me quedé sentada en mi coche mirando el Ayuntamiento. No quería entrar. Sabía lo que el alcalde Levine iba a decir. Iba a despedirme. Y no tenía defensa alguna. No había nada que pudiera decir para cambiar eso. Aun así, dolía.

Respiré hondo y me obligué a salir del coche. Me alisé la blusa con la mano y enderecé la espalda. Había dudado si ponerme falda para la reunión, pero que le den a él y sus puntos de vista misóginos. No iba a presentarme con aspecto de mujer que necesitaba su orientación para ganarme su favor y mantener mi trabajo. Solo empeoraría mi vida si lo hiciera. No le daría ese poder sobre mí.

Jane estaba sentada fuera del despacho del alcalde cuando llegué. Me dedicó una triste sonrisa y dijo: —Todavía no está listo para recibirte.

—¿Te ha dicho que me digas eso para que tenga que esperar?

Asintió. —Creo que sí. No está en ninguna reunión.

Suspiré. —Gracias por toda tu ayuda. Sé que no habría durado tanto en este trabajo sin ti cuidando de mí.

—No es que haya servido de mucho al final —dijo Jane con tristeza.

—Lo sé, pero lo aprecio. Ojalá pudiera hacer algo para mejorar tu situación.

Se encogió de hombros. —Estaré bien. Tiene poder sobre mí y lo sabe, así que mayormente me ignora.

Puse los ojos en blanco. —Un jefe no debería ser así. Un jefe debería inspirar y motivar a su gente.

—No todos los jefes están dispuestos a hacer eso. La mayoría de los que he tenido solo están interesados en aparentar que son buenos en su trabajo.

—Es una pena que no podamos tener un alcalde que ame este pueblo. Es un lugar demasiado increíble como para estar dirigido por alguien que no lo quiere.

—Ojalá tú pudieras ser alcaldesa.

Me reí. —No, gracias. No quiero ese trabajo.

—¿Por qué no? Se le daría muy bien.

Negué con la cabeza. —Me encanta lo que hago. O lo que hacía, supongo.

—¿Qué va a hacer ahora?

—No lo sé. Realmente no he tenido la oportunidad de pensarlo. Espero poder convencerle de que no me despida.

Jane hizo una mueca.

—Sí, yo también lo imaginaba. Ya me ha advertido.

El teléfono de Jane sonó. Levantó un dedo y cogió el auricular. —Sí, señor.

Alzó la mirada hacia mí mientras escuchaba.

—Está aquí, señor. La haré pasar.

Colgó el auricular y puso los ojos en blanco.

—Está listo para recibirte.

Asentí. —Gracias, Jane. Te veo pronto.

Me dirigió otra mirada triste y volvió a centrarse en su ordenador.

Abrí la puerta del despacho del alcalde y me forcé a

sonreír mientras cruzaba la habitación sobre la mullida alfombra que había instalado cuando asumió el cargo.

Me observó mientras me movía, fulminándome con la mirada durante todo el recorrido hasta que me senté. —Señorita Spear.

—Señor alcalde.

—Estoy seguro de que sabe por qué está aquí esta mañana.

Tragué con dificultad. —Supongo que busca una explicación de lo que ocurrió ayer.

Se rio. —¿Una explicación? ¿De verdad cree que puede contarme lo que pasó y todo quedará perdonado? No es la primera vez que sus eventos se arruinan debido a su incapacidad para liderar un equipo."

—Mi equipo no tuvo nada que ver con esto —respondí bruscamente.

Arqueó las cejas. Sus labios se curvaron en una tensa sonrisa. Parecía malvado, como si estuviera esperando que dijera algo para defender a mi equipo. —Bueno, me alegro de que mencione eso."

Maldita sea. Había caído en su trampa. No es que supiera cuál era su trampa, pero estaba en ella.

—Estuvo sola en el evento ayer, ¿es correcto?

—Sí.

—¿Entonces la culpa del accidente recae sobre usted?

—Fue un accidente —argumenté. No es que no sintiera una considerable dosis de culpabilidad. Se suponía que el evento iba a ser sencillo. Por eso le dije al resto de mi equipo que se tomara el día libre. Lo teníamos todo preparado y listo. Los restaurantes tenían cada uno su puesto y las actividades para niños estaban dispuestas alrededor de la comida para que fuera fácil para los padres coger algo de comer y dejar que los niños se divirtieran.

A ninguno de nosotros se nos ocurrió que podría haber

un fuego de grasa en uno de los puestos. Todos los menús habían sido aprobados con antelación. A ningún vendedor se le permitía usar grasa. Pero uno coló una freidora.

El fuego de grasa fue pequeño comparado con lo que podría haber sido, pero fue lo suficientemente grave como para que el puesto quedara arruinado y el puesto de al lado destruido. Peor aún, uno de los empleados resultó quemado.

El evento terminó antes de tiempo cuando se desató el fuego. Las familias estaban asustadas y molestas. Betty's, el restaurante que trajo la freidora, posiblemente se enfrentaba a una demanda, y el departamento de turismo probablemente también sería nombrado.

Lo que todavía no había averiguado era por qué Betty's tenía una freidora. En el contrato que firmaron se especificaba que no debía haber grasa debido a los riesgos asociados a este tipo de evento. A los restaurantes se les permitía traer alimentos fritos, pero solo si los preparaban en su local fuera del recinto y no en el evento.

—Ese accidente va a costar mucho dinero al ayuntamiento. La empleada herida pasó la noche en el hospital. Fui a verla anoche, y está hablando de presentar una demanda. ¿Cómo puedo permitir que permanezca en su puesto cuando va a ser demandada?

—Todos los vendedores firmaron un contrato en el que se especificaba que no usarían grasa. Betty's violó ese contrato. No tienen motivos para incluirme a mí, al ayuntamiento o al departamento de turismo en una demanda.

—¿Realizó una inspección de cada puesto antes de que comenzara el evento?

—No —admití. Hice comprobaciones puntuales, pero sin el resto de mi equipo, no pude inspeccionar cada puesto. En algunos eventos lo hacíamos, pero no para un evento completamente reservado por gente local que suponíamos que seguiría las normas.

—Quizás debería haberlo hecho. Estoy seguro de que habría sido algo fácil de ver.

—Seguro que lo habría sido, pero no tuve tiempo de revisar cada puesto para confirmar que los vendedores locales estaban siguiendo las directrices establecidas en el contrato que firmaron.

—Así que les está culpando a ellos.

—Ellos son los culpables.

—Era su evento, Srta. Spear. Usted era la responsable. Y ya ha confirmado lo que me dijo el Sr. Hill.

—¿Patrick?

—Sí. Estuvo aquí esta mañana. Dijo que ni siquiera estuvo allí. No había nadie excepto usted.

Se me cayó el alma a los pies. Patrick había ido a hablar con el alcalde. Fue a defenderse y a dejarme a mí como la culpable. ¿Cómo pudo hacerlo?

Respiré hondo y contuve el dolor. Si a Patrick le preocupaba más su futuro que cualquier otra cosa, eso era problema suyo. Repetía una y otra vez que amaba su trabajo, pero quizás todo era una mentira para acercarse a mí y ayudar al alcalde a expulsarme. No podía preocuparme por eso en este momento.

—Es cierto. Yo era la única allí porque mi presupuesto ha sido recortado y todos los vendedores estaban confirmados. El que uno violara los términos de su contrato no era algo que pudiera haber previsto ni algo que hubiera podido evitar simplemente teniendo a más personas allí.

—Podría haberlo evitado si hubiera hecho inspecciones antes de que comenzara el evento. Si hubiera hecho su trabajo.

—Hice mi trabajo. Hice todo correctamente. No tengo ninguna responsabilidad en esto.

—Dígaselo a la joven que está en el hospital.

Contuve la respiración bruscamente. Tenía razón. A ella

no le importaría quién fuera el culpable. Estaba herida. No importaba quién tuviera la culpa.

—No puedo pasar por alto esto, Sra. Spear. No puedo permitirle que conserve este puesto cuando era usted la única representante del ayuntamiento presente y hubo un incendio que envió a alguien al hospital. No puedo dejarlo pasar.

—Nunca tuvo intención de permitirme conservar este puesto.

—Porque sabía que no estaba cualificada. Este incidente lo demuestra. Debería haber confirmado que todas las estaciones cumplían los requisitos. No tengo duda de que el Sr. Hill lo habría hecho. Así me lo dijo cuando hablamos.

—¿Eso dijo?

El alcalde Levine asintió. —Podrá permanecer en su puesto durante el verano, pero solo de nombre. El Sr. Hill asumirá el cargo principal para todos los eventos. Usted responderá ante él.

Perder mi trabajo ya era bastante malo, pero perderlo ante Patrick era un doble golpe. Me había manipulado y robado el trabajo delante de mis narices. Pensaba que podía confiar en él. Demonios, creía que podía quererle. Pero otra vez me había equivocado sobre el hombre de mi vida. Me equivoqué sobre quién era y lo que yo significaba para él.

—Cuando termine el verano y todos los eventos hayan concluido, usted también habrá terminado, Sra. Spear. Considere estos dos últimos meses como su indemnización por despido.

Casi me río en su cara. Si no quisiera tanto a Cala MacKellar, le habría dicho dónde podía meterse su indemnización y su opinión. Quería hacerlo. Pero mantuve la boca cerrada y asentí.

—Puede marcharse ya —gruñó el alcalde Levine.

Me levanté y fulminé con la mirada a aquel hombre

rastrero. Quería abofetear esa expresión de suficiencia de su rostro. Pero él había ganado. Estaba acabada. Tenía dos meses para encontrar un trabajo en la zona que me pagara lo suficiente para mantener mi casa y a mi hijo. Y ambos sabíamos que ese trabajo no existía.

Salí de su despacho y me encontré cara a cara con Jane. Tenía esa expresión triste de alguien que sabía exactamente lo que había ocurrido dentro de ese despacho. Abrió la boca para decir algo, pero la despedí con un gesto. Necesitaba un minuto. No podía hablar. Aún no. Iba a llorar o a gritar, o quizás ambas cosas.

Probablemente ambas.

Forcé una sonrisa para Jane y salí del edificio. Arranqué el motor y me alejé, sin querer que el alcalde Levine mirara por la ventana y me viera allí sentada.

No estaba preparada para ir al trabajo todavía. Si iba con las emociones tan a flor de piel, iba a golpear a Patrick.

Me detuve a unas manzanas del Ayuntamiento y envié un mensaje a Anna y Valentina preguntando si alguna de ellas estaba libre.

ANNA

Sí, pero no estoy en casa. Estoy de camino a Detroit.

VALENTINA

Estoy en la pastelería. Puedes entrar por la parte de atrás conmigo si necesitas esconderte un momento.

Vendido. Estaré allí pronto. Anna, te llamaremos. Acaban de despedirme.

Metí el móvil en el bolso mientras vibraba con rápidos mensajes de ambas. Los ignoré mientras conducía, poniendo toda mi concentración y energía en contener mis emociones hasta que pudiera liberarlas en la pastelería Cove.

El alegre toldo a rayas me dio la bienvenida a la adorable pastelería donde trabajaba Valentina. Harriett me saludó con la mano cuando entré. La cola frente a ella no era larga, pero lo suficiente como para mantenerla ocupada. Rodeé el final del mostrador y me dirigí directamente a la cocina y a mi amiga.

Tan pronto como estuve tras las puertas cerradas, me derrumbé.

Valentina estaba allí, levantándome del suelo y ayudándome a sentarme en una silla.

—¿Qué está pasando? ¿Está bien? —preguntó Anna a través del teléfono.

—No —respondió Valentina por mí—. Mierda.

Sollocé, revelando a Anna mi estado de ánimo exacto.

—¿Qué ha pasado? —preguntó Anna.

Valentina me miró boquiabierta, mientras yo solo lloraba.

—No está bien —dijo Valentina—. Todavía no puede hablar. Solo está llorando.

—Me mintió. Me hizo creer que me quería. —hipé.

—¿De quién está hablando? ¿Del alcalde? —preguntó Anna.

—Patrick —lloré—. —Dijo que estaba vinculado. Que no iba a decir que me quería porque no creía que yo estuviera preparada para oírlo, pero mintió. No lo decía en serio. No decía nada en serio.

—Eh, ¿qué me he perdido? —preguntó Anna.

—No lo sé, pero yo también me lo he perdido —le dijo Valentina—. —Goldie, has dicho que te han despedido. ¿Por qué estamos hablando de Patrick? ¿Y por qué crees que te mintió?

—Me ha robado el trabajo —siseé—. —Después del incendio de ayer, el alcalde Levine quería verme. Le mandé un mensaje a Patrick anoche diciéndole que llegaría tarde, y la serpiente fue a ver al alcalde a primera hora de esta mañana. Le dijo al alcalde que él no estaba allí ayer. Que no era culpa suya. El alcalde va a dejar que termine la temporada, luego me voy, pero Patrick está al mando. Él es quien toma todas las decisiones. Yo le informo a él.

—¿En serio? —dijo Anna.

—Malditos hombres —dijo Valentina.

—¿Por qué haría eso? Creía que dijo que le gustaba su trabajo —dijo Anna—. —Arthur dice continuamente lo mucho que a Patrick le encanta trabajar para ti.

—Entonces supongo que él también es un mentiroso, porque Patrick me ha traicionado y me ha robado el trabajo. Le dije a principios de verano que el alcalde Levine quería despedirme. Que estaba buscando cualquier excusa. Recortó mi presupuesto y dijo que si no lo cumplía, me despediría. Dijo que si algo salía mal, me despediría. Las cosas han salido mal. Mucho. Pero ahora alguien ha resultado herido y Patrick ha ido y le ha dicho al alcalde que él no tenía nada que ver y que conoce todo lo que está pasando, y se ha asegurado el puesto. Me ha robado el maldito trabajo.

—¿Has hablado con él? —preguntó Anna.

Negué con la cabeza. —No podía enfrentarme a él. No estando tan disgustada.

—Quizá haya una explicación.

Valentina resopló con desdén. —Por favor. Es un capullo que vio lo que quería y se lo quitó de las manos. Se acercó a Goldie y se aseguró de estar al tanto de todo lo que pasaba, y a la primera oportunidad que tuvo, se posicionó para aprovecharse de la situación.

Asentí aunque me dolía discutir con ella. El hombre que describía no era el Patrick que yo creía conocer. No era el hombre del que creía estar enamorándome. Odiaba que se hubiera convertido en ese hombre. El hombre que me arrebató el trabajo. Quizás ese es quien era desde el principio. Dios sabía que yo no sabía interpretar a un hombre. Tenía los papeles del divorcio para demostrarlo, y ahora la metafórica carta de despido para hacer juego.

—Realmente creo que hay una explicación. Todos sabemos cómo es el alcalde Levine. Es un manipulador. Va a retorcer las cosas. Quizás...

—¿Pero por qué iría Patrick allí? —preguntó Valentina—. ¿Por qué fue a ver al alcalde? ¿Qué razón podría tener para eso? Él no estuvo allí. No pudo defender a Goldie porque no estuvo allí. No pudo decir que ella hizo todo lo que pudo. La única razón por la que habría ido era para ofrecerse a ocupar el puesto y quedarse con el trabajo.

—Parece extraño. Ha sido tan dedicado y tan dulce con Goldie. ¿Por qué está pasando esto ahora? —preguntó Anna.

—Porque tuvo la oportunidad. Mi marido se estaba acostando con otra. Todavía lo estaría haciendo si ella no hubiera aparecido en el pueblo. Los hombres son unos capullos —argumentó Valentina.

—Lo sé, cariño, y Dawson es un perro. No te merece. Pero todos estábamos tan contentos por Goldie y Patrick —dijo Anna.

Me recosté en mi asiento. Estaban felices por mí. Creían que Patrick era bueno. Porque yo lo creía. Porque confiaba en él y pensaba que era un buen hombre.

—Fingió ser alguien que no es —dijo Valentina—. Fingió quererla. Le dijo que la quería pero no pronunció las palabras por su bien. Me creí todas sus mentiras. Creía que era un buen tipo.

—Y yo sigo pensando que lo es —argumentó Anna—. No creo que nos equivocáramos con él. Goldie, tienes que hablar con él. Escuchar su versión. Quizás haya una explicación. Te lo debes a ti misma, y a él, averiguar qué pasó realmente. No te quedes solo con la palabra del alcalde Levine. Habla con Patrick.

Suspiré y miré a Valentina a los ojos. —Tiene razón.

Valentina asintió. —Lo sé. Pero ten cuidado. Porque ahora mismo, no sabemos cuál Patrick es el verdadero Patrick. Si te robó el trabajo, te mereces algo mejor. Si te mintió o te manipuló, te mereces algo mejor. No te conformes.

—No lo haré. Ya pasé por eso. No voy a volver a hacerlo.

—Hazme saber qué sucede, dijo Anna. —Tengo que tomar un vuelo, pero me pondré en contacto esta noche. Os quiero, cariño. A las dos.

—Te queremos, dijimos Valentina y yo a la vez. —Adiós, Anna.

—Adiós, chicas. Anna colgó.

Valentina me miró y me ofreció una sonrisa triste. —Espero que tenga razón. De verdad lo espero.

Asentí. —Yo también, pero no estoy tan segura como ella.

Valentina negó con la cabeza. —Yo tampoco.

21

PATRICK

ntré en la oficina y miré a mi alrededor. Estaba silenciosa. Demasiado silenciosa. Un silencio inquietante que me ponía nervioso y me hacía preguntarme qué estaba pasando.

Goldie's oficina seguía a oscuras, lo que significaba que su reunión con el alcalde aún no había terminado. Bien. Estaría contenta cuando hablara con ella y le contara sobre mi mañana. Pero primero, tenía que aparecer.

Inicié sesión en mi ordenador y seguí mi rutina matutina de revisar correos electrónicos y ponerme en contacto con los proveedores de mi lista. Teníamos otro fin de semana tranquilo por delante, pero evidentemente los fines de semana tranquilos no eran tan tranquilos como esperábamos, así que todavía iba a comprobar con todos los implicados.

Eran casi las once cuando Goldie finalmente llegó. La oí hablar con Eve, luego con Theo. Me quedé en mi oficina, esperando que pasara a verme antes de ir a la suya, pero no lo hizo.

Extraño, pero vale. Tenía cosas que hacer. Y su reunión probablemente no fue buena si duró tanto.

Le di unos minutos antes de levantarme de mi asiento. Cogí mi tableta, pero en realidad solo quería verla. Asegurarme por mí mismo de que estaba bien.

Llamé al marco de la puerta y esperé hasta que me miró. Empecé a entrar, sonriendo, pero me detuve cuando vi la expresión de su cara.

—Cierra la puerta, por favor —dijo. Su voz era gélida y cortante. Enfadada. Furiosa, si tuviera que adivinar.

Cerré la puerta y tomé asiento frente a ella. —¿Cómo fue tu reunión?

—No muy bien. Me he enterado de que deberé reportar a ti durante el resto de mi empleo.

—¿Qué?

—El alcalde Levine me ha informado que tú eres mi reemplazo. Me ha pedido que me quede hasta el final del verano para estar disponible durante el resto de los eventos planificados, pero serás tú quien tome las decisiones y esté a cargo de todo.

—No. Es imposible. No quiero eso.

—Bueno, parece que tu reunión de esta mañana le convenció de que eres la persona adecuada para el trabajo. Como no estabas presente cuando las cosas salieron mal, cuando ocurrió un incendio y alguien resultó herido, eres un excelente candidato para ocupar mi puesto.

—Yo nunca le dije eso —argumenté. Estaba haciendo que sonara como si hubiera ido al alcalde para robarle su trabajo.

—Si ese es el caso...

—¿Si ese es el caso? ¿De qué estás hablando? Goldie, sabes que me encanta mi trabajo. Sabes que no quiero el tuyo.

Negó con la cabeza. —Ya no estoy segura de lo que sé. Había muchas cosas que creía que ya no parecen ser ciertas.

Suspiré profundamente y la miré fijamente. No era la

mujer que yo conocía. Estaba fría y rígida. Su columna estaba recta. Estaba inflexible. Su humor, su figura, su rostro. Realmente creía que intenté robarle su trabajo.

—Te mintió. Sea lo que sea que te haya dicho, es mentira.

—¿Entonces no te reuniste con él esta mañana?

—Sí lo hice, pero...

—¿Y no le dijiste al alcalde que no estuviste ayer?

—También hice eso. Pero...

—¿Y no le dijiste que habrías inspeccionado todos los puestos si hubieras estado allí?

Mierda. Eso también lo dije. —Sí, pero...

—Entonces me cuesta encontrar dónde me mintió el alcalde Levine. Alzó una ceja, desafiándome a contradecir todas las cosas que acababa de admitir.

—No es lo que parece.

Cruzó las manos sobre su escritorio e inclinó la cabeza hacia un lado. —Por favor, ilumíname. Dime exactamente cómo el hecho de que le dijeras al alcalde que no estabas allí y que habrías hecho las cosas de manera diferente durante vuestra reunión temprano esta mañana antes de que yo llegara no es lo que parece.

Joder. Tenía razón. Todo lo que quería era ayudar. Sabía que él buscaba despedirla. Sabía que iba a presionar. Utilizaría lo ocurrido para demostrar que Goldie no era apta para el puesto para el que estaba más que cualificada.

Después de sus mensajes de la noche anterior, descubrí más detalles sobre lo que había sucedido. No podía creerlo. Por eso me había levantado temprano y por eso fui al hospital después de ver al alcalde. Para proteger a Goldie y su trabajo.

Pero no fue suficiente. No si el alcalde Levine ya la había despedido.

—Quería decirle al alcalde que tú no tenías la culpa. Le dije que yo no estuve allí para demostrarle que necesitamos más personal en los eventos. Le dije que yo habría hecho las inspecciones porque eso es lo que nos mandas hacer cuando estamos todos presentes. Él es el motivo por el que teníamos menos personal de lo habitual. Él es la razón por la que has estado trabajando hasta la extenuación en lugar de tomarte tiempo libre.

—Voy a tener mucho tiempo libre en unos meses —susurró ella.

—Goldie...

Ella negó con la cabeza. —Tenemos trabajo que hacer. No puedo lidiar con esto ahora mismo. Voy a programar una reunión para después del almuerzo con todo el equipo para informarles sobre lo que está ocurriendo y qué esperar para el resto de la temporada. Te enviaré todas mis notas para el resto de los eventos. Creo que estás al día de todo en lo que he estado trabajando y de todos los eventos, así que nuestra transición debería ser bastante fácil de manejar.

—No hay ninguna transición, Goldie. No voy a quedarme con tu trabajo.

—No tienes elección, Patrick. El alcalde Levine...

Me puse de pie de un salto. —¡A la mierda el alcalde Levine! No me importa lo que diga. No quiero tu trabajo y no lo voy a aceptar. Eres lo mejor que le ha pasado a este pueblo. Tú eres quien debe ocupar este puesto. Tienes que mantener tu trabajo. El alcalde Levine dijo que quería deshacerse de ti. Si él está detrás de todo esto, es culpa suya. Él es quien debe ser despedido.

—Hubo un incendio, Patrick. Ni siquiera el alcalde Levine podría haber orquestado eso. Ni creo que lo hubiera hecho. Una mujer está en el hospital. Yo soy la culpable de eso. Soy la razón por la que ella está allí. Si hubiera revisado los puestos, si hubiera inspeccionado todos ellos, habría visto la freidora. Habría podido cerrarlos.

—Firmaron un contrato.

—Y eso no importa cuando alguien resulta herido.

—Hablé con ella esta mañana. Dijo que no nos va a demandar.

—No tendría fundamentos si quisiera hacerlo. Pero aun así sufrió quemaduras. Su vida ha cambiado para siempre.

—Estoy seguro de que lo es, pero eso no significa que el alcalde Levine no estuviera detrás de todo. Dijiste que pensabas que él estaba detrás de todos los problemas que tuvimos durante el fin de semana del Día de los Caídos. ¿Por qué no iba a estar detrás de esto?

Ella suspiró. —Patrick, él no pretendía hacer daño a nadie. Es imposible.

—Pero...

—Se acabó, Patrick. Lo nuestro se acabó. Todo se acabó.

—¿Lo nuestro se acabó? Goldie, no. ¿Por qué?

Ella negó con la cabeza. —No puedo hacer esto. No puedo confiar en ti. No sé qué creer ahora mismo, pero no puedo centrarme en si puedo confiar en ti o no. Necesito empezar a buscar un nuevo trabajo y poner a Paul en primer lugar. No puedo seguir con esto.

—Te quiero, Goldie. No termines con esto. No me alejes.

Ella palideció. —No, no me quieres. No sabes lo que sientes.

Me recosté en mi silla. Conmocionado. Herido. Me había pasado la mayor parte de mi vida escuchando que no conocía mi propia mente. Que era demasiado joven, demasiado inmaduro, demasiado algo para saber lo que realmente quería. Lo que realmente sentía. Nunca pensé que Goldie sería alguien que me diría algo así. Nunca pensé que me viera como tantos otros lo hacían. Ella confiaba en mí. Creía en mí. Me contrató para trabajar con ella y me hizo creer en mí mismo de una manera en la que nunca lo había hecho en ningún otro trabajo.

Pero ahora me decía que no creía que yo conociera mi propio corazón.

—No hagas eso —espeté—. No me digas que no sé lo que siento.

—No lo sabes —dijo ella—. Me dijiste que no ibas a decir eso. Sé que es porque no estabas seguro. Sabías que no me querías. No me lo lances ahora cuando estoy intentando hacer lo que es mejor para mí.

—¿Terminar conmigo es lo mejor para ti?

Tragó saliva con dificultad. Después de un segundo, asintió. —Sí. Lo es. Necesito encontrar un nuevo trabajo. El padre de Paul viene de visita. Necesito centrarme en eso.

Asentí y me puse de pie. —De acuerdo. Lo entiendo. Por favor, hágame saber qué necesito hacer, jefa. Estaré disponible para ayudarle tanto como sea posible.

—Haré lo que pueda para asegurarme de que las cosas vayan bien para el pueblo durante el tiempo que me quede aquí.

Contuve la respiración. Lo hacía parecer tan definitivo. Ella había terminado. Nosotros habíamos terminado. Todo había terminado.

Salí tambaleándome de su oficina y regresé a la mía. No podía discutir con ella. No estaba dispuesta a escucharme. Lo único que podía hacer era seguir órdenes.

Y esperar que pudiéramos solucionarlo.

LA REUNIÓN que Goldie celebró por la tarde no fue buena. Eve, Theo y Howard estaban enfadados por el despido de Goldie, pero se enfadaron aún más cuando les dijo que yo sería su sustituto temporal.

En su favor hay que decir que Goldie hizo todo lo posible por ser la persona que yo conocía. Les dijo que no se enfadaran conmigo y que todo era por culpa del alcalde Levine, pero después de la reunión, se negó a hablarme de nuevo.

Pasé el resto del día revisando todo lo relacionado con el puesto para poder sustituirla, pero cuando me fui a casa, me llevé trabajo conmigo para descubrir cómo salvar su empleo.

Estaba enfadado con el dueño del Betty's. Él firmó el contrato. Conocía las normas. Lo que quería averiguar era por qué no había seguido las reglas, a pesar de conocerlas.

Era tarde, pero no tan tarde como para que el Betty's estuviera cerrado. Me subí a mi todoterreno y conduje hasta allí. Las luces seguían encendidas y la gente salía del local. Entré y sonreí a la recepcionista.

—Buenas noches. Nuestra cocina está a punto de cerrar, pero podemos ubicarle si lo desea.

—En realidad, me gustaría hablar con el dueño si se encuentra aquí.

Su sonrisa se desvaneció ligeramente, pero asintió y me pidió que esperara allí.

Miré alrededor del restaurante. Era un lugar agradable y cercano. Había fotos de eventos locales y promociones de los últimos años. No había ido a comer antes, pero si la comida era la mitad de buena de lo que olía, tenía la sensación de que me gustaría. Si las cosas se arreglaban con Goldie, quizás podría convencerla para venir aquí alguna vez.

—Hola. ¿Puedo ayudarle? —preguntó un hombre detrás de mí.

Me giré para encontrarme con un hombre mayor de cabello castaño y ojos amables. —Hola, ¿Rodney?

Él asintió. —Sí, ¿y usted es?"

Le extendí la mano. —Soy Patrick Hill. Hemos hablado por teléfono varias veces.

—Sí, de la oficina de turismo, ¿verdad?

Asentí y le estreché la mano. —Sí, señor. Me preguntaba si podríamos hablar unos minutos.

Rodney señaló una mesa un poco apartada y se sentó a un lado. Yo tomé el asiento frente a él.

—¿En qué puedo ayudarle, Patrick?

—Me preguntaba si podría contarme qué ocurrió ayer.

Suspiró y se frotó la cabeza. —Mi abogado me ha dicho que no debería hablar con nadie sobre esto.

—¿En serio?

Rodney asintió. —Sí. No me gusta ser así, pero no sé cuán graves son las lesiones de Clara ni si va a presentar una demanda. Mi abogado dice que podría decir algo que empeore la situación.

—Solo quiero saber qué pasó. Hemos hablado muchas veces. Incluso la semana pasada. Nunca mencionó nada sobre una freidora.

Inspiró profundamente y me miró a los ojos. Se mordió el interior del labio y miró alrededor. —¿Hay alguna manera de que esto quede extraoficialmente?

Me recliné hacia atrás. Eso significaba que tenía algo que contarme, pero estaba preocupado por cómo se vería o lo que significaría. —No lo sé, Rodney. La situación en la que me encuentro es que mi jefa va a ser despedida por lo que ocurrió. El alcalde la está responsabilizando. No quiero que eso suceda porque es una jefa increíble, inteligente y creativa. Ella es la responsable de todos los eventos de este verano. Pero por lo que pasó ayer, el alcalde va a despedirla.

Rodney negó con la cabeza. Frunció los labios. —Mi abogado me va a colgar por decir esto, pero el alcalde es la razón por la que tenía la freidora allí en primer lugar.

Me enderecé. —¿Perdón?

—Yo sabía de la cláusula. La vi cuando firmé el contrato. No tenía intención de sacar la freidora. Pero la semana pasada, el alcalde Levine vino aquí con su esposa. Me preguntó si iba a servir en el evento. Dijo que su cosa favorita eran nuestros aros de cebolla. Le dije que no los serviríamos debido a la norma de la freidora. Él me dijo que la llevara de todos modos. Dijo que nadie lo sabría. Que no se lo diría a nadie.

Solté un suspiro. Vaya. El alcalde estaba detrás de todo. Y teníamos pruebas. Teníamos un testigo. —¿Le has contado esto a tu abogado?

Asintió. —Sí. Dijo que sería algo que tendríamos que utilizar si Clara nos demanda. Es una buena empleada, una buena persona. Odio que resultara herida. Nunca imaginé que algo así pudiera haber ocurrido. Me siento muy culpable. Ojalá pudiera volver atrás y no hacerle caso.

—Yo también lo desearía. ¿Existe alguna posibilidad de que estés dispuesto a declarar oficialmente? ¿A informar sobre la conversación que tuviste con el alcalde?

—No lo sé. Si lo hago, podría perderlo todo.

—En realidad, creo que va a ser todo lo contrario. El alcalde Levine ha estado manipulando los acontecimientos durante todo el verano. Esto es algo de lo que él es responsable. Entiendo que no te obligó, pero cuando un hombre como él, un hombre poderoso, te dice que hagas algo e insinúa su aprobación y que hará la vista gorda, es algo que tiene mucho peso a ojos del público. Si no hubiera pasado nada, quizás no sería gran cosa, pero una mujer resultó herida. Se destruyó propiedad pública. Alguien debe rendir cuentas, y no debería ser mi jefa.

Rodney miró a su alrededor, a su restaurante. Los clientes estaban comiendo, algunos pagaban la cuenta y se marchaban. —He puesto toda mi alma en este lugar. Mi esposa y yo lo abrimos hace casi veinte años. Liz es la jefa de cocina. Le encanta cocinar. Yo soy la persona sociable, el que habla con los clientes y se asegura de que todos tengan lo que quieren. Ella es la que tiene la magia. Liz preparó un menú especial para el evento. No iba a incluir nada frito. Pero cuando le conté lo que dijo el alcalde Levine, se emocionó. Sabía que esos platos eran nuestros más vendidos. Tenerlos disponibles significaría que tendríamos un mejor día.

Asentí. Sentía simpatía por él. Era difícil no ofrecer los platos favoritos de sus clientes, pero había una razón para ello. Una razón que aprendieron por las malas.

—Liz lo debatió. Lo consultó con la almohada. Así es como funciona ella. Cuando se despertó, dijo que tenía sentido que nos permitieran tener una freidora cuando tantas cosas que servimos están fritas. Tenemos una más pequeña, pero que aún así funcionaría bien. O eso pensábamos. No contábamos con el viento y el entorno en el que estábamos trabajando. No teníamos ni idea. Deberíamos haberlo sabido, pero no fue así.

—Lo entiendo. Deberíamos haber incluido más advertencias en nuestros contratos. Deberíamos habernos asegurado de que entendierais los riesgos y el razonamiento detrás de ello.

—Fue nuestra decisión. Conocíamos las reglas. Pero cuando el alcalde...

—Y por eso quiero que declares oficialmente. Porque él necesita rendir cuentas. Necesita ser destituido de su cargo. Necesita saber que no puede poner a la gente en riesgo, meterse en las vidas de las personas y salirse con la suya. ¿Me ayudarás, Rodney? Por favor.

Contuvo la respiración por un segundo, luego asintió. —Sí. Sí, lo haré. Tienes razón. El alcalde Levine no debería despedir a tu jefe cuando él es el responsable de que Clara esté herida y estemos preocupados por nuestro negocio. Te ayudaré.

Suspiré. Todo iba a estar bien. El alcalde Levine estaba acabado.

22

Estuve toda la noche debatiendo si contarle a Goldie lo que descubrí al hablar con Rodney. Al final, decidí guardarme la información. Ella no confiaba en mí. Creía que yo intentaba sabotear su trabajo. Me dolió más de lo que esperaba saber que pensaba que yo podía hacer algo así, y no podía exponerme a más juicios e ira por su parte.

Los siguientes días fueron tranquilos en la oficina. Theo y Eve apenas me hablaban. Estaban tan enfadados como yo, pero habían decidido que yo era el malo, así que lo pagaban conmigo. Goldie solo se comunicaba por correo electrónico. No nos hablábamos cuando nos cruzábamos, y yo trabajaba con la puerta cerrada la mayor parte del tiempo.

Si no encontraba la manera de arreglar todo esto, tendría que buscar un nuevo trabajo. Demonios, quizás aunque lo arreglara, necesitaría buscar un nuevo trabajo. No estaba seguro de poder soportar estar allí con todos ellos cuando no creían en mí y tenían una opinión tan pobre de mí.

El miércoles por la tarde, salí temprano para reunirme con el abogado de Rodney. Cuando este se enteró de que habíamos hablado, se enfadó, pero cuando Rodney y yo le explicamos que yo intentaba ayudar, estuvo dispuesto a escuchar. Rodney aprobó mi participación en todo, incluidas las conversaciones que el abogado, Weston, mantuvo con Clara.

Todo estaba encajando. Se sentía como una victoria. Quería compartirlo todo con Goldie, pero yo estaba demasiado dolido y ella demasiado enfadada.

—Señor Hill. Gracias por venir —dijo Weston cuando llegué—. Le estábamos esperando todos.

—¿Todos?

Weston era un hombre mayor con una sonrisa amable y unos penetrantes ojos verdes. Llevaba un traje gris demasiado grande y zapatillas deportivas, lo que me hizo sonreír. Su voz era profunda y autoritaria, la clase de hombre al que escucharías en una sala de justicia, o en cualquier otro lugar.

Le seguí hasta la sala de conferencias donde Rodney y Clara ya estaban sentados, hablando y sonriendo.

—Has salido del hospital. Me alegro mucho de verlo —le dije a Clara. Tenía el pelo rizado recogido lejos de la cara y un vendaje en la mano izquierda. Sus ojos marrones brillaban alegres. Aparte del vendaje, nunca dirías que había pasado dos días en el hospital.

Ella se rio. —Estoy fuera. Me mantuvieron ingresada más tiempo como precaución extra. Podrían haberme tratado y dado el alta el mismo día, pero como era en la mano, querían que me quedara para asegurarse de que no tenía problemas de movilidad o nerviosos.

—Lo cual deberían haber hecho —argumentó Rodney con severidad—. Vamos a cubrir todo.

Clara le hizo un gesto de desestimación, pero Weston intervino y dijo: —Vamos a hablar de todo esto.

Me senté al otro lado de la mesa frente a Rodney y Clara, con Weston a la cabecera. Weston nos entregó a cada uno unos documentos grapados.

—Lo que tenéis es toda la evidencia que tenemos en este

caso. La primera página es una declaración jurada de Rodney donde afirma que el alcalde Levine le pidió que sirviera comida frita usando una freidora. Detalla la conversación según el mejor recuerdo de Rodney, indicando que mencionó la violación del contrato y que el señor alcalde dijo que nadie lo comprobaría y que la comida sería mejor.

Leí los documentos y supe que solo eso era suficiente para expulsar al alcalde de la ciudad. Si tan solo una cadena de noticias lo captaba, estaría acabado.

—Después tenemos el contrato que firmó Rodney. Quedaba claro que no se permitían freidoras. Esto demuestra que no intentamos ocultar nada. Rodney admite que violó los términos del contrato que firmó, pero solo lo hizo cuando recibió el estímulo del alcalde antes del evento.

Repasé el contrato que había leído docenas de veces. Era el mismo que hacíamos firmar a todos los vendedores. Al estar en el parque, el riesgo de fuertes vientos significaba restringir cualquier cosa que pudiera volcarse y quemar a alguien. El hecho de que solo ocurriera una vez fue un alivio, pero aun así ocurrió.

—A continuación están los registros médicos de Clara del hospital. Clara está aquí porque ha aceptado ser parte de esto y nos ha dado permiso para usar sus registros médicos como evidencia contra el alcalde.

—¿Qué hay de tus lesiones? —le pregunté.

—He trabajado en restaurantes toda mi vida. Me encanta. Las quemaduras son parte del trabajo. No es que sea divertido, pero es algo esperado y no me afecta. Sabía lo que decía el contrato y no protesté al respecto. Soy tan responsable como Rodney.

—Pero tú eres quien resultó herida —dijo Rodney, poniendo su mano sobre la mano no lesionada de ella—. Lo siento mucho, Clara.

—Sé que lo sientes. Y te agradezco que te ofrezcas a pagar mis facturas.

—No es una oferta. Vamos a cubrirlas. Creo que eso está en la página siguiente, ¿verdad? —Rodney miró a Weston para confirmarlo.

—Lo es, convino Weston. —Rodney y Liz han accedido a cubrir todos los gastos médicos de Clara relacionados con el incidente. El seguro del restaurante también cubrirá los daños a la propiedad municipal. Ya hemos hablado con su agente y todo se va a gestionar adecuadamente.

—Entonces, ¿en qué situación nos deja esto con el alcalde? Él es quien provocó todo esto. ¿Por qué va a salir impune?

Weston cerró su carpeta de papeles y cruzó las manos sobre ella. Miró a Clara y a Rodney, y luego de nuevo a mí. —Eso es precisamente lo que queríamos preguntarte. El seguro de Rodney está cubriendo los daños. Él está asumiendo el golpe. Clara no busca demandar a nadie. Podemos ignorar todo esto en lo que concierne al alcalde, o podemos presionar el asunto y forzar su salida del cargo.

—No merece ese cargo.

—De acuerdo, dijo Rodney. —Pero si voy tras él, será mi palabra contra la suya y no estoy en posición de probar mi inocencia.

—Por eso queremos tu ayuda. Dijiste que hubo otros incidentes en los que crees que influyó el alcalde. ¿Es algo que puedes compartir con nosotros? preguntó Weston.

Tomé aire. —Todo son sospechas. No tenemos pruebas. En el fin de semana del Día de los Caídos, tuvimos un chef que no se presentó porque le dijeron que viniera al día siguiente. Esa misma noche, al grupo que habíamos contratado le dijeron que habíamos encontrado un mejor reemplazo y que no queríamos que vinieran tampoco. No hemos podido demostrarlo, pero ambas personas fueron contactadas desde un número genérico del Ayuntamiento.

—¿Y crees que fue el alcalde? ¿Por qué haría eso?

—No le cae bien mi jefa. Considera que las mujeres no deberían estar al mando y quiere echarla. Recortó nuestro presupuesto un quince por ciento dos semanas antes de nuestro evento inaugural y le dijo que si no lo cumplía, la despediría.

Rodney silbó. —Eso es un golpe duro. ¿Pero es suficiente para ir contra él?

Weston negó con la cabeza. —No, pero podría ser suficiente para asustarlo. Patrick, ¿qué tal se te da el engaño?

Me encogí de hombros. —Bien, supongo. ¿Por qué?

—Porque creo que sé cómo podemos conseguir que el alcalde dimita sin que nadie más salga herido.

—Te escucho.

EL RESTO de la semana estuvo muy ajetreado. Weston y yo estábamos en contacto diario con cualquier información que pudiéramos averiguar sobre el alcalde Levine. Él quería tiempo para investigar el pasado del hombre antes de que yo le confrontara, así que acordamos que solicitaría una reunión con el alcalde a finales de la semana siguiente, justo antes del Cuatro de Julio.

Los eventos del fin de semana salieron bien. No tuvimos problemas ni preocupaciones. Todos se presentaron e incluso el tiempo colaboró.

Goldie seguía sin hablarme. Me enviaba mensajes si había algo que necesitaba saber rápidamente, pero por lo demás no nos comunicábamos. Durante todo ese tiempo, intenté decirme a mí mismo que estaba bien, pero no lo estaba. Dolía como el demonio. La amaba, y ella me descartó como si yo no fuera nada. Como si lo que teníamos nunca hubiera sido importante para ella.

El único punto positivo fue que mamá estaba un poco más feliz cuando la vi el domingo por la noche. Me perdí la cena con todos, pero mamá sonreía un poco más. Cuando le pregunté al respecto, me dijo que había disfrutado su tiempo con los nietos.

—Tenía muchas esperanzas de que tú y Goldie me dierais uno o dos más —dijo con un brillo en los ojos.

Negué con la cabeza. —Mamá, no quiero tener hijos. Y Goldie no me quiere a mí.

—Cambiarás de opinión, y vosotros dos lo solucionaréis todo.

—Mamá —dije con firmeza—. Necesito que me escuches. Sé que no quieres aceptarlo, pero no quiero hijos. Nunca he querido tener hijos.

Se le llenaron los ojos de lágrimas ante mis duras palabras. —Lo siento. Presiono demasiado. Solo siempre he esperado que decidieras que sí querías. Si conocieras a la mujer adecuada. Eres un hombre tan bueno, y serías un padre tan maravilloso.

—Siento haberte respondido mal, mamá. Ha sido una semana larga.

—Goldie entrará en razón. Los que amamos siempre lo hacen.

—¿Has sabido algo de Dick?

Ella negó con la cabeza. —No. Y no lo haré. Él está siguiendo adelante. No me pondrá en la situación de tener que rechazarlo otra vez."

—Quizás no deberías rechazarlo de nuevo."

Ella sonrió con tristeza. —Sé que no te cae bien. No voy a elegirle a él por encima de ti."

—No tenía ningún derecho a entrometerme en tu relación, mamá. Y si iba a meter las narices en ella, al menos debería haber estado seguro de saber lo que pasaba. Dick es un buen hombre, mamá."

—Lo sé."

—Y no es papá, pero es amable y te adora. Eso es lo que realmente importa."

—No si tú no vas a venir cuando él esté aquí."

—Lo haré. He visto un lado diferente de él. No quería ver cómo era antes, pero me equivoqué al considerarlo el malo de la película. Él estuvo ahí para ti cuando yo no."

—Se supone que debes tener tu propia vida, Patrick. No necesitas estar siempre pendiente de tu vieja madre."

—Y tú también necesitas tener tu vida. Llama a Dick, mamá. Dile que vuelva a casa."

—No lo hará."

—Sí, lo hará. Me dijo que volvería si tú decidías que lo querías así."

—¿Has hablado con él?" jadeó ella.

—Sí. Porque después de que se fuera, me di cuenta de que estaba equivocado sobre muchas cosas, y que necesitaba disculparme con él y arreglar las cosas entre vosotros. Él dijo que mi disculpa no es suficiente y que tú tienes que decidir lo que quieres. No va a ponerte en la situación de tener que rechazarlo otra vez."

Las lágrimas rodaban por sus mejillas. Me dio unas palmaditas en la mano. —Gracias, Patrick. Sé que no ha sido fácil para ti hacer eso."

—Nunca debería haber sido tan duro con él en primer lugar. Ni contigo. Mereces ser amada, mamá. Y has elegido a un hombre que te ama con todo su ser.

Ella sonrió. —Sí, así es. Y tú encontrarás una mujer que sea igual.

Sus palabras me dolieron en el corazón. Creí haberla encontrado cuando me enamoré de Goldie. Cuando ella me dejó entrar y me dijo que yo le daba esperanza y que quizás sentía lo mismo que yo. Pero el amor no parecía estar escrito para mí. Tal vez algún día, pero no podía imaginarme arriesgando mi corazón de nuevo. No después del dolor que estaba sintiendo. Era mejor dejar de intentarlo. Encontrar un nuevo trabajo y mudarme. Dejar atrás el dolor y sacar lo mejor de una nueva vida. Una lejos de Goldie y de Cala MacKellar.

MI REUNIÓN con el alcalde estaba programada para última hora del viernes por la tarde. Weston y yo decidimos que reunirnos con él antes del fin de semana era lo mejor. Pasaría un tiempo hasta que la noticia se hiciera pública, dándole a Levine la oportunidad de salir de la ciudad. Eso esperábamos.

No me molesté en decirles a los demás que me iría temprano ya que ninguno de ellos me hablaba de todos modos. Después de resolver las cosas con el alcalde Levine, buscaría un nuevo trabajo y presentaría mi dimisión. Pero primero, necesitaba recuperar el trabajo de Goldie.

La asistente del alcalde Levine, Jane, estaba en su escritorio cuando entré. Me dedicó una sonrisa tensa y me dijo que él estaba listo para recibirme.

Llamé a la puerta y entré cuando le oí responder. El alcalde Levine se levantó y se acercó a mí, extendiendo su mano para que la estrechara. Me estaba tratando como a un igual, alguien digno de su aprobación. Y esperaba lo mismo de mí.

—Buenas tardes. He oído que los eventos del pasado fin de semana fueron bien. Sin duda porque usted estaba al mando.

—En realidad, Goldie fue quien tenía todo preparado y listo para el fin de semana. Ella es quien merece el crédito cuando todo sale según lo planeado.

Los labios del alcalde se tensaron y adelgazaron. Sus ojos ardían de ira. —Sí, bueno, si ese fuera el caso, no habrían ocurrido errores bajo su supervisión. Sentémonos y hablemos sobre cómo vamos a cambiar las cosas dentro del departamento de turismo para mejor y hacer que Cala MacKellar sea un destino turístico aún más atractivo el próximo verano.

Asentí. —Es exactamente por eso que he venido.

Sonrió y rodeó su gran escritorio. Se sentó y se reclinó en su silla. —Bueno, lo primero que supongo que quieres es recuperar tu presupuesto. No estoy seguro de poder conseguirte el quince por ciento completo, pero veré qué puedo hacer. Si vamos a mejorar el pueblo, costará algo de dinero.

—Sí, lo costará. Pero no será usted quien apruebe ese presupuesto.

—¿Disculpe? El alcalde Levine se inclinó hacia delante y me miró fijamente. Entrelazó los dedos y apoyó las manos sobre el escritorio.

—Va a dimitir. Hoy mismo. Le dirá a todo el mundo que ha conseguido un nuevo trabajo o que tiene un problema personal o que nunca estuvo cualificado para este puesto y que se marcha. No me importa realmente lo que le diga a la gente, siempre que las palabras *presento mi dimisión* formen parte de ello.

—¿Por qué demonios crees que haría eso? —gruñó.

—Porque si no lo hace, voy a exponerle como la serpiente que es.

—¿De qué estás hablando?

—Estoy hablando de cuando llamó al Chef Julian diciéndole que necesitaba venir un día más tarde y que le pagaría el cinco por ciento extra. Y estoy hablando de cuando llamó a Unhinged diciéndoles que había encontrado una banda mejor. Y estoy hablando de cuando le dijo a Rodney de Betty's que podía traer una freidora al evento hace dos semanas, aunque sabía que era una violación de su contrato.

—Si él decidió no seguir el contrato, eso no es culpa mía.

—En realidad, según su abogado, como representante de Cala MacKellar, su petición y la garantía de que nadie lo sabría constituye la aprobación de esa violación. Eso significa que usted será nombrado como demandado por las lesiones y daños a la propiedad en caso de una demanda.

—Eso nunca prosperará —gruñó—. Y no puedes probar nada. Es su palabra contra la mía, y nadie creerá a ese idiota antes que a mí.

—En realidad, creo que mucha gente lo hará. Y creo que usted lo sabe, pero incluso si no es así, no creo que esté dispuesto a arriesgar su reputación apostando a que tiene razón.

—Tengo razón.

—Bueno, quizás tenga razón, pero tiene dos opciones. Puede arriesgarse con el público y dejar que la gente de Cala MacKellar decida si confían en usted o en Rodney, quien cuenta con mi apoyo, el de la señorita Spear y de todo el departamento de turismo, sin mencionar a su abogado y todo su personal. O puede dimitir con cualquier excusa que quiera inventarse.

El alcalde Levine me miró con dureza. Podía ver al animal enjaulado en su mirada. Estaba atrapado, y lo sabía.

—Se ha ganado un enemigo, señor Hill. No va a tener éxito en su trabajo ahora.

Me reí. —No quiero el trabajo que me asignó. Nunca lo quise. Goldie Spear se merece ese puesto. Y nuestro nuevo alcalde la reintegrará en cuanto usted deje el cargo.

Como si fuera una señal, alguien llamó a la puerta. Se abrió antes de que el alcalde Levine tuviera oportunidad de decir algo y el vicealcalde Omar Knight entró. —Buenas tardes, caballeros.

Omar era todo lo que el alcalde Levine no era. Con mentalidad progresista, apoyaba que las mujeres y las personas no binarias estuvieran al mando, y era competente. Tenía unos treinta y tantos años. No llevaba en política el tiempo suficiente y no era el siguiente en la línea de sucesión cuando el alcalde Sánchez dimitió, razón por la cual Omar no consiguió el puesto por encima de Levine. Pero yo lo veía como algo positivo.

—No le he dicho que pase, —espetó el alcalde Levine. Era evidente que no se llevaban bien.

Omar me miró a los ojos y luego volvió a dirigir su mirada fríamente al alcalde Levine. —Bueno, considerando que este va a ser mi despacho muy pronto, no me importa lo que haya hecho o dejado de hacer.

El alcalde Levine balbuceó. —No merece este despacho.

—En realidad, señor, es usted quien no merece este despacho. Ha puesto al pueblo y a los residentes en peligro con las jugarretas que ha hecho en los últimos meses. No tiene derecho a sentarse ahí juzgando a nadie más. Ya es hora de que presente su dimisión y abandone el edificio. —Omar cruzó los brazos y miró fijamente al alcalde Levine desde arriba.

El alcalde Levine se irguió cuan alto era, lo que seguía siendo unos centímetros más bajo que el vicealcalde Knight. Los dos hombres se enfrentaron en silencio. Levine se puso rojo y parecía que iba a estallar, mientras que Knight permaneció tranquilo y no hizo más que levantar una sola ceja.

—Se arrepentirá de esto, —gruñó el alcalde Levine.

—Si alguna vez dice algo despectivo sobre cualquier persona de este pueblo, incluida la Sra. Spear, el Sr. Hill, mi persona o cualquier otra persona a la que haya intentado manipular en sus maquinaciones, será usted quien se arrepienta. Se tomarán acciones legales contra usted por su participación en los eventos arruinados este verano. Y esas acciones legales sacarán a todos sus demonios de las sombras, señor. El vicealcalde Knight se negó a rebajarse al nivel de Levine. Estaba diciendo la verdad, no haciendo amenazas vacías. Era consciente de todo lo que había sucedido y no dudaba en creerlo todo.

El alcalde Levine nos gruñó y empujó violentamente su silla hacia atrás, dejando que se estrellara contra la pared. Se apresuró alrededor de su escritorio y se dirigió hacia la puerta. Cuando la abrió, los oficiales Rucker y Masterson estaban esperando para escoltar al alcalde fuera de la propiedad.

Jane observó la escena con asombro y una sonrisa apenas contenida. El alcalde Levine se volvió hacia el vicealcalde Knight y hacia mí, pero lo pensó mejor antes de decir algo y en su lugar salió furioso del Ayuntamiento con los oficiales siguiéndolo de cerca.

Por fin había terminado.

23

GOLDIE

Necesitaba desesperadamente un trozo de tarta. Quizás una tarta entera. No recordaba haber esperado con tantas ganas una reunión del club de lectura como esta.

—¿Has decidido ya qué vas a hacer con tu trabajo? —preguntó Valentina mientras me metía en la boca el primer bocado de tarta.

Negué con la cabeza. Habíamos hablado de ello. Sabía que no podía enfrentarme al alcalde, por mucho que quisiera restregarle por la cara lo que había hecho para ponerme en esta situación.

—Deberías confrontarle sobre la banda y el chef —dijo Finley—. Trent irá contigo.

Volví a negar con la cabeza. —Soy mayorcita. Puedo librar mis propias batallas. Sin ofender, pero no quiero que Trent o Patrick o cualquier hombre intente arreglarme las cosas. Si el alcalde Levine va a despedirme, que es lo que ha hecho, pues ya está.

—Pero no te lo mereces —argumentó Valentina—. Él tampoco se merece su trabajo.

—¿Quién no se merece su trabajo? —preguntó Trinity. Se sentó junto a Laura y se cortó un trozo de tarta. Menos para mí. Maldita sea.

—El alcalde Levine —contestó Valentina por mí.

Trinity resopló. —Entonces supongo que es bueno que se marche.

Me atraganté con la tarta. —¿Que está qué? No. Es imposible.

Trinity se quedó paralizada con el tenedor a medio camino de su boca. Miró alrededor hasta que su mirada se posó en Willow. Levantó las cejas.

Willow se encogió de hombros. —Tiene razón. Rowan y James estuvieron allí el viernes para acompañarle fuera de la oficina. Rowan no tenía mucha información, pero el vicealcalde no suele pedir a los agentes de policía que escolten a alguien que ha dimitido. Tengo la sensación de que ha pasado algo gordo. Pensé que tú lo sabrías, Goldie. Iba a preguntártelo.

Volví a negar con la cabeza. —No sabía nada de esto.

—James dijo que Patrick estaba allí —dijo Trinity.

—¿Patrick? ¿Mi Patrick? Es decir, ¿mi ex Patrick? —solté sin pensar.

—Sí. Tuve la sensación de que tuvo algo que ver con la marcha del alcalde. El vicealcalde Knight será el nuevo alcalde hasta las elecciones. Me cae muy bien. —Trinity dio un bocado a su pastel y asintió. —Mmm, qué rico.

—Omar es un tío realmente majo —dijo Blake. —Viene a desayunar casi todos los días y deja muy buenas propinas. Dejaba propinas enormes cuando yo estaba embarazada.

—Probablemente te estaba agradecido por no dar a luz mientras él comía —bromeó Finley.

Blake se rio. —Probablemente sea cierto. Creo que solo con sus propinas compré la cuna.

—Va a ser un buen jefe, Goldie —dijo Willow.

—El alcalde Levine ya me despidió. Me dijo que había terminado al final del verano. ¿Por qué el vicealcalde Knight cambiaría eso? —pregunté.

—Porque no es un capullo —dijo Finley. —Él realmente usa su cerebro y es un buen hombre. Creo que te devolverá tu trabajo.

Ojalá tuviera su confianza. Omar era un buen hombre. En las pocas interacciones que había tenido con él, se había mostrado competente e inteligente. Era alguien en quien yo confiaba mucho. Sería bueno para Cala MacKellar. Pero eso no significaba que estuviera dispuesto a darme un trabajo del que me habían despedido después de un incendio que dejó a una mujer herida y daños a la propiedad del ayuntamiento.

—Creo que necesitas tener una reunión con el nuevo alcalde esta semana. Averígualo. Deja que él te diga que no te quiere para el puesto.

—Si Patrick estaba allí, probablemente era para asegurarse de quedarse con el trabajo —dije, con el estómago revuelto al pronunciar esas palabras. Odiaba decirlas. Ese no era el hombre que yo conocía. Pero era difícil discutir con las pruebas que me habían dado.

—Necesitas hablar con Patrick —argumentó Finley. —Estoy de acuerdo con Anna en que debes darle una oportunidad. Podría haber una explicación.

Asentí, pero todas sabían que en realidad no lo haría. Les había contado a todas la semana anterior que Patrick me había robado el trabajo. No podía imaginar otra opción. Y que Patrick estuviera allí cuando el alcalde Knight tomó posesión del cargo era solo una prueba más de que estaba asegurando su puesto.

Y eso dolió.

ANTES DE IR A TRABAJAR a la mañana siguiente, vi un correo electrónico pidiéndome que asistiera a una reunión con el alcalde. Sin saber con qué alcalde me iba a reunir, me di ánimos y me dirigí al Ayuntamiento.

Jane sonreía cuando llegué. —¿Te has enterado de que el alcalde Levine ha dimitido?

—¿Eso es cierto?

Asintió con entusiasmo. —Se ha ido. No va a volver. Se enviará un comunicado en breve, pero el alcalde Knight quería hablar contigo a primera hora. Te está esperando.

—Gracias —le dije a Jane. Era agradable verla sonreír.

Llamé a la puerta del despacho y esperé a que el alcalde Knight me invitara a entrar. Cuando abrí la puerta, él se levantó de su escritorio y dio la vuelta para estrecharme la mano. —Señorita Spear, es un placer verla. Gracias por venir esta mañana. Quería hablar con usted antes de que la noticia se haga pública.

—Es un pueblo pequeño, señor. La noticia ya es de dominio público.

Se rio, mostrando sus dientes blancos y perfectos. Parecía amable y agradable, no como si fuera a devorarme viva como el último hombre que ocupó ese despacho. —Suelo olvidarme de eso. Bueno, entonces supongo que ya sabe que el alcalde Levine ha decidido dimitir. Su dimisión se anunciará hoy a las diez. Ya ha abandonado el pueblo, pero no pasa nada. No estaba muy contento por irse, como puede imaginar.

—Sí, seguro que no lo estaba.

—¿Entonces Patrick ya le ha informado? —preguntó.

—¿Patrick? No. No hemos hablado. Supongo que él mantendrá el puesto como jefe del departamento de turismo, y yo estaré lista para marcharme a finales de verano.

—¿Es eso lo que quieres? Porque Patrick me ha dicho que no tiene ningún interés en el puesto.

—¿Que ha qué?

—Siéntese, señorita Spear. Parece que tenemos algunas cosas que discutir.

Se sentó en la silla a juego al otro lado del escritorio, frente a mí. Se inclinó hacia delante, con los antebrazos sobre los muslos. No llevaba chaqueta, solo una camisa rosa abotonada con las mangas remangadas y una corbata azul marino. Tenía un aspecto casual y profesional al mismo tiempo.

—Patrick ha estado trabajando las últimas dos semanas para deshacerse del alcalde Levine. Descubrió que el alcalde Levine le dio a Rodney permiso verbal para traer una freidora. No explícitamente, pero lo suficientemente claro como para que un abogado dijera que se trataba de una aprobación implícita.

—¿Qué? Mi mente daba vueltas. ¿Por qué Patrick no me lo dijo? ¿Por qué me lo ocultó?

Mientras me hacía la pregunta, ya sabía la respuesta. No hablábamos. Yo no le hablaba. Él intentó hablar conmigo varias veces, pero me negué a tener una conversación con él. Lo corté y no le di la oportunidad de explicarse.

Mierda.

—Patrick fue quien hizo posible todo esto. Encontró las pruebas necesarias para deshacerse del alcalde Levine definitivamente. Él fue quien lo confrontó. Y cuando vino a mí con toda la historia, supe que estaba diciendo la verdad. No me sorprendió lo más mínimo descubrir que el alcalde Levine estaba manipulando las cosas y culpándote a ti. Y eso es solo parte del motivo por el que Patrick insistió en que recuperaras tu trabajo.

—¿Lo hizo?

—Sí. Fue muy específico con esa condición. Dijo que eres lo mejor que le ha pasado a Cala MacKellar. Quiere que dirijas el departamento de turismo. Y me ha convencido para que te devuelva el presupuesto original y te dé un aumento para el próximo año. El alcalde Knight se rio.

Negué lentamente con la cabeza, esforzándome por entender lo que me estaba diciendo.

—¿Puedo ser franco con usted, señorita Spear?

—Por favor, llámeme Goldie —dije, asintiendo para que expresara lo que pensaba.

—Patrick es tu mayor admirador, Goldie. Se negó a hacer nada si eso no significaba que te readmitieran. Te adora. Me dijo más de una vez que trabajar para ti fue la mejor decisión que había tomado jamás. Tengo la impresión de que sus sentimientos van más allá de la relación entre jefe y empleado, y no tengo ningún juicio al respecto. Pero si puedes ver lo buen hombre que es, también quiero que sepas que está muy comprometido contigo.

Se me hizo un nudo en la garganta. Asentí, sabiendo que no podría articular palabra.

El alcalde Knight me cogió la mano y me la apretó. —Creo que tú sientes lo mismo, Goldie. Espero que podáis resolver lo que sea que haya ocurrido para crear esta distancia entre vosotros.

—Eso espero yo también. Gracias por contarme lo que ocurrió, alcalde Knight.

Sonrió. —Omar, por favor.

Asentí. —Omar. Gracias.

Se levantó conmigo y me acompañó hasta la puerta de su despacho. La dejó abierta cuando volvió a entrar. Jane simplemente sonrió de nuevo. Era una persona totalmente nueva. Era una oficina totalmente nueva. De la mejor manera posible.

No pod'ía esperar a llegar a la oficina y hablar con Patrick. Una parte de mí se sentía culpable porque se vería obligado a renunciar al trabajo, pero si lo que le dijo a Omar era cierto, entonces no se molestaría por ello.

—¡Reunión! exclamé al entrar en la oficina. Dejé mis cosas en mi escritorio y fui a la sala de conferencias. Eve y Theo venían justo detrás de mí. Fulminaron con la mirada a Patrick cuando se unió a nosotros. Howard no tardó en seguirle.

—¿Qué's está pasando? preguntó Eve cuando todos estaban sentados.

—Lo que voy a contaros no debe salir de esta habitación —dije, encontrándome con las miradas confusas de todos excepto Patrick, que se negaba a mirarme.

Los demás asintieron.

—El alcalde Levine se ha marchado.

—¿Qué? ¿Cómo? preguntó Theo.

—Patrick trabajó con un abogado y el dueño del restaurante que tuvo el incendio y consiguió que el alcalde Levine dimitiera. Se anunciará en breve.

—Tío. ¿Tú hiciste eso? preguntó Theo.

—¿Por qué harías algo así? Conseguiste el trabajo de Goldie—dijo Eve.

—Porque está enamorado de ella—respondió Howard.

Patrick cerró la boca de golpe y cruzó los brazos.

—Patrick lo hizo porque nunca pretendió robarme el puesto. Todos sabemos cómo era el alcalde Levin. Todos entendemos que él era el malo aquí. Lo que el resto de vosotros no sabíais es que amenazó con despedirme hace más de un mes. Dijo que si no cumplíamos con nuestro presupuesto, me dejaría ir. Nunca me quiso en este puesto. Nunca quiso a una mujer en este puesto. Culpé a Patrick porque el alcalde Levine hizo que pareciera que él tenía la culpa, pero me equivoqué. Y le debo una disculpa.

Por fin Patrick me miró. Negó con la cabeza. —No te preocupes. No me debes nada.

Entrecerré los ojos ante el tono cortante de su voz. —Definitivamente te debo una disculpa. Debería haberte dado la oportunidad de explicarte. Estaba dolida y enfadada, y me desquité contigo. No estuvo bien y no fue justo, y lo siento mucho por cómo te he tratado estas últimas semanas.

—Yo también, —dijo Theo—. Me porté como un capullo, tío. Yo también me tragué las gilipolleces del alcalde.

—Y yo también. Lo siento, Patrick, —dijo Eve.

—Todo está bien. ¿Hay algo más? —preguntó Patrick.

Negué con la cabeza, preguntándome por qué no parecía aliviado de que la verdad saliera a la luz. —No hay nada más. El alcalde Knight dará la rueda de prensa. Parece que el alcalde Levine dimitirá oficialmente, pero nadie hará público lo que hizo. Lo dejamos atrás.

—Vaya. Yo le habría tirado bajo el autobús, —dijo Eve.

—Es mejor simplemente que se vaya, —dijo Patrick. Se levantó y salió de la sala de conferencias.

Theo, Eve y Howard me hicieron algunas preguntas más a las que no tenía respuesta. Al final, estuvieron de acuerdo en que estaríamos mejor sin el alcalde Levine, y eso fue suficiente.

Seguí a los demás fuera de la sala de conferencias y fui al despacho de Patrick. Su puerta estaba cerrada, como había estado las últimas dos semanas. Seguía apartándome, literalmente.

Levantó la cabeza cuando llamé, pero no me sonrió. Esperé hasta que me hizo un gesto para entrar antes de colarme en su despacho. Cerré la puerta y me senté frente a su escritorio.

—¿Qué puedo hacer por ti, jefa? —preguntó.

—Siento cómo te he tratado, Patrick. Debería haberte escuchado cuando intentaste decirme que no habías tratado de convencer al alcalde Levine para que te diera mi puesto. No debería haber supuesto que sabía lo que harías.

—Pero lo hiciste. Lo asumiste. Pensaste que yo era el tipo

de hombre que te robaría el trabajo justo debajo de tus narices.

—Y me equivoqué.

Asintió lentamente. —Así es. Pero solo estuviste dispuesta a verlo después de que el alcalde Knight te contara que luché con todas mis fuerzas para recuperar tu trabajo.

—Patrick, yo...

—Escucha, jefa, lo entiendo. Estabas dolida y enfadada, y me culpaste. Pensaste que yo era tan malo como el alcalde Levine. Creíste que solo estaba contigo por mi propia codicia. Me alegra que tengas tu trabajo de vuelta. Me alegra que conozcas la verdad. Me alegra que las cosas te estén saliendo bien. Pero no puedo volver a como estábamos antes tan rápidamente. Simplemente no puedo.

—¿Qué quieres decir? —susurré.

—Quiero decir que nada ha cambiado entre nosotros, Goldie. Me viste como el malo, y no puedo estar con alguien cuyo primer instinto es pensar eso de mí. Merezco algo mejor.

Tomé aire temblorosamente y asentí. —Tienes razón. Me levanté con piernas inestables. —Tienes razón, y lo siento mucho. Debería haber confiado en quien pensaba que eras en lugar de en quien temía que fueras. Y ese será un arrepentimiento que llevaré para siempre. Sin duda mereces algo mejor, Patrick. Y espero que lo encuentres. Espero que encuentres todo lo que mereces.

Él asintió. Tragó saliva. No habló.

Así que me marché. Se había acabado. Y todo era culpa mía.

Dos días después, Charles y Leslie vinieron de visita. Querían quedarse durante el largo fin de semana festivo para tener más tiempo con Paul. Al principio Paul estaba incómodo, pero después de unas horas, todos hablábamos como si hubiésemos sido una familia desde siempre.

Leslie era un hombre maravilloso, amable y comprensivo con lo que nuestra familia había pasado. Conectó bien con Paul, haciéndole sentir importante tanto para Leslie como para Charles. Y los dos eran encantadores juntos. Me alegraba ver a Charles feliz. Y por primera vez, no me dolía saber que yo no había sido suficiente para hacerle feliz.

Leslie se disculpó para irse a la cama unas horas después de la cena. Paul se quedó despierto y vio una película con Charles. Era bueno verlos juntos, y agradable no tener que ver yo misma la película terrorífica. Me senté en el lado opuesto del salón y leí un libro mientras ellos se asustaban hasta morir.

Paul se fue a su habitación después de la película, y Charles recogió los aperitivos que habían comido y puso en marcha el lavavajillas. Le seguí hasta la cocina.

—Gracias. No tenías que hacer eso.

Charles se encogió de hombros. —Es lo mínimo que puedo hacer. Gracias por dejarnos quedar.

—Siempre sois bienvenidos.

—¿Está Patrick de acuerdo con ello?

—¿Cómo sabes de Patrick? —solté de golpe.

Charles sonrió. —Paul lo mencionó. Parece un buen hombre.

Sonreí. —Lo es. Pero ya no estamos juntos.

—¿No lo estáis? Lo siento, Goldie. ¿Puedo preguntar qué pasó?

—No confié en él.

—Seguro que en parte es culpa mía —dijo Charles con una mueca.

—No puedes culparte. Yo soy quien se creyó las pruebas falsas que me presentaron. Pensaba que iba tras mi trabajo.

—Trabaja para ti, ¿verdad?

—Sí. —Me reí levemente—. —Debería haber imaginado que Paul te lo contaría todo.

—Claramente no me contó todo. No sabía que había terminado. Lo siento, Goldie.

Me encogí de hombros e intenté no dejar salir mis emociones. —Estaré bien.

Charles sonrió. —Sé que lo estarás. Siempre has sido independiente y segura de ti misma. Es parte de lo que te hace una gran jefa.

—¿Pero no una gran esposa? —pregunté.

Él negó con la cabeza. —No he dicho eso.

—No, pero eso parecía ser lo que querías decir.

—No éramos el uno para el otro, y eso fue culpa mía. Eras una esposa increíble cuando yo estaba dispuesto a permitírtelo.

—¿Qué significa eso?

—Significa que sabes cuidar de ti misma. Hubo momentos en que yo quería ser la persona que estuviera ahí para ti. Aquel al que acudieras para resolver las cosas. Pero no me necesitabas para eso. No necesitabas a nadie para eso. Raramente estabas dispuesta a mostrarte vulnerable. Y yo no estaba dispuesto a pedirte que lo fueras.

—¿Crees que eso es lo que hice con Patrick?

Me tomó la mano y la sostuvo suavemente. —No puedo responder a eso por ti. Pero si lo alejaste al primer indicio de dificultad, quizás ya tienes tu respuesta.

No me gustaba esa verdad.

—Lo único que puedo decirte, Goldie, es que tienes un corazón increíble. Eres una mujer maravillosa y mereces el tipo de amor que te haga querer exponerte. Si no es con Patrick, entonces será con otra persona, pero por la forma en que Paul hablaba de él, te hacía feliz. Eso es algo que vale la pena conservar, incluso si significa ser más vulnerable y decirle exactamente lo que sientes por él.

Tomé aire. ¿Tendría razón? ¿Y podría yo hacerlo?

¿Y qué me costaría si no fuera capaz?

24

PATRICK

En los días desde que Goldie se disculpó, no había cambiado mucho. Claro, mis compañeros de trabajo volvían a hablar conmigo, y Goldie intentaba ser ella misma, pero yo no podía dejarlo pasar. Seguía demasiado dolido, y no podía imaginarme soltando ese dolor y aceptándolo todo.

Lo que significaba que tenía que decirle a mi familia que me iba a mudar. Aún no sabía adónde me iba a ir, pero tenía que marcharme. No me iría demasiado lejos para poder visitarlos a menudo, pero no soportaba estar en el mismo pueblo pequeño que Goldie o trabajar en el mismo trabajo que ella y las personas que creyeron que yo era capaz de hacer las cosas de las que me acusaron.

Como era el fin de semana del Cuatro de Julio, nos reunimos todos el jueves por la noche para cenar. Mis sobrinos bailaron y actuaron para nosotros. Mamá estaba sonriendo y riendo y parecía ella misma otra vez. La luz había vuelto a sus ojos. Esperaba que eso significara que había hablado con Dick, pero él no estaba allí.

Mamá acababa de anunciar que era hora de sentarse a cenar cuando sonó el timbre. —¿Quién podrá ser?— La

sonrisa de mamá decía que sabía exactamente quién era. —
Vamos, niños, vamos a ver quién ha venido.

Los niños la siguieron, Katie agarrándole la mano mientras los chicos abrían camino hacia la puerta. Antes de llegar, Katie levantó los brazos para que mamá la cogiera.

Henry abrió la puerta y gritó cuando vio a Dick de pie en el porche. —¡Papá Dick! ¡Has venido!

—Estoy aquí, pequeñajo. ¿Cómo has estado?— Dick cogió a Henry y lo echó sobre su hombro. Se agachó para coger a Nicholas y lo echó sobre el otro hombro. Se inclinó y le frotó la mejilla a Katie con la suya y le dio un rápido beso a mamá.

—¡Papá Dick!— gritaron los chicos mientras los llevaba al salón.

Dick los hizo botar sobre sus hombros mientras trotaba por la habitación como si estuviera dando una vuelta de la victoria. Ellos se reían y chillaban, y por primera vez, vi al hombre que el resto de ellos amaba. El hombre que era un abuelo para esos niños y un marido para mi madre.

—Has vuelto— dijo Sharon, levantándose para abrazarlo. —¿Qué tal tu viaje?

—Solitario sin todos vosotros. Es bueno estar en casa.— Dick encontró mi mirada y asintió.

Asentí, conteniendo la emoción que sentía. Me alegraba que él y mamá lo hubieran resuelto. Odiaba haber sido la causa de su separación, pero agradecía que él estuviera dispuesto a darle otra oportunidad.

—¿Nos has traído regalos, papá Dick? —preguntó Henry.

Dick le hizo cosquillas en la barriga y gruñó: —¿Regalos? ¿Es lo único que queréis? ¿Regalos?"

Henry y Nicholas se retorcieron y gritaron.

Dick entregó con cuidado los niños a sus padres y volvió a la puerta principal. —¡Pues claro que os he traído regalos!"

Todos los niños vitorearon y lanzaron exclamaciones de asombro ante los regalos que Dick había traído de su viaje.

Mamá se acercó a mí y apoyó su cabeza en mi hombro. —Gracias por hacer que esto fuera posible."

La rodeé con el brazo. —Siento haber creado el problema en primer lugar. Es un buen hombre, mamá."

Ella asintió y levantó algo. —Lo es." Era un anillo colgando de un collar.

—¿Es ese el anillo?"

—Sí, lo es. Llegó a casa anoche, pero quería sorprender a los niños. Queríamos contaros juntos que nos vamos a casar."

—¿Os vais a casar? —preguntó Arthur en voz alta.

—¿Qué? ¡Enhorabuena! —exclamó Sharon. Se levantó de un salto y abrazó a mamá, luego a Dick. —Me alegro mucho por vosotros."

—Nosotros también —dijo mamá.

Arthur la abrazó, luego estrechó la mano de Dick y también lo abrazó.

—Me alegro mucho por ti, mamá. Es el hombre adecuado para pasar el resto de tu vida.

Sonrió y me dio una palmadita en la mejilla. —Gracias, cariño.

La abracé, sintiendo dolor por dentro ante la idea de marcharme. Intenté convencerme de que podría quedarme en la ciudad y simplemente encontrar otro trabajo, pero no estaba seguro de poder hacer eso tampoco. Sería demasiado difícil. Me parecía más a Dick de lo que creía. Él se marchó cuando mamá le dijo que no, y yo quería hacer lo mismo cuando las cosas terminaron con Goldie.

Dick se acercó a nosotros y me dedicó una sonrisa tentativa. Le tendí la mano, y él la estrechó, luego me atrajo para darme un abrazo que incluyó un fuerte golpe en el centro de mi espalda.

—Enhorabuena, Dick —dije cuando me aparté. Miré sus ojos—. Cuida de ella.

—Te lo prometo.

Mamá le entregó el anillo a Dick, y él se arrodilló. Retrocedí un paso para que pudieran tener ese momento para ellos solos. Dick le preguntó si le haría el hombre más feliz del mundo y se casaría con él, y ella dijo que sí.

Le deslizó el anillo en el dedo y se puso de pie, envolviéndola en sus brazos y haciéndola girar. Mamá soltó un chillido de alegría y le dio un golpecito suave en el hombro. —Bájame.

Dick la besó apasionadamente, y finalmente la bajó. —Gracias.

Mamá nos condujo a todos hacia el comedor para cenar. Todavía no había reunido el valor para contarles sobre mi decisión. Comimos y estábamos casi terminando cuando el timbre sonó de nuevo.

—¿Quién podrá ser? —preguntó mamá. Esta vez realmente parecía confundida. Mamá fue a la puerta y su voz era educada pero en tono bajo cuando respondió.

El resto de nosotros nos miramos e intentamos escuchar a quien estaba en la puerta. Después de un minuto, la puerta se cerró y se oyeron pasos acercándose hacia nosotros.

—Tenemos una invitada —dijo mamá. Se hizo a un lado para volver a tomar asiento y reveló a Goldie de pie detrás de ella.

Mi respiración se detuvo. Dios, estaba impresionante. Llevaba el pelo suelto cayendo sobre sus hombros, reflejando la luz y haciéndola parecer como si tuviera un halo dorado a su alrededor. Vestía unos pantalones piratas blancos y una blusa roja y azul que abrazaba sus curvas y me hacía la boca agua.

Dios, era como una droga. Siempre quería más de ella. Pero no podía hacerlo. No podía dejar que mi polla gobernara mi vida. Por mucho que quisiera.

—Patrick —susurró.

—¿Qué haces aquí? —pregunté, sin demasiada amabilidad.

—Quería hablar contigo. He recibido un consejo que me ha hecho ver que no he sido sincera contigo. Sé que lo que tengo que decir no cambiará nada, pero necesito decirlo.

Suspiré. —No tienes que decir nada, Goldie. Ya hemos dicho todo lo que teníamos que decir.

—Te quiero —soltó de golpe.

Todo mi mundo se congeló. No. No podía decir eso. Sabía que no era verdad. Mi cabeza zumbaba, y me di cuenta de que ella seguía hablando.

—Sé que no quieres oír esto, y siento soltártelo así. El último año trabajando contigo me ha cambiado, y las últimas semanas juntos me han dado algo que nunca pensé que tendría. Creía saber lo que era el amor, pero estaba equivocada. Y me ha llevado mucho tiempo darme cuenta. No estaba dispuesta a dejarte entrar, no realmente, porque dejarte entrar significaba ser vulnerable. No se me da bien eso.

Hizo una pausa y me dirigió una sonrisa tímida. No se la devolví aunque estaba de acuerdo con lo que decía.

—No fui justa contigo al final. Nunca debería haber considerado que el alcalde Levine me estaba diciendo la verdad. Y eso es culpa mía. No acepto ayuda muy bien, y cuando fuiste a hablar con él, sentí como si estuvieras diciendo que no creías que yo pudiera hacer mi trabajo por mí misma. Como si estuvieras de acuerdo con su valoración sobre mi incapacidad para hacer el trabajo, y encajaba que él lo hiciera parecer que intentabas robarme el puesto. He luchado durante toda mi carrera para demostrar que soy tan buena como creo que soy contra hombres como el alcalde Levine. Hombres que piensan que no valgo nada solo porque soy mujer. Si no puedo valerme por mí misma, si necesito que un hombre me defienda, siempre he sentido que estoy diciendo que esos hombres tienen razón sobre mí. Así que, inmediatamente me puse a la defensiva cuando intentaste ayudarme. No estaba dispuesta a ver más allá de los hombres de mi pasado que intentaron cuidarme porque era incapaz de cuidar de mí misma, y...

Se detuvo y miró alrededor de la habitación. Respiró hondo y enderezó la espalda. Reenfocándose y centrándose.

—No vine aquí para echarte todo esto encima. Vine para disculparme contigo. Para decirte que lo siento por cómo te traté, por tirar algo tan maravilloso. Y para decirte que te quiero y que lo siento por haberte devuelto esas mismas palabras cuando me las dijiste. Eres la persona que siempre quise tener en mi vida, y no supe manejar la situación cuando te tuve. Y ese será mi arrepentimiento para toda la vida.

Ella forzó una sonrisa en sus labios. Miró a todos los presentes en la habitación.

—Siento haber interrumpido vuestra cena. Patrick mencionó que os reuniríais esta noche, y fue una grosería por mi parte interrumpir, pero esperaba que me dejarais entrar. Gracias por eso. Ha sido bueno veros a todos otra vez. Disfrutad del resto de la velada. Y con eso, se dio la vuelta y se marchó.

La habitación quedó en silencio hasta que la puerta principal se cerró tras Goldie, entonces todos empezaron a hablar a la vez.

—Ve tras ella.

—Me cae bien.

—¿Qué estás haciendo?

Negué con la cabeza e ignoré a todos. Era demasiado. Lo que dijo, cómo me sentía, no podía hacerlo.

—Patrick —dijo Dick suavemente.

Levanté la mirada hacia él y vi amabilidad y comprensión reflejadas en su rostro.

—La confianza es algo importante. Ella rompió la tuya, y eso es difícil de pasar por alto. Pero tú también rompiste la suya.

—¿Perdona? —dije.

Él sonrió. —La has oído. Fuiste a hablar con su jefe a sus espaldas. Intentaste arreglarle cosas en las que no tenías por qué meterte. ¿Cómo te sentirías si yo hiciera eso con tu madre?

Me desplomé en mi silla como si me hubiera golpeado. Fruncí el ceño. Tenía razón.

—Exactamente —dijo Dick—. Las mujeres como Goldie y tu madre son fuertes e independientes, pero siempre tienen que demostrar a los demás, a los hombres, que también son capaces. La mayoría de los hombres no creen que ellas conozcan su mente o su poder. Asumimos que tenemos que defenderlas, cuidarlas y hacer cosas por ellas. Pero no es así. Goldie me recuerda mucho a tu madre. Es inteligente, fuerte y hermosa, y ama con todo su corazón. Y tú eres el maldito afortunado al que ama. Pero tienes que sacar la cabeza de tu trasero y aceptarlo. Debes entender que puede manejar sus propios asuntos, y lo hará, sin tu interferencia. Puede que te necesite como alguien con quien hablar, pero no te necesita como escudo. Ella es su propio escudo, hijo. Habrá momentos en que necesite que la ayudes a sostener ese escudo, pero no necesita que tú seas ese escudo.

Intenté asimilar las palabras de Dick. Tenía razón. Cada palabra era cierta. Estaba tan atascado en mi propia estupidez santurrona que no me di cuenta de que estaba en medio de una tormenta de mierda de mi propia creación. Si hubiera mantenido mi maldita nariz fuera de su carrera, el alcalde no habría tergiversado mis palabras para hacer parecer que la estaba jodiendo. Si hubiera confiado en que ella podía manejarlo en lugar de pensar que necesitaba salvarla, como dijo Dick, habríamos estado luchando contra el alcalde juntos en lugar de por separado.

—El amor no sucede tan a menudo —continuó Dick—. Quizás no la ames. Quizás fue solo lujuria. Pero si la amas, si la quieres en tu vida, entonces necesitas hacer lo que sea necesario para demostrárselo. Tienes que admitir que estás equivocado y dejar que tu mujer brille con su propia luz cuando lo necesite.

Asentí mientras hablaba y supe que no podía dejarla marcharse. —Dick, tienes toda la razón. Gracias. Tengo que irme. —Me puse de pie y besé la mejilla de mamá—. —Tengo que irme.

—Ve a buscarla —dijo mamá.

—Buena suerte —dijeron Arthur y Dick.

—Bien hecho —dijo Sharon.

Salí corriendo de la habitación y por la puerta principal. Su coche ya no estaba, pero no podía haber ido muy lejos. Conduje directamente a su casa y suspiré profundamente cuando aparqué justo detrás de su coche. Corrí hasta su puerta, golpeándola hasta que se abrió.

Un hombre estaba justo dentro. —¿Puedo ayudarte?

—Um, sí. Estoy buscando a Goldie. ¿Está... está aquí?

El hombre sonrió con suficiencia y se hizo a un lado. —Tú debes de ser Patrick. Soy Charles. Goldie está en su habitación. ¿Por qué no pasas?

Charles. El exmarido. —Eh, gracias.

Charles me condujo al salón. Nunca había estado dentro de la casa de Goldie, pero Charles se mostraba claramente muy cómodo allí. Fue directo al sofá donde estaba sentado otro hombre. —Patrick, este es mi marido, Leslie. Y creo que ya conoces a Paul.

Asentí a los dos.

—Encantado de conocerte, Patrick —dijo Leslie—. Paul ha hablado muy bien de ti.

Asentí. No estaba seguro de qué decir. Goldie solo había hablado de Charles en términos de cómo su matrimonio se desmoronó y de cómo Charles la abandonó por Leslie.

—Seguro que no somos el tema de conversación favorito de Goldie —dijo Charles con una risita—. Estos días, tú tampoco lo eres.

Me estremecí con eso. Estaba seguro de que era cierto. Y no me gustaba.

—Bueno, ¿decidimos qué cenar? —dijo Goldie mientras salía, deteniéndose en seco al verme en el salón con los demás—. Patrick. ¿Qué haces aquí?

Me levanté y la miré. —Tenías razón. En todo. Y soy un idiota por pensar que podía alejarme de ti. Y todo lo que dijiste antes era cierto. Debería haberte dejado hablar con el alcalde. Quería mantenerte en ese trabajo porque me encanta trabajar para ti y pensé que podría hacer que Levine entrara en razón, pero nunca lo habría hecho. Debería haber sabido que lo manipularía todo. Y debería haber confiado en ti. Debería haber sostenido tu escudo cuando te cansaras en vez de intentar ser yo tu escudo.

—Eh, ¿qué?

Negué con la cabeza. —Lo siento. Solo estoy diciendo que te quiero. Y quiero una vida contigo. Y quiero estar a tu lado, apoyándote. No delante de ti. No necesitas que yo bloquee tu luz.

—Patrick, no digas estas cosas si no las sientes de verdad. —Le tembló el labio.

Me acerqué a ella. —Lo digo en serio, cada palabra, Goldie. Te quiero. —Le coloqué el pelo detrás de la oreja—. Te he querido durante mucho tiempo, y voy a quererte el resto de mi vida.

—¿Sí?

Asentí y me acerqué un poco más. —Sí.

Por fin me sonrió. Frotó su cara contra mi mano y se acercó más, levantando ligeramente la barbilla.

Eliminé la distancia entre nosotros, presionando mi cuerpo y mis labios contra los suyos. Ella respondió con un suspiro de felicidad que vibró por todo mi cuerpo. Estaba en casa. En sus brazos, estaba en casa. Ella era todo lo que había deseado en mi vida, y la tenía. De nuevo. Y esta vez no iba a estropearlo.

Alguien se aclaró la garganta, y levanté las manos de donde estaban recorriendo el cuerpo de Goldie. Nos miramos y sonreímos, apenas separados por un centímetro.

—Olvidé que teníamos público —susurré.

—Yo también. Sonrió de nuevo y dio un paso atrás. —Entonces, ¿cenamos?

Charles se puso de pie y asintió a Leslie. —Creo que vamos a llevar a Paul a cenar fuera. ¿Qué dices, Paul?

—¿Podemos comer hamburguesas?

—Me parece bien —dijo Leslie.

Los tres pasaron junto a nosotros, dándome palmadas en la espalda y apretando ligeramente el hombro de Goldie. Paul se detuvo frente a mí y me miró fijamente. —Trátala bien.

Asentí. —Lo haré.

Los tres se marcharon, y en cuanto la puerta se cerró tras ellos con un clic, Goldie y yo nos lanzamos a los brazos del otro. Nos besamos como si hubiéramos estado separados durante años en vez de semanas. Ella gimió suavemente, sus manos tirando de mi ropa.

—¿Quieres enseñarme tu dormitorio?

Sonrió pícaramente. —Me encantaría. Dio un paso atrás y cogió mi mano.

La detuve, atrayéndola de nuevo a mis brazos. La besé intensamente, con las manos extendidas sobre su espalda mientras la mantenía cerca de mí. —Te quiero, Goldie.

Ella tomó aire y sonrió. —Te quiero, Patrick. Gracias por darme otra oportunidad.

—Gracias a ti por darme otra oportunidad también. Prometo no interponerme en tu camino de nuevo.

—Sé que intentabas ayudar.

Negué con la cabeza. —Lo intentaba, pero eso no significa que debiera hacerlo. Puedes librar tus propias batallas.

—¿Voy a tener que luchar para llevarte a mi cama? —preguntó.

Me reí. —En absoluto. Eso es algo por lo que nunca tendrás que luchar conmigo.

—Bien. Entonces vamos. Te enseñaré la casa más tarde.

—Me parece perfecto, cariño.

Sonrió y se quitó la camiseta, lanzándomela antes de darse la vuelta y guiarme hacia su dormitorio.

La seguí, y siempre lo haría.

iré fijamente mis papeles de divorcio y suspiré. Se había acabado. Veintidós años de matrimonio, esfumados así sin más.

Supongo que lo bueno era que había sido fácil. Dawson no me disputó nada. Ambos solo queríamos que terminara. Y así fue. Terminado. Acabado. Finalizado.

Justo a tiempo para el fin de semana festivo del Cuatro de Julio. Dawson no había estado muy presente durante los últimos años, pero el Cuatro de Julio del año pasado fue la última vez que pensé que las cosas podrían estar bien. Estaba en casa. Fue la última noche que dormimos juntos. Se sintió especial, diferente, divertido y nuevo otra vez.

Y ahora se había acabado.

Guardé el papel y reprimí las emociones. No iba a disgustarme porque mi matrimonio se había terminado. Necesitaba acabar. Mi marido se acostaba con otra persona. Una relación que duró lo suficiente como para que ella pensara que mudarse a nuestro pueblo para estar cerca de él era una buena idea.

No. No más lágrimas por mi matrimonio. Era Cuatro de Julio, e iba a celebrarlo.

—¡Chicas! ¿Estáis listas? —les grité a mis hijas. Íbamos a caminar juntas hasta la celebración. Era un poco lejos, pero conducir e intentar encontrar aparcamiento no habría sido ni más fácil ni más rápido.

Unos pasos atronadores bajaron por las escaleras. Ambas chicas iban vestidas de pies a cabeza en rojo, blanco y azul. Lucían sonrisas idénticas. Iba a ser una buena noche.

El timbre sonó justo cuando estábamos a punto de abrir la puerta. —Es el tío Brantley, chicas.

Brantley Pierce había sido mi apoyo desde que mi matrimonio se vino abajo. Sabía que se sentía culpable por haberme presentado a Dawson cuando éramos estudiantes de primer año en la universidad, pero Brantley no podía controlar a Dawson.

—¿Quién está listo para irse? —preguntó Brantley cuando Sam, mi hija menor, abrió la puerta para dejarle entrar.

—Todas lo estamos —le dije.

Brantley asintió y retrocedió para que pudiéramos salir. Había preguntado si podía aparcar en nuestra casa y caminar con nosotras hasta el evento. Solía venir a cenar, ver películas y pasar tiempo con nosotras regularmente. Siempre había sido una parte importante de nuestra familia, pero lo era aún más ahora que Dawson se había ido.

Las chicas caminaban delante de nosotros, saltando y riendo mientras nos acercábamos a la multitud y la celebración. Brantley y yo nos quedamos rezagados, hablando de todo y nada al mismo tiempo.

Cuando llegamos a la multitud, las chicas se fueron en direcciones opuestas para encontrar a sus amigos. Ambas prometieron quedarse entre la gente y reunirse después de los fuegos artificiales para volver juntas a casa.

Brantley y yo encontramos a nuestro grupo de amigos.

Goldie y Patrick sonreían y se cogían de la mano, lo que fue agradable de ver. Ella me envió un mensaje hace dos noches para hacerme saber que por fin habían arreglado todo.

—Hola —le dije—. Te ves feliz.

Goldie asintió. —Lo estoy.

Abracé a mi amiga. Me alegraba por ella. Era difícil no sentir celos. Mi matrimonio se había desmoronado y su relación con Patrick apenas comenzaba. Pero ella había pasado por su propio divorcio y merecía amor y alegría.

—¿Cómo va todo?

—Bien. Fácil. Es increíble cuánto menos estrés hay cuando alguien no está intentando sabotear nuestros eventos.

—Todavía no puedo creer que el alcalde estuviera haciendo todo eso. ¿Por qué pensaba que se saldría con la suya?

—Porque es un capullo arrogante que se creía intocable.

Me reí de su valoración. —Cierto. Pero ahora se ha ido. Gracias a tu chico.

Goldie sonrió mirando a Patrick. Él estaba hablando con Brantley y no nos prestaba atención, pero le sonrió y le besó en un lado de la cabeza.

—He encontrado a uno bueno.

Asentí. —Sí, desde luego.

—¿Y vosotros dos? —susurró, señalando con la cabeza hacia Brantley.

Negué con la cabeza. —Amigos. Ya lo sabes.

Goldie alzó las cejas y me lanzó una mirada que decía claramente que pensaba que eso era una chorrada.

—Acabo de recibir los papeles del divorcio—le confesé.

—Oh, mierda. Lo siento. No lo sabía—Soltó a Patrick y me abrazó.

—Gracias—susurré.—Es lo mejor, pero...

—Aun así duele. Lo sé.

Asentí y forcé una sonrisa en mis labios. Brantley y Patrick nos observaban, pero ninguno dijo nada. Hablamos todos unos minutos más y luego nos dirigimos a la zona de comida para cenar algo.

—¿Qué ha sido eso con Goldie?—preguntó Brantley cuando estábamos en la cola para pedir.

—Le dije que recibí los papeles del divorcio.

—Mierda, Vee. No lo sabía. ¿Por qué no me lo dijiste?

Me encogí de hombros.—No quiero hablar de ello, la verdad. Por estas fechas el año pasado pensaba que las cosas con Dawson podrían funcionar, y ahora mi divorcio es definitivo. Es un día difícil.

Brantley me rodeó los hombros con el brazo y me atrajo hacia él.—Ojalá nunca os hubiera presentado.

Negué con la cabeza.—Mi divorcio no es culpa tuya. Dawson es quien no supo mantener su polla dentro de los pantalones.

Brantley hizo una mueca.—Pero aun así...

—No. No vas a hacer eso, Bee. No puedes culparte por sus acciones. Él fue quien decidió que acostarse con otras mujeres era buena idea. Él fue quien me engañó. Tú eres un buen hombre. Nunca habrías tratado así a una mujer.

—Ni de coña.

Levanté la mirada hacia él. Mi amigo, mi confidente, mi roca.—Algún día harás muy feliz a alguien. Ella será muy afortunada.

Me dedicó una sonrisa forzada y apartó la mirada.

—Todavía no puedo creer que estés soltero. Eres demasiado buen partido.

—Simplemente no he captado la atención de la mujer adecuada todavía.

—Eso suena como si ya tuvieras a alguien en mente.

Encontró mi mirada, y mi respiración se detuvo. El calor en sus ojos me atravesó por completo. Estaba atrapada, como si me tuviera bajo un hechizo del que no podía liberarme. El calor inundó mi cuerpo, encendiéndome. No recordaba haberme sentido tan deseada jamás. Como si él no pudiera respirar de nuevo sin tenerme.

Se inclinó hacia delante, atrayéndome mientras lo hacía. Mis ojos se cerraron. Brantley Pierce iba a besarme. Y me moría por ello.

Su aliento me hizo cosquillas en la cara. Sentí el calor de su cuerpo. Estaba cerca. En un segundo más nuestros labios se tocarían.

Alguien me empujó, lanzándome contra él. Dio un paso atrás, chocando con otra persona. Brantley me estabilizó, con sus manos en mis brazos.

Lo miré, pero su mirada estaba enfocada detrás de mí.

—Lo siento mucho —dijo la persona detrás de mí.

Brantley asintió hacia ellos. Cuando me miró de nuevo, el calor que vi antes había desaparecido. Su mandíbula se tensó. Se bajó las gafas de sol para cubrirse los ojos.

El momento había terminado, pero mi cuerpo aún lo deseaba. Aún quería ese beso que vi en sus ojos. Aún quería a Brantley Pierce.

Igual que cuando éramos adolescentes. E igual que entonces, perdí mi oportunidad.

GRACIAS POR LEER la historia de Goldie y Patrick. Me encantaron absolutamente, y estoy muy satisfecha con la forma en que esta historia se desarrolló. Espero que sintieras lo mismo y te enamoraras junto con ellos.

El próximo libro de la serie es el de Valentina y Brantley. Valentina aún está conmocionada por el colapso de su matrimonio, y Brantley está ahí para ella. Han sido amigos durante décadas, pero Valentina nunca supo que Brantley estaba enamorado de ella. Ahora, él podría tener la oportunidad de decírselo. Si consigue reunir el valor. ¡Lee *Su Infatuación Curvilínea* hoy mismo!

¿QUIERES MÁS de Patrick y Goldie? Él se propone planear una noche perfecta solo para ella, pero las cosas no salen exactamente según lo planeado. Regístrate ahora para leer su epílogo extra!

ACERCA DEL AUTOR

USA TODAY La autora superventas Mary E Thompson pasó la mayor parte de su infancia deseando tener algunas curvas menos. Se escondía entre las páginas de los libros porque a sus personajes favoritos nunca les importaba qué talla de ropa usaba. Ahora, a Mary tampoco le importa, y escribe historias que celebran a mujeres como ella. Mujeres reales que tienen curvas, persiguen sueños y encuentran el amor, porque todas merecemos ser felices, sin importar nuestra talla.

Mary pasa su tiempo fuera de la escritura con su esposo y sus dos hijos, viendo demasiada televisión, animando a su equipo local de fútbol americano (¡Vamos Bills!) y escondiendo chocolate de su familia.

Suscríbete ahora al boletín de Mary. ¡Los suscriptores reciben libros electrónicos gratuitos y otras cosas divertidas, como contenido exclusivo solo para miembros y sorteos, además de ser los primeros en conocer los nuevos lanzamientos y ofertas!